007 James Bond
Leben und sterben lassen

Jubiläums-Edition

Ian Fleming

007 James Bond
Leben und sterben lassen

Jubiläums-Edition

Scherz
Bern – München – Wien

Sonderausgabe 1992
Einzig berechtigte Übertragung aus dem Englischen
von Günther Eichel
Titel des Originals: »Live and Let Die«

1

Im Leben eines Geheimagenten gibt es Augenblicke, in denen er einem sehr reichen Mann gleicht; es gibt Aufgaben, die ein derartiges Auftreten förmlich verlangen, Gelegenheiten, bei denen er Zuflucht zu einem guten Leben nimmt, um der Erinnerung an die Gefahr und an den Schatten des Todes zu entfliehen, und Zeiten, in denen er – wie in diesem Fall – sich als Gast auf dem Gebiet eines verbündeten Geheimdienstes aufhält.

Von dem Augenblick an, als der Stratocruiser der BOAC vor dem Gebäude des International Air Terminal in Idlewild ausrollte, wurde James Bond wie ein fürstlicher Besucher behandelt.

Als er die Maschine zusammen mit den übrigen Fluggästen verließ, machte er sich auf das allbekannte Fegefeuer jener Maschinerie gefaßt, die von den amerikanischen Gesundheits-, Einwanderungs- und Zollbehörden betrieben wird. Er rechnete mit mindestens einer Stunde in überheizten, eintönig grüngestrichenen Räumen, die seit undenklichen Zeiten nicht gelüftet waren, in denen es nach Schweiß, nach schlechtem Gewissen und nach jener Angst roch, die nun einmal an jeder Grenze zu finden sind: Angst vor den verschlossenen Türen mit dem Schild »Privat«, hinter denen die gründlichen Männer saßen und die dicken Aktenordner sowie die Fernschreiber standen, die direkt mit der Rauschgiftabteilung, mit der Gegenspionage, dem Finanzministerium und dem FBI in Washington verbunden waren.

Als er in dem bitterkalten Wind, der an diesem Januartag wehte, über das Vorfeld ging, sah er im Geiste, wie sein Name die einzelnen Stationen durchlief: BOND, JAMES, BRITISCHER DIPLOMATENPASS 0094567; und dann folgte eine kurze Wartezeit, bis die Antwort über die verschiedenen Fernschreiber einlief: NEGATIV, NEGATIV, NEGATIV. Und dann die Antwort vom FBI: POSITIV ABWARTEN ÜBERPRÜFUNG. In fieberhafter Eile würde sich der FBI mit der Central Intelligence Agency in Verbindung setzen, und dann: FBI AN IDLEWILD: BOND OKAY OKAY; und der freundliche Beamte vor ihm würde ihm seinen Paß mit einem »Ich wünsche Ihnen einen angenehmen Aufenthalt, Mr. Bond« zurückgeben.

Bond zuckte mit den Schultern und folgte den anderen Fluggästen zu einer Drehtür mit der Aufschrift: »US HEALTH SERVICE«.

In seinem Fall war es natürlich lediglich eine langweilige Routineangelegenheit, aber ihm mißfiel die Vorstellung, daß irgendwelche Angaben über ihn in fremden Händen waren. Das Hauptwerkzeug seines Berufs war Anonymität. Jeder noch so winzige Hinweis auf seine eigentliche Person, der in irgendeinen Ordner eingeheftet wurde, verminderte seinen Wert und war letzten Endes eine Bedrohung seines Lebens. Hier in Amerika, wo man ihn genau kannte, fühlte er sich wie ein Neger, dessen Schatten der Medizinmann gestohlen hatte. Ein lebenswichtiger Teil seiner selbst war als Pfand einbehalten, befand sich in den Händen anderer. Natürlich waren es in diesem Fall Freunde, aber trotzdem ...

»Mr. Bond?«

Ein nett aussehender, schwer einzuschätzender Mann in unauffälligem Anzug war aus dem Schatten des Gebäudes, in dem sich der Gesundheitsdienst befand, auf ihn zugetreten.

»Mein Name ist Halloran. Ich freue mich, Sie kennenzulernen.«

Sie gaben sich die Hände.

»Ich hoffe, Sie hatten einen angenehmen Flug. Würden Sie mir bitte folgen.«

Er wandte sich an den Beamten der Flugplatz-Polizei, der die Tür bewachte.

»Alles klar, Sergeant!«

»Bitte, Mr. Halloran – bis zum nächsten Mal.«

Die anderen Fluggäste waren in dem Gebäude verschwunden. Halloran wandte sich nach links, in die dem Gebäude entgegengesetzte Richtung. Ein zweiter Polizeibeamter hielt ein kleines Tor auf, das in die hohe Umzäunung eingelassen war.

»Auf Wiedersehen, Mr. Halloran.«

»Auf Wiedersehen, vielen Dank.«

Unmittelbar vor der Umzäunung wartete ein schwarzer Buick mit leise summendem Motor. Sie stiegen ein. Bonds zwei leichte Koffer lagen bereits neben dem Fahrer. Bond konnte sich nicht vorstellen, wie sie so schnell aus dem Berg von Gepäckstücken, der erst vor wenigen Minuten zum Zoll gebracht war, herausgesucht worden waren.

»Los, Grady, wir können fahren.«

Bond ließ sich bequem zurücksinken, als die große Limousine anzog. Dann wandte er sich an Halloran.

»Das war wirklich der großartigste Empfang, den ich bisher mitgemacht habe. Ich rechnete mit mindestens einer Stunde, um die ganzen Einreiseformalitäten hinter mich zu bringen. Wer hat denn das alles arrangiert? Ich bin wirklich nicht gewöhnt, als großes Tier – als besonders bedeutende Persönlichkeit – behandelt zu werden. Jedenfalls tausend Dank für Ihre Hilfe.«

»Keine Ursache, Mr. Bond.« Halloran lächelte und bot ihm eine Zigarette aus einer frischen Packung Lucky Strike an. »Wir möchten Ihnen den Aufenthalt so bequem wie möglich machen. Sie brauchen es nur zu sagen, wenn Sie einen Wunsch haben. In Washington haben Sie ein paar sehr gute Freunde. Ich selbst habe zwar keine Ahnung, aus welchem Grund Sie hier sind, aber die Behörden scheinen sehr großen Wert darauf zu legen, daß Sie als bevorzugter Gast der Regierung behandelt werden. Meine Aufgabe besteht lediglich darin, dafür zu sorgen, daß Sie möglichst schnell und mühelos in Ihr Hotel kommen; dann werde ich Sie weitergeben und wieder verschwinden. Dürfte ich Ihren Paß vielleicht für einen Augenblick haben?«

Bond gab ihm seinen Paß. Halloran öffnete eine neben ihm stehende Aktentasche und holte einen schweren Metallstempel heraus. Dann blätterte er den Paß bis zu jener Seite durch, auf der das Visum der USA eingetragen war, setzte den Stempel darunter, kritzelte seine Unterschrift über den dunkelblauen Kreis, der das Zeichen des Justizministeriums enthielt, und gab Bond den Paß zurück. Schließlich holte er seine Brieftasche heraus und entnahm ihr einen dicken weißen Umschlag, den er ebenfalls Bond gab.

»In diesem Umschlag befinden sich eintausend Dollar, Mr. Bond.« Abwehrend hob er seine Hand, als Bond etwas sagen wollte. »Es handelt sich um Gelder, die wir den Kommunisten während der Schmidt-Kinaski-Affäre abgenommen haben. Diese Beträge verwenden wir bei Unternehmen, die wir gegen die Kommunisten durchführen, und man bittet Sie, das Geld während Ihres derzeitigen Auftrages auf die Ihnen angenehmste Art auszugeben. Ich habe die Anweisung, Ihnen mitzuteilen, daß man es als ausgesprochen unfreundlichen Akt betrachten würde, wenn Sie sich weigerten. Reden wir also bitte nicht mehr darüber.« Und als Bond den Umschlag immer noch zweifelnd in der Hand hielt, fügte er hinzu: »Ich habe Ihnen ferner auszurichten, daß die Übergabe dieser Summe mit Wissen und Genehmigung Ihres Chefs geschieht.«

Bond sah ihn einen Augenblick aus zusammengekniffenen Augen an und grinste dann. Schließlich steckte er den Umschlag ein.

»Also gut«, sagte er. »Und herzlichen Dank. Ich werde versuchen, es so auszugeben, daß es den Burschen am meisten schadet. Ich bin froh, über ein kleines Grundkapital verfügen zu können. Und besonderen Spaß macht es, wenn man weiß, daß es vom Gegner stammt.«

»Sehr schön«, sagte Halloran. »Und jetzt entschuldigen Sie mich bitte einen Augenblick, aber ich will mir nur schnell ein paar Notizen für meinen Bericht machen. Außerdem muß ich mich noch beim Zoll und bei der Einwanderungsbehörde schriftlich für die Zusammenarbeit bedanken — eine reine Routinesache.«

»Lassen Sie sich nicht stören«, sagte Bond.

Er war froh, nicht mehr sprechen zu müssen und sich ganz den Eindrücken jenes Amerika hingeben zu können, das er seit Kriegsende zum erstenmal wiedersah. Es war für ihn wichtig, sich sofort wieder an die amerikanischen Eigentümlichkeiten zu gewöhnen: an die Reklame, an die neuen Wagenmodelle, an die Preise der Gebrauchtwagen, die auf großen Flächen zusammengestellt waren, an die treffenden Verkehrsschilder, an die andere Art des Fahrens, an die Zahl der am Steuer sitzenden Frauen, deren Männer fügsam daneben saßen, an die Kleidung, an die so ganz anderen Frisuren der Frauen, an die Warnungstafeln der Zivilverteidigung — IM FALL EINES FEINDLICHEN ANGRIFFS WEITERFAHREN — BRÜCKE RÄUMEN — an den Wald von Fernsehantennen und die in den Schaufenstern aufgestapelten zahllosen Geräte, an die Hubschrauber, die gelegentlich über die Straße hinwegzogen, an die öffentlichen Appelle zur Bekämpfung von Krebs und Kinderlähmung, die »Pfennigparade«, an die vielen vorüberziehenden Eindrücke, die für seinen Beruf genauso wichtig waren wie ein Stück abgerissene Rinde oder ein geknickter Zweig für den Dschungeljäger.

Der Fahrer bog zur Triborough Bridge ab, und über die atemberaubende Spannweite hinweg setzten sie zum Herzen Manhattans hinüber, und die eindrucksvolle Silhouette New Yorks kam immer näher, bis sie sich mitten im heißen, wimmelnden und nach Benzin riechenden Wurzelgewirr dieses Betondschungels befanden.

Bond wandte sich an seinen Begleiter.

»Eigentlich sollte man es nicht sagen«, meinte er, »aber das hier muß wohl das weitaus lohnendste Atombombenziel sein, das es auf dem ganzen Erdball gibt.«

»Das kann man wohl annehmen«, stimmte Halloran zu. »Oft liege ich nachts wach und stelle mir vor, was dann wohl passieren würde.«

Sie fuhren vor dem besten Hotel New Yorks vor, dem St. Regis an der Ecke der Fifth Avenue und der 55th Street. Ein melancholisch aussehender Mann mittleren Alters in dunkelblauem Mantel und schwarzem Homburger kam ihnen entgegen. Noch vor dem Eingang machte Halloran ihn mit Bond bekannt.

»Mr. Bond, darf ich Ihnen Captain Dexter vorstellen.« Halloran wirkte plötzlich ziemlich ehrerbietig. »Dann kann ich Mr. Bond jetzt Ihnen überlassen, Captain?«

»Selbstverständlich. Lassen Sie nur noch das Gepäck nach oben bringen – Zimmer 2100, oberstes Stockwerk. Ich fahre mit Mr. Bond schon hinauf und sehe nach, ob auch alles in Ordnung ist.«

Bond wandte sich an Halloran, um sich zu bedanken und sich von ihm zu verabschieden. Halloran hatte ihm noch den Rücken zugekehrt, um dem Portier wegen Bonds Gepäck Bescheid zu sagen, und Bond blickte an ihm vorbei auf die 55th Street. Seine Augen verengten sich. Eine schwarze Limousine, ein Chevrolet, scherte plötzlich aus der Reihe der vorüberrollenden Wagen aus, so daß ein Taxi scharf bremsen mußte und der Fahrer wild hupte. Der Chevrolet ließ sich jedoch nicht beeindrucken, kam gerade noch bei Grün über die Kreuzung und verschwand auf der Fifth Avenue in nördlicher Richtung.

Es war ein elegantes und riskantes Manöver gewesen; das, was Bond verblüffte, war jedoch die Negerin, die am Steuer gesessen hatte – eine blendend aussehende Negerin in Chauffeursuniform. Und durch das Rückfenster hatte er auch noch einen flüchtigen Blick auf den einzigen Fahrgast werfen können, auf ein großes, grauschwarzes Gesicht, das sich langsam zu ihm herumgedreht hatte und ihn, wie Bond überzeugt war, direkt angesehen hatte, als der Wagen mit schnellem Tempo in die Fifth Avenue einbog.

Bond schüttelte Hallorans Hand. Dexter tippte ungeduldig gegen seinen Ellbogen.

»Wir gehen durch die Halle direkt zum Lift – halbrechts. Und würden Sie bitte Ihren Hut aufbehalten, Mr. Bond.«

Als Bond dem Captain folgte, hatte er das Gefühl, daß es für diese Vorsichtsmaßnahmen wahrscheinlich bereits zu spät war. Nicht allzu oft auf der Welt wird man Negerinnen sehen, die einen Wagen fahren; eine Negerin als Chauffeur ist jedoch noch ungewöhnlicher und selbst in Harlem kaum vorstellbar – und gerade daher stammte der Wagen mit Sicherheit.

Und die riesige Gestalt im Fond? Jenes grauschwarze Gesicht? War das Mr. Big?

»Und wenn schon«, knurrte Bond vor sich hin, als er hinter dem schlanken Dexter den Fahrstuhl betrat.

Der Lift schob sich langsam zur einundzwanzigsten Etage hoch.

»Übrigens haben wir für Sie noch eine kleine Überraschung, Mr. Bond«, sagte Captain Dexter, ohne allzu große Begeisterung, wie Bond fand.

Sie gingen den Korridor entlang bis zum letzten Zimmer.

Vor den Korridorfenstern seufzte der Wind, und Bond hatte einmal einen kurzen Blick auf die Spitzen anderer Wolkenkratzer sowie auf die starren Wipfel jener Bäume, die in dem dahinterliegenden Central

Park standen. Er hatte das Gefühl, jede Berührung mit der Erde verloren zu haben, und ein merkwürdiges Bewußtsein von Einsamkeit und Leere griff nach seinem Herzen.

Dexter schloß die Tür von Nr. 2100 auf und sperrte sie hinter Bond wieder ab. Sie standen in einer kleinen, von einer Lampe erhellten Diele und legten Hüte nebst Mäntel auf einen Stuhl. Dann öffnete Dexter die nächste Tür und ließ Bond vorgehen.

Er betrat ein entzückendes Wohnzimmer, das mit behaglichen Sesseln und einem breiten, mit blaßgelber Seide bezogenen Sofa in amerikanischem »Empire« eingerichtet war; auf dem Boden lag die ausgezeichnete Nachahmung eines Aubusson, während Decke und Wände in einem hellgrauen Farbton gehalten waren. Ferner enthielt der Raum ein Büfett mit geschwungener Vorderseite, auf dem verschiedene Flaschen und Gläser sowie ein silberner Eiskübel standen, und durch ein breites Fenster drang das Licht der winterlichen Sonne herein, die von einem leuchtend blauen Himmel, wie es ihn sonst nur in der Schweiz gibt, herunterschien.

Dann öffnete sich die Verbindungstür zum Schlafzimmer.

»Ich habe nur die Blumen auf Ihrem Nachttisch etwas geordnet. Auch das gehört zu dem berühmten ›Service mit einem Lächeln‹ des CIA.« Der hochgewachsene, schlanke junge Mann kam mit einem breiten Grinsen und ausgestreckter Hand auf Bond zu, der vor Verblüffung wie angewurzelt stehenblieb.

»Felix Leiter! Was, zum Teufel, machen Sie denn hier?« Bond griff nach der knochigen Hand und schüttelte sie herzlich. »Was, zum Teufel, haben Sie eigentlich in meinem Schlafzimmer zu suchen? Menschenskind – ich finde es großartig, daß wir uns hier wiedersehen. Aber warum sind Sie nicht in Paris? Erzählen Sie bloß nicht, daß man Sie für diese Geschichte abkommandiert hat!«

Leiter blickte den Engländer herzlich an.

»Sie sagen es. Genau das hat man nämlich getan. Großartig – was? Wenigstens für mich. CIA fand, daß wir in der Casino-Geschichte gut zusammengearbeitet hätten, holte mich deshalb vom Joint Intelligence in Paris weg, steckte mich eine Zeitlang nach Washington – und jetzt bin ich hier. Ich fungiere als eine Art Verbindungsmann zwischen dem CIA und unseren Freunden vom FBI.« Mit einer Handbewegung deutete er auf Captain Dexter, der diesen unpassenden Gefühlsausbruch etwas unbehaglich beobachtet hatte. »Die Geschichte fällt nämlich in ihr Ressort, soweit sie sich auf amerikanischem Gebiet abspielt, aber wie Sie wissen, gehen einige Fäden auch nach Übersee, das zu dem Gebiet von CIA gehört, und aus diesem Grunde haben wir uns zusammengetan. Sie sollen dabei für die Engländer jenen Teil übernehmen, der nach Jamaika hinüberführt, und damit ist das Team komplett. Wie finden Sie das? Aber setzen Sie sich doch erst einmal hin und trinken Sie einen Schluck. Als ich hörte, daß Sie angekommen wären, habe ich gleich etwas zu essen bestellt; es kann nicht mehr lange dauern.« Er ging zum Büfett hinüber und mixte Martinis.

»Das ist allerdings eine Überraschung«, sagte Bond. »Und M, dieser alte Teufel, hat natürlich kein Wort verraten. Er erzählt einem immer nur die Tatsachen – aber irgendeine erfreuliche Nachricht erfährt man von ihm nicht. Vielleicht glaubt er, daß er sonst die Entscheidung, ob man den Fall übernehmen will oder nicht, beeinflussen könnte.«

Bond merkte plötzlich, daß Captain Dexter beharrlich schwieg. Deshalb wandte er sich an ihn.

»Ich bin sehr froh, daß ich gerade Ihnen unterstellt worden bin, Captain«, sagte er taktvoll. »Soweit ich orientiert bin, besteht der ganze Fall aus zwei verschiedenen Teilen. Der erste betrifft schließlich amerikanisches Gebiet und fällt damit natürlich unter Ihr Ressort. Teil zwei spielt dann ins Karibische Meer, nach Jamaika hinüber. Und soweit ich orientiert bin, soll ich den Teil übernehmen, der außerhalb des amerikanischen Hoheitsgebietes liegt. Felix Leiter ist für Ihre Regierung der Verbindungsmann zwischen den beiden Gebieten. Meine Berichte nach London laufen, solange ich hier bin, über den CIA und später direkt, wobei der CIA ebenfalls informiert wird. Stimmt diese Auffassung mit Ihrer überein?«

Dexter lächelte dünn. »Genau, Mr. Bond. Mr. Hoover läßt Ihnen durch mich sagen, daß er sehr erfreut sei, Sie hier zu haben – als unseren Gast«, fügte er noch hinzu. »Selbstverständlich sind wir an dem Fall, soweit er britische Interessen berührt, in keiner Weise interessiert, und wir sind sehr froh, daß CIA diesen Teil mit Ihnen und Ihren Leuten in London bearbeitet. Ich nehme daher an, daß alles zur Zufriedenheit verlaufen wird. Auf gutes Gelingen!« Und er hob das Glas, das Leiter ihm gegeben hatte.

Genießerisch leerten sie die Gläser, während Leiter einen leicht fragenden Ausdruck auf seinem, einem Habicht ähnlichen Gesicht gesehen hatte.

Es klopfte. Leiter öffnete die Tür und ließ den Boy mit Bonds Koffern herein. Ihm folgten zwei Kellner mit Teewagen, beladen mit zugedeckten Tellern, Bestecken und schneeweißem Tischzeug; die Kellner begannen unverzüglich, den auseinanderklappbaren Tisch zu decken.

»Krabben in Tatarensauce, Beefsteaks, nicht ganz durchgebraten, vom Holzkohlengrill, Pommes frites, Broccoli, gemischter Salat, als Abschluß Eiskreme mit zerlassenen Karamellen und dazu einen ›Liebfrauenmilch‹, wie man ihn in Amerika nur selten bekommt. In Ordnung?«

»Klingen tut es großartig«, sagte Bond trotz eines leisen Unbehagens wegen der zerlassenen Karamellen.

Sie setzten sich an den Tisch und aßen sich beharrlich durch jeden Gang dieser typisch amerikanischen Kochkunst.

Gesprochen wurde nur wenig, und erst als der Kaffee serviert und der Tisch abgeräumt war, nahm Captain Dexter seine Fünfzig-Cent-Zigarre aus dem Mund und räusperte sich entschlossen.

»Mr. Bond«, sagte er, »vielleicht berichten Sie jetzt einmal, was Sie von diesem Fall wissen.«

Bond riß ein frisches Päckchen Chesterfield mit dem Daumennagel auf, und als er sich behaglich zurücklehnte und die Wärme des luxuriösen Zimmers genoß, wanderten seine Gedanken die zwei Wochen bis zu jenem bitterkalten Januartag zurück, an dem er seine Wohnung in Chelsea im trüben Licht des Londoner Nebels verlassen hatte.

2

Das graue Bentley-Cabriolet – Baujahr 1933, viereinhalb Liter und mit Kompressor – war wenige Minuten vorher von der Garage herübergefahren worden, und der Motor sprang daher sofort an, als Bond auf den Anlasser trat. Er schaltete die beiden Nebelscheinwerfer ein, fuhr langsam die King's Road hinunter und bog dann in die Sloane Street zum Hyde Park.

Ms Chef des Stabes hatte ihn um Mitternacht angerufen und ihm ausgerichtet, daß M Bond am nächsten Morgen um neun Uhr sprechen wolle. »Ein bißchen sehr früh«, hatte er sich dabei entschuldigt, »aber er scheint die Sache jetzt in Gang bringen zu wollen. Seit Wochen hat er darüber gebrütet. Ich nehme an, daß er jetzt zu einem Entschluß gekommen ist.«

»Irgendein Anhaltspunkt, den Sie mir am Telefon geben könnten?«

»A gleich Apfel und C gleich Charlie«, sagte der Chef des Stabes und hängte auf.

Das bedeutete, daß dieser Fall die Abteilungen A und C betraf – jene Abteilungen des Secret Service also, in deren Aufgabenbereich die Vereinigten Staaten und das Karibische Meer fielen. Während des Krieges hatte Bond eine Zeitlang für die Abteilung A gearbeitet; von der Abteilung C und ihren Aufgaben wußte er dagegen so gut wie nichts.

Als er, dicht am Bordstein entlang, durch den Hyde Park schlich, dachte er mit einer leichten Spannung an die bevorstehende Unterhaltung mit M, jenem bemerkenswerten Mann, der den Secret Service leitet. Seit Ende des Sommers hatte er nicht mehr in diese kalten, klugen Augen geblickt. Damals war M sehr erfreut gewesen.

»Nehmen Sie jetzt erst einmal Urlaub«, hatte er gesagt. »Solange Sie wollen. Und anschließend lassen Sie sich neue Haut auf den Handrücken überpflanzen. ›O‹ wird Ihnen den besten Arzt aussuchen und einen Termin festlegen. Mit dieser verdammten russischen Schutzmarke kann ich Sie nicht länger herumlaufen lassen. Mal sehen, ob ich ein gutes Objekt für Sie finde, wenn Sie wieder soweit sind. Alles Gute.«

Die Hand war – schmerzlos, wenn auch sehr langsam – wieder in Ordnung gekommen. Die dünnen Narben, die den russischen Buchstaben für SCH, den ersten Buchstaben des Wortes SPION, bildeten, waren entfernt worden, und als Bond an den Mann mit dem Stilett dachte, der diesen Buchstaben in seinen Handrücken geschnitten hatte, verkrampften sich seine Hände, die das Lenkrad hielten.

Was aber war mittlerweile mit jener glänzenden Organisation passiert, deren Agent der Mann mit dem Messer gewesen war, mit jenem sowjetischen Strafinstrument, das die Bezeichnung SMERSCH, die Abkürzung von SMERT SPIONAM – Tod den Spionen – trug? War diese Organisation immer noch so mächtig, immer noch so schlagkräftig? Wer kontrollierte sie jetzt, nachdem Beria erschossen worden war? Nach dem großen Spielerduell, in das Bond in Royale-les-Eaux verwickelt worden war, hatte er sich geschworen, sich irgendwann einmal an diesen Leuten zu rächen. Das hatte er M auch bei der letzten Unterhaltung gesagt. War die kommende Unterredung mit M vielleicht der Beginn eines solchen Unternehmens?

Bonds Augen waren nur noch schmale Schlitze, als er in die Nebelschwaden des Regents Park starrte, und in dem gedämpften Licht war sein Gesicht grausam und hart.

Er fuhr in den Hof des düsteren hohen Gebäudes, übergab seinen Wagen einem unauffällig gekleideten Fahrer der Fahrbereitschaft und ging dann zum Haupteingang zurück. Mit dem Fahrstuhl wurde er in das oberste Stockwerk gebracht, und schließlich ging er über den dicken Läufer des Korridors, den er so gut kannte, zu der Tür neben Ms Zimmer. Der Chef des Stabes erwartete ihn bereits und sagte M sofort über das Sprechgerät Bescheid.

»007 ist gerade gekommen, Sir.«

»Schicken Sie ihn herein.«

Die sehr attraktive Miss Moneypenny, Ms allmächtige Privatsekretärin, lächelte ihm ermutigend zu, und er ging durch die Doppeltür. Im gleichen Augenblick leuchtete in dem Zimmer, das er gerade verlassen hatte, hoch an der Wand eine grüne Lampe auf. Solange sie brannte, wünschte M nicht gestört zu werden.

Eine Leselampe mit einem grünen Glasschirm warf einen hellen Lichtkreis auf die Lederbespannung des großen Schreibtisches. Der übrige Raum wurde durch den draußen lagernden Nebel verdunkelt.

»Guten Morgen, 007. Zeigen Sie mal Ihre Hand her. Nicht schlecht gemacht. Woher hat man die Haut genommen?«

»Vom Unterarm, Sir.«

»Aha. Die Haare werden wohl etwas zu dicht wachsen, und die Haut wird faltig werden. Na ja, das läßt sich nicht ändern. Aber im Augenblick sieht es ganz ordentlich aus. Nehmen Sie Platz.«

Bond ging zu dem Stuhl, der vor Ms Schreibtisch stand. Die grauen Augen blickten ihn an und durch ihn hindurch.

»War der Urlaub nett?«

»Jawohl, danke, Sir.«

»Haben Sie so etwas schon mal gesehen?« Unvermittelt holte M irgend etwas aus seiner Jackentasche und warf es über den Tisch hinweg Bond zu. Mit einem leisen Klingen blieb es auf dem roten Leder liegen und funkelte in dem Licht der Lampe; es war eine Münze aus reinem Gold, mit einem Durchmesser von etwa drei Zentimetern.

Bond nahm sie in die Hand, drehte sie hin und her und wog sie in der Hand.

»Nein, Sir. Ich schätze, daß sie etwa fünf Pfund wert sein dürfte.«

»Fünfzehn für einen Sammler. Es ist eine Rose Noble aus der Zeit Edwards IV.«

M griff wieder in die Tasche und ließ noch eine Reihe weiterer Goldmünzen vor Bond auf den Tisch fallen. Dabei sah er jede einzelne kurz an und gab dazu eine Erklärung.

»Double Excellente, spanisch, Ferdinand und Isabella, 1510; Ecu de Soleil, französisch, Charles IX., 1574; Double Ecu d'or, französisch, Henry IV., 1560; Ryder, holländisch, Charles d'Egmont, 1538; Quadruple, Genua, 1617; Double louis, à la mèche courte, französisch, Louis XIV., 1644. Eingeschmolzen ist das Zeug schon eine Menge wert, aber sehr viel mehr noch für Sammler: zwischen zehn und zwanzig Pfund pro Stück. Ist Ihnen vielleicht aufgefallen, was allen gemeinsam ist?«

Bond überlegte. »Nein, Sir.«

»Alle sind vor 1650 geprägt. Bloody Morgan, der Seeräuber, war von 1674 bis 1683 Gouverneur und Oberbefehlshaber auf Jamaika.

Die englische Münze ist der Joker in diesem Spiel: Wahrscheinlich wurde sie zur Entlöhnung der Garnison von Jamaika hinübergeschafft. Aber trotz allem könnten diese Münzen auch aus irgendeinem anderen Schatz stammen, den sich einer der großen Seeräuber zusammengeraubt hat: L'Ollonais, Pierre le Grand, Sharp, Sawkins oder auch Blackbeard. Nach allem aber — und auch nach Ansicht der beiden Spinks sowie des Britischen Museums — gehören sie fast mit Sicherheit zu dem Schatz Bloody Morgans.«

M machte eine Pause, um seine Pfeife zu stopfen und anzuzünden. Er forderte Bond jedoch nicht auf, sich eine Zigarette anzustecken, und Bond wäre es nicht einmal im Traum eingefallen, dies unaufgefordert zu tun.

»Es muß ein verdammt lohnender Schatz gewesen sein. Bisher sind in den Vereinigten Staaten allein in den letzten Monaten rund tausend dieser und ähnlicher Münzen aufgetaucht. Und wenn es der Sonderabteilung des Finanzministeriums sowie dem FBI gelungen ist, tausend Münzen aufzuspüren, kann man sich ungefähr ausrechnen, wie viele Münzen eingeschmolzen wurden oder aber in Privatsammlungen verschwanden. Und dabei kommen immer noch neue hinzu, die entweder den Banken, Edelmetallhändlern oder Raritätenläden, meistens jedoch den Pfandleihern angeboten werden. Der FBI sitzt also in einer ziemlichen Klemme. Wenn er diese Dinger als gestohlenen Besitz ausgibt, wird die Quelle sehr schnell versiegen; man würde die Münzen einschmelzen und die Goldbarren sofort auf den Schwarzmarkt für Edelmetalle werfen. Man hätte also den Seltenheitswert der Münzen geopfert, damit das Gold in dunklen Kanälen verschwindet. Hinzu kommt, daß bei diesem Unternehmen die Farbigen — Gepäckträger, Schlafwagenschaffner und Lastwagenfahrer — eingespannt sind, so daß das Geld gleichmäßig über die Staaten verteilt ist. Diese Farbigen aber sind völlig unschuldige Burschen. Hier ein typisches Beispiel.« M schlug einen braunen Hefter auf, der einen roten Stern — das Zeichen für »Streng geheim« — trug, und nahm ein einzelnes Blatt heraus. Als M es hochhielt, konnte Bond den durchscheinenden Aufdruck am Kopf des Bogens erkennen: »Department of Justice. Federal Bureau of Investigation.« M las den Text vor.

»Zachary Smith, 35, Neger, Mitglied der Schlafwagenschaffner-Gewerkschaft, Anschrift: 90 b West 126th Street, New York City.« M blickte auf. »Harlem«, sagte er. »Der Obengenannte wurde von Arthur Fein von der Firma Fein Jewels Inc., 870 lenox Avenue, als derjenige erkannt, der am 21. November vergangenen Jahres vier Goldmünzen aus dem 16. und 17. Jahrhundert zum Verkauf anbot (Einzelheiten siehe Anlage). Fein nannte als Preis hundert Dollar, auf die der Obengenannte einging. Bei späterer Vernehmung sagte Smith aus, daß die Münzen ihm in der Seventh Heaven Bar-B-Q — einem bekannten Lokal in Harlem — von einem Neger für zwanzig Dollar pro Stück angeboten worden wären; Smith hat diesen Mann weder vorher noch nachher gesehen. Der Verkäufer hätte behauptet, daß die Firma Tiffany mindestens fünfzig Dollar pro Stück bezahlen würde, daß er, der Verkäufer, jedoch sofort Bargeld brauchte. Smith kaufte eine Münze für zwanzig Dollar; als er jedoch feststellte, daß ein in der Nähe gelegener Pfandleiher fünfundzwanzig Dollar dafür bot, kehrte er sofort in das Lokal zurück und kaufte auch die restlichen drei Münzen für zusammen sechzig Dollar. Am nächsten Vormittag ging er damit zu der Firma Fein. Von Smith ist nichts Nachteiliges bekannt.«

M legte den Bogen in den braunen Aktendeckel zurück.

»Das ist typisch«, sagte er. »Verschiedentlich hat man jenen Mittelsmann erwischt, der sie zu einem etwas niedrigeren Preis gekauft hat; immer stellte man fest, daß dieser Mittelsmann eine Handvoll — in einem einzigen Fall sogar einhundert Exemplare — von einem Mann gekauft hat, der sie vermutlich noch billiger eingekauft habe. Sämtliche größeren Transaktionen spielten sich in Harlem oder in Florida ab. Immer war das nächste Glied der Kette ein unbekannter Neger, in allen Fällen ein halbwegs Gebildeter, also kein Arbeiter, der behauptete, daß die Münzen seiner Ansicht nach aus einem versteckten Schatz, aus Blackbeards Schatz also, stammten.«

»Diese Blackbeard-Story war auch einigermaßen hieb- und stichfest«, fuhr M fort, »weil mit einiger Berechtigung anzunehmen ist, daß ein Teil dieser Beute ungefähr um die Weihnachtszeit des Jahres 1928 an einem Ort namens Plum Point gefunden worden ist. Der Ort liegt auf einer schmalen Landzunge in Beaufort Country, im Staate North Carolina, wo der Bath Creek — ein kleinerer Fluß — in den Pamlico River mündet. Halten Sie mich bitte nicht für einen Experten«, sagte er lächelnd, »denn diese ganzen Dinge können Sie in diesem Aktenstück selbst nachlesen. Theoretisch wäre es also begreiflich, daß die glücklichen Schatzsucher ihren Fund versteckten, bis die Geschichte wieder in Vergessenheit geraten war, und daß sie ihn dann auf einmal auf den Markt warfen. Möglich wäre ferner, daß sie ihn damals oder später im ganzen verkauften und daß der Käufer ihn gerade jetzt wieder veräußerte. Jedenfalls scheint die Geschichte äußerst plausibel zu sein — bis auf zwei Punkte.«

M schwieg einen Augenblick und zündete die Pfeife wieder an.

»Erstens beschränkt sich Blackbeards Tätigkeit auf die Jahre zwischen 1690 und 1710; es ist also merkwürdig, daß keine dieser Münzen nach dem Jahre 1650 geprägt worden ist. Außerdem ist es – wie ich vorhin schon sagte – unwahrscheinlich, daß der Schatz Rose Nobles enthält, da kein Bericht über die Kaperung eines englischen, auf dem Wege nach Jamaika befindlichen Schatzschiffes überliefert ist. Die Burschen hätten ein solches Unternehmen wohl auch kaum durchführen können, da diese Schiffe unter starkem Geleitschutz fuhren. Für Plünderungen und Kaperungen gab es damals erheblich günstigere Gelegenheiten.«

M betrachtete die Decke und sah dann Bond wieder an. »Zweitens weiß ich, wo sich der Schatz befindet; zumindest bin ich ziemlich überzeugt, es zu wissen. Er liegt nicht in Amerika, sondern in Jamaika. Es ist der Schatz Bloody Morgans, und ich nehme an, daß es sich hier um den wertvollsten zusammengeraubten Schatz der Geschichte handelt.«

»Um Himmels willen!« sagte Bond. »Wie ... wo sollen wir denn da einhaken?«

M machte eine abwehrende Handbewegung. »Die Einzelheiten finden Sie hier drin.« Er legte die Hand auf den braunen Aktenordner. »Kurz noch folgendes: Abteilung C wurde auf eine Motorjacht namens *Secatur* aufmerksam gemacht, die von einer kleinen Insel an der Nordküste Jamaikas durch die Florida Keys in den Golf von Mexiko fuhr, und zwar nach St. Petersburg. Es ist eine Art Vergnügungsort, in der Nähe von Tampa, an der Westküste von Florida. Mit Hilfe des FBI haben wir den Besitzer der Yacht und der kleinen Insel herausgefunden; es handelt sich um einen Mann, der unter dem Namen Mr. Big bekannt ist, einen Negergangster. Schon mal von ihm gehört?«

»Nein«, sagte Bond.

Ms Stimme war auf einmal sehr sanft und ruhig geworden. »Und merkwürdigerweise wurde der Zwanzig-Dollar-Schein, mit dem einer dieser zufälligen schwarzen Käufer eine Goldmünze bezahlt und dessen Nummer er sich aus irgendeinem Grunde aufgeschrieben hatte, von einem zu Mr. Big gehörenden Mann wieder ausgegeben.« Mit dem Mundstück seiner Pfeife deutete M auf Bond. »Und bezahlt wurde damit eine Information, die von einem Doppelagenten des FBI und Mitglied der Kommunistischen Partei geliefert worden war.«

Bond pfiff leise vor sich hin.

»Kurz gesagt«, fuhr M fort, »haben wir den Verdacht, daß dieser Schatz zur Finanzierung der sowjetischen Spionage in Amerika, oder zumindest eines wesentlichen Teils, verwendet wird. Und unser Verdacht wird zur Gewißheit, wenn ich Ihnen erzähle, wer Mr. Big ist.«

Bond wartete, die Augen auf M gerichtet.

»Mr. Big«, sagte M, jedes Wort abwägend, »ist wahrscheinlich der mächtigste Verbrecher unter den Negern, den die Welt kennt. Er ist der Kopf des Black-Widow-Voodoo-Kultes und gilt innerhalb dieses Kultes als der Fürst Samedi persönlich.« M klopfte mit der Hand auf den Aktenordner. »Die Einzelheiten werden Sie ebenfalls hier finden, und wahrscheinlich werden sich Ihnen dabei die Haare sträuben. Ferner ist Mr. Big ein Agent der Sowjets. Und schließlich ist er – dieser Punkt wird Sie, Bond, wahrscheinlich besonders interessieren – ein uns bekannter Angehöriger von *Smersch.*«

»Ach so«, sagte Bond langsam, »jetzt verstehe ich.«

»Ein interessanter Fall«, sagte M und blickte Bond gespannt an. »Und ein interessanter Mann, dieser Mr. Big.«

»Ich kann mich nicht erinnern, bisher von einem Neger gehört zu haben, der ein großer Verbrecher war«, sagte Bond. »Von Chinesen schon, als Hintermänner des Opiumhandels, und auch von einigen Japanern, die sich meistens mit Perlen und Rauschgiften abgaben. Eine Menge Neger waren außerdem in den afrikanischen Diamanten- und Goldschmuggel verwickelt, aber immer nur am Rande. Große Sachen scheinen sie bisher nicht organisiert zu haben. Meiner Erfahrung nach waren sie immer brave und gesetzestreue Bürger – vorausgesetzt, daß sie nicht zuviel getrunken hatten.«

»Mr. Big bildet auch eine kleine Ausnahme«, sagte M. »Er ist kein reinblütiger Neger. Geboren ist er in Haiti, mit einem ordentlichen Schuß französischen Blutes. Seine Ausbildung erhielt er, wie Sie selbst nachlesen können, in Moskau. Und die Negerrassen fangen jetzt erst an, Genies aller Art hervorzubringen – Wissenschaftler, Ärzte und Schriftsteller. Deshalb wurde es langsam auch Zeit, daß ein großer Verbrecher aus ihren Reihen auftauchte. Schließlich gibt es auf der Welt rund zweihundertfünfzig Millionen Neger – fast ein Drittel der weißen Bevölkerung. Diese Menschen haben genügend Verstand, Talent und so weiter. Und jetzt hat Moskau einem von ihnen das Technische beigebracht.«

»Ich möchte den Fall übernehmen«, sagte Bond. »Ich möchte jeden Fall gegen einen Angehörigen von *Smersch* übernehmen«, fügte er hinzu.

»Also gut, Bond. Sehen Sie sich die Sache einmal an.« M gab ihm den dicken braunen Aktenordner. »Besprechen Sie den Fall noch mit Plender und Damon. Richten Sie sich so ein, daß Sie in einer Woche fahren können. Übrigens arbeiten wir dabei mit CIA und FBI zusammen. Aber treten Sie dem FBI um Himmels willen dabei nicht auf die Zehen; die Leute leiden nämlich unter Hühneraugen. Viel Glück.«

Bond war unmittelbar zu Commander Damon, dem Leiter der Abteilung A, gegangen, einem gescheiten Kanadier, dessen Aufgabenbereich der Kontakt mit der Central Intelligence Agency, dem amerikanischen Geheimdienst, war.

Damon blickte von seinem Tisch auf. »Also haben Sie den Fall übernommen«, sagte er und sah auf den Aktenordner. »Das habe ich mir schon gedacht. Nehmen Sie Platz.« Er deutete auf einen Sessel neben dem elektrisch beheizten Kamin. »Wenn Sie es durchgeackert haben, werde ich noch bestehende Lücken ausfüllen.«

3

Inzwischen waren zehn Tage vergangen, und die Unterhaltung mit Dexter und Leiter hatte nicht viel Neues ergeben, überlegte Bond, als er langsam und genießerisch in seinem Schlafzimmer im St. Regis, am Morgen nach seiner Ankunft in New York, aufwachte.

Dexter hatte zwar eine Menge Einzelheiten über Mr. Big erzählt, aber nichts, was diesen Fall in ein neues Licht setzte. Mr. Big war fünfundvierzig Jahre alt, in Haiti geboren und zur Hälfte Neger, zur anderen Hälfte Franzose. Wegen der Anfangsbuchstaben seines komischen Namens – Buonaparte Ignace Gallia – sowie wegen seiner auffallenden Größe und seines mächtigen Körpers wurde er schon in seiner Jugend »Big Boy« oder auch nur »Big« genannt. Mit der Zeit wurde daraus »The Big Man« oder »Mr. Big«, und sein eigentlicher Name führte nur noch im Geburtsregister von Haiti und in jener Akte ein verborgenes Leben, die der FBI über ihn angelegt hatte. Seine einzige Schwäche waren Frauen, die er in Unmengen verbrauchte. Er rauchte und trank nicht, aber seine Achillesferse schien ein chronisches Herzleiden zu sein, durch das seine Haut im Laufe der Jahre einen grauen Ton bekommen hatte.

Der Big Boy war bereits als Kind in den Voodoo-Kult eingeführt worden, hatte zuerst in Port-au-Prince als Lastwagenfahrer gearbeitet, war dann nach Amerika ausgewandert und hatte sich mit großem Erfolg einer Bande angeschlossen, die sich auf Überfälle spezialisiert hatte. Mit dem Ende der Prohibition war er nach Harlem übergesiedelt und hatte sich nicht nur an einem kleinen Nachtklub, sondern auch an einem Ring farbiger Callgirls beteiligt. Sein Partner wurde 1938, in einem Zementblock eingegossen, aus dem Harlem River gefischt, und damit wurde Mr. Big automatisch alleiniger Besitzer der Unternehmen. Im Jahre 1943 wurde er eingezogen, und wegen seines ausgezeichneten Französisch fiel er dem Office of Strategic Services, dem während des Krieges aufgezogenen amerikanischen Geheimdienst, auf, von dem er gründlich ausgebildet und dann nach Marseille als Agent gegen die Anhänger Pétains eingeschleust wurde. Mit Leichtigkeit bekam er engen Kontakt zu den aus Afrika stammenden farbigen Hafenarbeitern, und dadurch lieferte er ausgezeichnete und sehr genaue Informationen. Dabei arbeitete er eng mit einem sowjetischen Spion zusammen, der ähnliche Aufgaben für die Russen erledigte. Bei Kriegsende wurde er in Frankreich entlassen — und sowohl von den Amerikanern als auch von den Franzosen ausgezeichnet —, und anschließend verschwand er für fünf Jahre, vermutlich nach Moskau. 1950 kehrte er wieder nach Harlem zurück, und wenig später geriet er beim FBI in den Verdacht, ein Sowjetagent zu sein. Nie aber gab er sich die geringste Blöße oder ging in eine der vom FBI gestellten Fallen. Er kaufte drei Nachtklubs sowie eine Reihe von Bordellen auf, die alle in Harlem lagen. Anscheinend verfügte er über unbegrenzte Geldmittel, und wichtigen Angestellten zahlte er bis zu zwanzigtausend Dollar jährlich. Dementsprechend — und auf Grund seines Ausleseverfahrens durch Ermordungen — wurden seine Anordnungen sorgfältig und fachmännisch ausgeführt. Man wußte, daß er einen verbotenen Voodoo-Tempel in Harlem gegründet und daß er eine Verbindung zwischen diesem und dem Haupttempel in Haiti geschaffen hatte. Dann war das Gerücht aufgetaucht, daß er selbst Zombie oder der lebende Leichnam des Fürsten Samedi wäre, und er förderte dieses Gerücht noch, so daß es mittlerweile in allen niederen Schichten der Negerwelt für wahr gehalten wurde. Die Folge war, daß er zutiefst gefürchtet wurde, und dazu trug ferner bei, daß alle, die ihm in die Quere kamen oder seine Befehle nicht befolgten, wenig später und manchmal unter geheimnisvollen Umständen starben.

Bond hatte sowohl Dexter als auch Leiter nach Beweisen für die Verbindungen zwischen dem riesigen Neger und *Smersch* ausgefragt; sie schien mit Sicherheit erwiesen zu sein.

Im Jahre 1951 hatte der FBI durch das Versprechen von einer Million Dollar in Gold und sicherem Gewahrsam für den Fall sechsmonatiger Zusammenarbeit einen ihm bekannten Sowjetagenten überredet, gegen den MWD zu arbeiten. Einen Monat lang ging alles gut, und die Ergebnisse übertrafen die kühnsten Erwartungen. Der russische Spion hatte die Stellung eines Wirtschaftsexperten der sowjetischen Delegation bei den Vereinten Nationen. Eines Sonnabends war er zur Pennsylvania Station gegangen, um mit der U-Bahn nach Glen Cove auf Long Island, Wochenend-Ferienort der Sowjets, zu fahren.

Ein riesiger Neger, der durch vorgelegte Fotografien einwandfrei als The Big Man identifiziert wurde, hatte beim Einlaufen des Zuges neben ihm auf dem Bahnsteig gestanden; außerdem wurde der Mann gesehen, als er zum Ausgang ging, bevor der erste Wagen über den blutigen Resten des Russen zum Stehen gekommen war. Niemand hatte zwar beobachtet, daß er den Mann vor den Zug gestoßen hatte, aber dazu gehörte bei der Menschenmenge nicht sehr viel. Einige Zuschauer sagten, daß es nicht Selbstmord gewesen sein könnte: Der Mann hätte entsetzlich aufgeschrien, als er von der Bahnsteigkante fiel, und außerdem hätte er – ein melancholischer Zug – eine Tasche mit Golfschlägern über die Schulter gehängt gehabt. The Big Man hatte natürlich ein Alibi vorgewiesen, das so undurchdringlich wie ein Sumpf war. Man hatte ihn zwar festgenommen und verhört, aber der beste Anwalt Harlems hatte ihn schnell wieder freibekommen.

Bond genügten die Beweise. Mr. Big war der richtige Mann für *Smersch:* hart, brutal, eine furchterregende und todbringende Waffe. Ein glänzender Einfall war es, die farbige Unterwelt einzuschüchtern und das dichte Netz farbiger Informanten aufzuziehen – jeder zitternd vor Angst vor Voodoo und vor dem Übernatürlichen, die im Unterbewußtsein der Neger immer noch tief und ursprünglich eingewurzelt ist! Und ein genialer Einfall war es auch, zuerst das gesamte Transportwesen Amerikas – das Zugpersonal, die Gepäckträger, die Lastwagenfahrer und die Packer – dabei einzuspannen, eine Schar unersetzbarer Männer zur Verfügung zu haben, die keine Ahnung hatte, daß die ihr gestellten Fragen im Grunde von den Russen gestellt waren, die vielmehr überzeugt war, daß die Informationen über Frachten und Verladepläne nur an konkurrierende Transportfirmen verkauft würden!

Nicht zum erstenmal spürte Bond eine Gänsehaut bei dem Gedanken an die eiskalte, brillante Wirksamkeit der sowjetischen Maschinerie und an die Angst vor Tod und Folter, die allein diese Maschine in Gang hielt und die in erster Linie von *Smersch* ausgelöst wurde – von *Smersch,* dem Flüstern des Todes.

Jetzt, in seinem Schlafzimmer im St. Regis, schüttelte Bond diese Gedanken jedoch wieder ab und sprang ungeduldig aus dem Bett. Endlich war einer dieser Kerle in seiner Reichweite, so daß er ihm an die Gurgel konnte. In Royale hatte er nur einen flüchtigen Blick auf einen dieser Männer werfen können – dieses Mal würde er einem Auge in Auge gegenüberstehen. Big Man? Gut, dann würde es eben ein gigantisches, homerisches Gemetzel geben.

Bond ging zum Fenster und zog die Vorhänge zurück. Sein Zimmer ging nach Norden, nach Harlem. Einen Augenblick lang starrte Bond auf den nördlichen Horizont, wo ein anderer noch in seinem Bett schlief oder vielleicht auch wach lag und an ihn, Bond, dachte, den er mit Dexter zusammen gesehen hatte. Bond blickte in den wunderbaren Tag hinaus und lächelte. Und niemandem, nicht einmal Mr. Big, wäre jener Ausdruck sympathisch gewesen, der dabei auf seinem Gesicht lag.

Bond zog die Schultern hoch und ging schnell zum Telefon.

»St. Regis Hotel – guten Morgen«, sagte eine goldene Stimme.

»Den Zimmerkellner, bitte«, sagte Bond. »Ist dort der Zimmerkellner? Ich möchte gern frühstücken. Ein Glas Orangensaft, drei Rühreier mit Schinken, eine doppelte Portion Espresso mit Sahne, dazu Toast und Marmelade. Sind Sie mitgekommen?«

Die Bestellung wurde wiederholt. Bond ging in die kleine Diele hinaus und hob die fünfpfündige Zeitung auf, die schon vor einiger Zeit geräuschlos dort hingelegt worden war. Auf dem kleinen Dielentisch lag außerdem ein Haufen Pakete, die Bond allerdings unbeachtet ließ.

Am gestrigen Nachmittag hatte er eine gewisse Amerikanisierung über sich ergehen lassen müssen, die der FBI vornahm. Ein Schneider hatte ihm zwei Einreiher aus dunkelblauem, ungewöhnlich leichtem Kammgarn angemessen – einen eleganteren Anzug hatte Bond entschieden abgelehnt –, und ein Herrengeschäft hatte ihm kühle weiße Nylonhemden mit langen Kragenecken geschickt. Außerdem mußte er sich mit einem halben Dutzend auffallend gemusterter Krawatten und ebenso vielen dunklen Socken mit verrückten Streifen sowie einigen Schmucktaschentüchern für die Brusttasche, Unterhemden und Shorts aus Nylon abfinden. Dazu kamen dann noch ein bequemer und sehr leichter Kamelhaarmantel mit überbetonten Schultern, ein schlichter grauer Hut mit schmaler Krempe und dünnem schmalem Hutband sowie zwei Paar handgenähte und sehr bequeme schwarze Mokassins.

Außerdem besorgte er sich eine Krawattennadel in der Form einer Peitsche, eine Brieftasche aus Krokodilleder, ein einfaches Feuerzeug, ein Reisenecessaire aus Plastik mit Haarbürste, Zahnbürste und Rasierzeug, eine Hornbrille mit einfachen Gläsern, verschiedene andere Kleinigkeiten und schließlich einen sehr leichten amerikanischen Flugkoffer, der diese Dinge aufnehmen sollte.

Seine Beretta mit dem Rahmengriff durfte er behalten und auch das dazugehörige Achselhalfter aus Ziegenleder; aber alles andere sollte gegen Mittag abgeholt und sofort nach Jamaika vorausgeschickt werden.

Er bekam einen militärischen Haarschnitt, und dann instruierte man ihn, daß er aus Boston stammte und im Londoner Büro der Guaranty Trust Company arbeite, jetzt jedoch seinen Urlaub hier verlebe. Außerdem wurde ihm eingeschärft, verschiedene ausgesprochen englische Bezeichnungen und Redewendungen nicht mehr zu gebrauchen.

Bond sah wütend auf den Paketberg, der sein neues Äußeres enthielt, zog zum letztenmal seinen Schlafanzug aus — »Wir Amerikaner schlafen meistens nackt, Mr. Bond« — und stellte sich unter die eiskalte Brause. Beim Rasieren betrachtete er prüfend das Gesicht, das ihm aus dem Spiegel entgegenblickte. Die dichte schwarze Haarlocke über dem rechten Auge war sehr viel dünner geworden, und an den Seiten war das Haar ganz kurz geschnitten. Mit der senkrechten Narbe auf der rechten Backe war nichts zu machen gewesen, obgleich der FBI alles mögliche versucht hatte, genausowenig wie mit der Kälte und dem angedeuteten Ärger in seinen graublauen Augen; aber das schwarze Haar und die hochliegenden Backenknochen wirkten einigermaßen amerikanisch, und Bond fand, daß es ihm wahrscheinlich gelingen würde, sich als Amerikaner auszugeben — ausgenommen vielleicht bei Frauen.

Nackt ging Bond in die Diele und machte einige der Pakete auf. Später, in weißem Hemd und dunkelblauer Hose, ging er in das Wohnzimmer, zog einen Stuhl vor den am Fenster stehenden Schreibtisch und schlug »The Travellers Tree« auf, ein Buch, das M ihm empfohlen hatte und das von einem Patrik Leigh Fermor geschrieben war.

»Der Mann weiß, was er schreibt«, hatte M gesagt. »Vergessen Sie bei allem jedoch nicht, daß das, was in diesem Buch beschrieben wird, im Haiti des Jahres 1950 spielt. Es ist also keine mittelalterliche Schwarze Magie, sondern passiert dort heute, Tag für Tag.«

Bond hatte das Kapitel über Haiti zur Hälfte gelesen.

Der nächste Schritt ist die Anrufung der bösen Bewohner des Voodoo-Pantheons, zu denen u. a. Don Pedro, Kitta, Bakalou und Sandor gehören. Ihre Aufgabe ist es, anderen zu schaden: Sie sollen die Menschen angeblich in Zombies verwandeln (diese Vorstellung stammt ursprünglich aus dem Kongo), um sie dann als Sklaven zu verwenden, und zwar zur Ausführung eines bösartigen Zauberbanns sowie zur Vernichtung des Gegners. Die Auswirkungen des Zauberbanns, dessen äußere Form ein Abbild des vorgesehenen Zieles sein kann – ein winzig kleiner Sarg oder eine Kröte –, werden häufig noch durch die zusätzliche Verwendung von Gift unterstützt. Pater Cosme beschäftigt sich ausführlich mit jenem Aberglauben, der behauptet, daß Menschen mit bestimmten Kräften sich in Schlangen verwandeln, mit den »Loups-Garoups«, die nachts in der Gestalt blutsaugender Fledermäuse herumfliegen und Kindern das Blut aussaugen, und mit jenen Menschen, die sich in unendlich kleine Gestalt zusammenschrumpfen lassen können und dann in Kürbissen durch das Land rollen. Sehr viel finsterer war eine Anzahl mystisch-verbrecherischer Geheimbünde von Zauberern mit schreckenerregenden Namen: »les Mackanda«, genannt nach einem Vergiftungsfeldzug des haitianischen Helden, »les Zobop«, eine Räuberbande, sowie die »Mazanxa«, »Caporelata« und »Vlinbindingue«. Nach Pater Cosme waren dies mysteriöse Gruppen, deren Götter an Stelle eines Hahnes, einer Taube, einer Ziege, eines Hundes oder eines Schweines – entsprechend den normalen Riten des Voodoo – das Opfer einer »cabrit sans cornes« verlangten. Mit dieser »Ziege ohne Hörner« sind natürlich menschliche Lebewesen gemeint ...

Bond blätterte weiter, und die Absätze, die er dabei überflog, bildeten in seiner Phantasie das ungewöhnliche Bild eines dunklen Glaubens und seiner entsetzlichen Riten.

... Langsam begannen sich die Einzelheiten aus dem Aufruhr, aus dem Qualm und aus dem hämmernden Dröhnen der Trommeln zu lösen, das eine Zeitlang alles andere aus dem Gehirn vertrieb ...

...: Vor und zurück bewegten sich die Tänzer, langsam und mit schlurfenden Füßen, und bei jedem Schritt schnellte das Kinn vor und machte das Hinterteil eine plötzliche Bewegung nach oben, während die Schultern in doppeltem Tempo geschüttelt wurden. Die Augen waren halbgeschlossen, und aus dem Mund drangen immer wieder die gleichen, unverständlichen Worte, die gleiche kurze Liedzeile, jedesmal um eine halbe Oktave tiefer. Nach einem Wechsel im Rhythmus der Trommeln richteten sich die Körper auf und wirbelten unaufhörlich um sich selbst, mit wedelnden Armen und nach oben verdrehten Augen ...

... Am Rande der Menschenmenge stießen wir auf eine kleine Hütte, kaum größer als eine Hundehütte: »Le caye Zombi«. Das Licht der Taschenlampe fiel auf ein schwarzes Kreuz, auf ein paar Stoffetzen und Ketten sowie auf Fesseln und Peitschen – alles Dinge, die zu den Ghédé-Zeremonien gebraucht werden; diese Zeremonien werden von den Ethnologen mit den Verjüngungsriten des Osiris in Verbindung gebracht, von denen im Buch des Todes die Rede ist.

Ein Feuer brannte, in welchem zwei Degen und zwei große Zangen staken, am unteren Ende rotglühend: »le Feu Marinette«, das einer Göttin geweiht ist, die das böse und furchterregende Gegenstück zu der freundlichen und liebesfreudigen Maîtresse Erzulie Fréda Dahomin, der Liebesgöttin, ist.

Dahinter stand, in einen Steinsockel eingebettet, ein großes schwarzes Holzkreuz. Dicht über dem Sockel war ein weißer Totenschädel aufgemalt, und über den Querbalken des Kreuzes waren die Ärmel eines sehr alten Morgenmantels gezogen. Außerdem sah man dort die Krempe eines steifen Hutes hängen, durch die der obere Teil des senkrechten Kreuzbalkens ragte. Dieses Totem bedeutet jedoch nicht die Schmähung des christlichen Glaubens, sondern stellt den Gott der Friedhöfe und Führer der Legion der Toten, den Fürsten Samedi, dar. Der Fürst ist die oberste Gewalt jenseits des Todes. Er ist sowohl Cerberus und Charon als auch Aeacus, Rhadamanthus und Pluto in einer Person ...

Das Tempo der Trommeln wechselte, und der Houngenikon kam hervorgetanzt, in der Hand ein mit irgendeiner brennenden Flüssigkeit gefülltes Gefäß, aus dem blaue und gelbe Flammen hochleckten. Während er das Kreuz umkreiste und drei flammensprühende Opfer verspritzte, wurden seine Schritte schwankend. Als er schließlich mit den gleichen Symptomen des Deliriums, die sich schon bei seinem Vorgänger gezeigt hatten, zurücktaumelte, schleuderte er den brennenden Kessel zu Boden. Die Houncis fingen den Taumelnden auf, zogen ihm die Sandalen aus und krempelten ihm die Hosenbeine hoch, während das Taschentuch von seinem Kopf herunterfiel und den wolligen Schädel freigab. Die anderen Houncis knieten nieder, um mit den Händen in die brennende Masse zu greifen und diese auf Ellbogen und Gesichtern zu verreiben. Glocke und »açon« des Houngan machten einen durchdringenden Lärm, und der junge Priester wurde sich selbst überlassen. Er wand sich am Boden, stieß immer wieder gegen den Sockel, versuchte, sich hochzuschnellen, und fiel zwischen die Trommeln. Seine Augen waren geschlossen, die Stirn gekraust, und der Unterkiefer hing schlaff herab. Dann fiel er zu Boden, als hätte eine unsichtbare Faust ihm einen heftigen Schlag versetzt, und blieb dort liegen, den Kopf in einem heftigen Krampf weit nach hinten geworfen, so daß die Sehnen an Hals und Schultern wie Stränge hervortraten. Unter dem hochgedrückten Rücken hindurch umklammerte die eine Hand den anderen Ellbogen, als versuchte er, sich selbst den Arm zu brechen, und sein ganzer Körper, von dem der Schweiß in Strömen herunterlief, zitterte und zuckte wie der eines träumenden Hundes. Nur das Weiße seiner Augen war sichtbar, obgleich sie weit aufgerissen waren, denn die Pupillen waren unter den Lidern verschwunden. Schaum trat auf seine Lippen ...

... Vom Feuer her kam jetzt der Houngan mit langsamen Tanzschritten heran, in der einen Hand ein langes Messer schwingend; er hielt es am Griff und stach mit ihm immer wieder in die Luft. Nach einigen Minuten packte er es an der stumpfen Spitze. Langsam auf ihn zu tanzend, streckte der Houngenikon seine Hand aus und erfaßte den Griff des Messers. Der Priester zog sich zurück, und der junge Mann wirbelte und sprang von der einen Seite der »tonelle« zur anderen. Der Kreis der Zuschauer wich zurück, wenn er – die blanke Klinge über dem Kopf schwingend – näher kam, und die Lücken seines gefletschten Gebisses verliehen ihm das Aussehen eines Mandrills und machten es noch fürchterlicher. Für wenige Sekunden herrschte innerhalb der »tonelle« nacktes, unverhülltes Entsetzen. Der Gesang war zu einem allgemeinen Heulen geworden, und die Trommler, die über dem wütenden und nicht mehr sichtbaren Wirbeln ihrer Hände zusammengesunken und vornübergebeugt waren, achteten auf nichts anderes mehr.

Den Kopf in den Nacken geworfen, stieß der Novize sich die stumpfe Spitze des Messers in den Leib. Seine Knie knickten ein, und der Kopf fiel nach vorn ...

Es klopfte an der Tür, und der Kellner brachte das Frühstück. Bond war froh, diese schreckliche Schilderung beiseite legen zu können und wieder in die Wirklichkeit zurückzukehren. Er brauchte jedoch Minuten, bis er die mit Entsetzen angefüllte Atmosphäre und die Magie wieder vergessen hatte, die ihn während des Lesens eingehüllt hatte.

Zusammen mit dem Frühstück wurde ihm ein weiteres Paket gebracht, dessen Seiten etwa dreißig Zentimeter lang waren; es wirkte irgendwie ziemlich teuer, und Bond ließ es erst einmal auf die Kommode legen. Er hielt es für eine von Leiters Überraschungen. Das Frühstück verzehrte er mit großem Genuß. Zwischendurch blickte er immer wieder aus dem breiten Fenster und dachte an das, was er gerade gelesen hatte.

Erst als er den letzten Schluck Kaffee ausgetrunken und die erste Zigarette dieses Tages angezündet hatte, fiel ihm plötzlich jenes kaum hörbare Geräusch auf. Es war ein leises, gedämpftes Ticken, gleichmäßig und metallisch.

»Tick-tack ... tick-tack ... tick-tack.«

Ohne auch nur einen Augenblick zu zögern und ohne daran zu denken, wie komisch es aussehen könnte, warf er sich hinter seinen Sessel auf den Boden; sämtliche Sinne waren auf das Geräusch konzentriert, das aus dem Paket kam. Langsam! sagte er sich. Sei doch kein Idiot. Es ist nur eine Uhr. Aber warum? Warum schickte man ihm eine Uhr? Und wer?

»Tick-tack ... tick-tack ... tick-tack.«

In der sonst im Zimmer herrschenden Stille war es zu einem Dröhnen angeschwollen. Es schien mit dem dumpfen Pochen von Bonds Herz Schritt zu halten. Nun sei doch nicht lächerlich. Diese Voodoo-Geschichte scheint dir erheblich auf die Nerven gegangen zu sein. Und die Trommeln ...

»Tick-tack ... tick-tack ... tick ...«

Und dann schrillte plötzlich, wenn auch gedämpft und melodisch, die Weckerglocke los.

Bonds Muskeln entspannten sich. Seine Zigarette brannte langsam ein Loch in den Teppich. Er hob sie auf und steckte sie wieder zwischen die Lippen. Bomben, die mit einem Wecker gezündet werden, gehen hoch, wenn der Hammer die Glocke zum erstenmal berührt. Der Hammer schlägt auf eine Nadel im Zünder, der Zünder bringt den Sprengstoff zur Explosion, und dann ...

Bond hob den Kopf über die Rückenlehne des Sessels und beobachtete das Paket. Das gedämpfte Klingeln dauerte noch etwa eine halbe Minute, bis es schließlich langsamer wurde. Und dann ...

Es war nicht lauter als der Knall einer Schrotflinte, aber in dem geschlossenen Raum war es eine eindrucksvolle Explosion.

In Fetzen fiel das Paket auf den Boden. Die Gläser und Flaschen auf dem Büfett waren zersplittert, und an der Wand über dem Büfett war plötzlich ein großer Rauchfleck. Es stank nach Pulver.

Bond stand langsam auf. Er trat an das Fenster und öffnete es. Dann wählte er Dexters Telefonnummer. Seine Stimme war ruhig.

»Eine Handgranate ... Ncin, nur eine kleine ... ein paar Gläser ... okay, danke ... natürlich nicht ... bye.«

Er machte einen großen Bogen um das Büfett, ging zur Korridortür, öffnete sie, hing das Schild mit der Aufschrift »Nicht stören« an die Außenseite, schloß die Tür dann ab und ging in das Schlafzimmer.

Als er gerade mit dem Anziehen fertig geworden war, klopfte es.

»Wer ist da?« rief er.

»Ich bin es – Dexter.«

Dexter kam eilig herein, gefolgt von einem blassen jungen Mann, der einen schwarzen Kasten unter dem Arm trug.

»Das ist Trippe, Sabotage-Abteilung«, stellte Dexter ihn vor.

Sie schüttelten sich die Hände, und der Mann kniete sich sofort neben die zerfetzten Reste des Pakets.

Er öffnete seinen Kasten und holte Gummihandschuhe sowie eine Handvoll Zangen heraus, wie sie von Zahnärzten verwendet werden. Mit diesem Werkzeug zog er winzige Metall- und Glassplitter aus der Verpackung des Pakets und legte sie auf ein großes Löschpapier, das er sich vom Schreibtisch genommen hatte.

Zwischendurch fragte er Bond, was passiert wäre.

»Ungefähr eine halbe Minute lang hat der Wecker geläutet? Aha. Nanu, was ist denn das?« Vorsichtig zog er eine kleine Aluminiumröhre hervor, wie sie gelegentlich für belichtete Filme gebraucht wird. Er legte sie beiseite.

Nach einigen Minuten hockte er sich hin.

»Ein Säure-Zeitzünder für eine halbe Minute«, sagte er. »Beim ersten Schlag des Weckers in Gang gesetzt. Die Säure zerfrißt einen Kupferdraht; der Draht ist nach genau dreißig Sekunden kaputt und gibt einen Hebel frei, der hier gegenschlägt.« Er hielt die Grundplatte einer Patronenhülse hoch. »Eine Patrone für Großwild, Schwarzpulver, Geschoß war vorher herausgenommen. Zum Glück war es keine Handgranate. Platz hätte sie im Paket gehabt, aber dann wäre von Ihnen nicht viel übriggeblieben. Und jetzt wollen wir uns das hier einmal ansehen.« Er nahm die kleine Aluminiumröhre in die Hand, schraubte sie auf, holte eine kleine Papierrolle heraus und entrollte sie mit seinen Zangen.

Sorgfältig glättete er das Papier auf den Teppich und hielt die vier Ecken mit irgendwelchen Werkzeugen aus seinem Kasten fest. Er enthielt drei mit Schreibmaschine geschriebene Sätze. Bond und Dexter beugten sich hinunter.

»Das Herz dieser Uhr hat aufgehört zu schlagen«, hieß es. *»Die Schläge Deines Herzens sind gezählt. Merke Dir die Zahl – ich habe angefangen zu zählen.«*

Unterschrieben war diese Mitteilung mit »1234567 . . .?«

Sie richteten sich wieder auf.

»Na ja«, sagte Bond, »nichts Besonderes.«

»Aber woher wußte der Bursche, daß Sie hier sind?« fragte Dexter.

Bond erzählte ihm von der schwarzen Limousine in der 55th Street.

»Viel wichtiger scheint mir, woher er weiß, aus welchem Grund ich hier bin!« sagte Bond. »Das beweist, daß er Washington ganz schön angezapft hat. Das Loch muß die Größe des Grand Canon haben.«

»Warum ausgerechnet Washington?« fragte Dexter mürrisch. Dann nahm er sich jedoch wieder zusammen und lachte gezwungen auf. »Ein verdammter Mist ist das jedenfalls. Einen Bericht an Headquarters muß ich jetzt wohl machen. Also bis nachher, Mr. Bond. Ich bin heilfroh, daß Ihnen nichts passiert ist.«

»Schönen Dank«, sagte Bond. »Es war wohl auch nur eine Visitenkarte. Aber einen Gegenbesuch bin ich jetzt schuldig.«

4

Als Dexter und der junge Mann mit den Resten der Bombe verschwunden waren, holte Bond ein feuchtes Handtuch und wischte den Rußfleck von der Wand. Dann läutete er nach dem Kellner und ließ ihn, ohne jede Erklärung, das Frühstücksgeschirr abräumen; die zerbrochenen Gläser sollten auf seine Rechnung gesetzt werden. Schließlich nahm Bond Hut und Mantel und verließ das Hotel.

Den ganzen Vormittag über wanderte er ziellos über die Fifth Avenue und über den Broadway, besah sich die Schaufenster und beobachtete die vorübergehenden Menschen. Langsam gewöhnte er sich die Haltung und Art eines Fremden an, der nur zu Besuch in der Stadt war, und als er in verschiedenen Geschäften die Probe aufs Exempel machte und sich wie die anderen Menschen nach einigen Dingen erkundigte, stellte er fest, daß er niemandem besonders auffiel.

Sein Mittagessen in einem Restaurant in der Lexington Avenue – »Die Eier, die wir morgen servieren, sind noch gar nicht gelegt!« – war typisch amerikanisch, und schließlich ließ er sich von einem Taxi zum Polizei-Headquarters bringen, wo er sich für halb drei mit Leiter und Dexter verabredet hatte.

Leutnant Binswanger von der Mordabteilung, ein mißtrauischer und mürrischer Beamter von Ende Vierzig, gab bekannt, daß Comissioner Monahan gesagt hätte, die Polizei sei bereit, ihnen jede Zusammenarbeit zu gewähren; was er also für sie tun könnte? Sie sahen die Polizei-Akte über Mr. Big durch, die mehr oder weniger nur das enthielt, was Dexter bereits wußte, und schließlich zeigte man ihnen auch noch die Akten und Fotografien von den meisten Gefolgsleuten Mr. Bigs, soweit sie der Polizei bekannt waren.

Sie ließen sich auch die Berichte der US-Küstenwache über die Fahrten der Jacht »Secatur« sowie die Aufzeichnungen der Zolldienststellen vorlegen, die das Schiff aufmerksam beobachteten, sobald es in St. Petersburg festmachte.

Die Berichte bestätigten, daß die Jacht innerhalb der vergangenen sechs Monate in unregelmäßigen Abständen aufgetaucht war und sie in St. Petersburg immer am Kai der Firma »Ourobouros Worm and Bait Skippers Inc.« festmachte, einer anscheinend harmlosen Gesellschaft, deren Hauptgeschäft im Verkauf lebender Köder an Fischereiklubs in Florida, am Golf von Mexiko und auch in noch entfernteren Gegenden bestand. Die Firma betrieb außerdem ein lukratives Geschäft mit Muscheln und Korallen für Innenausstattungen sowie den Handel mit tropischen Aquarienfischen — besonders mit seltenen giftigen Fischen, deren Abnehmer die Forschungsabteilungen medizinischer und chemischer Firmen waren.

Nach Angaben des Besitzers, eines griechischen Schwammfischers aus dem benachbarten Tarpon Springs, war die »Secatur« Großlieferant für seine Gesellschaft und brachte aus Jamaika ganze Schiffsladungen von Muscheln und tropischen Fischen, die hohe Preise erzielten. Die Ourobouros Inc. kaufte sie auf, hielt Fische und Muscheln in ihrem Lagerhaus vorrätig und verkaufte sie dann an Groß- und Einzelhändler der ganzen Gegend. Der Grieche hieß Papagos und war der Polizei bisher nicht bekannt.

Mit Hilfe des Geheimdienstes der Marine hatte der FBI versucht, den Funkverkehr der »Secatur« abzuhören. Das Schiff gab jedoch nur kurze Funksprüche ab, wenn es von Jamaika oder Cuba auslief, und dann zwar in Klartext, jedoch in einer Sprache, die völlig unbekannt und auch nicht zu entschlüsseln war. Die letzte in den Akten befindliche Mitteilung besagte, daß der Text in »Langage«, der nur Eingeweihten bekannten Geheimsprache des Voodoo, abgefaßt sei und man alles versuchen würde, in Haiti vor dem Auslaufen des Schiffes einen Fachmann für diese Sprache zu finden.

»In letzter Zeit sind wieder neue Goldstücke aufgetaucht«, sagte Leutnant Binswanger, als sie in sein Büro zurückkehrten. »Allein in Harlem und New York sind es rund hundert Münzen gewesen. Sollen wir uns irgendwie einschalten? Wenn Sie recht haben und es sich um kommunistische Gelder handelt, müssen die Kerle ziemliche Mengen in den Handel pumpen, während wir in aller Gemütsruhe abwarten.«

»Der Chef meint, wir sollten nichts überstürzen«, sagte Dexter. »Und ich hoffe, daß in Kürze irgend etwas passieren wird.«

»Wie Sie wollen — schließlich ist es Ihre Angelegenheit«, sagte Binswanger übellaunig. »Aber der Commissioner hat bestimmt keine Lust, diesen Hund vor seiner eigenen Tür herumlungern zu sehen, während Mr. Hoover in Washington sitzt und so tut, als wüßte er nichts. Warum sperren wir ihn eigentlich nicht einfach wegen Steuerhinterziehung, Mißbrauch der Post oder Parken vor einem Hydranten ein? Warum nehmt ihr ihn eigentlich nicht einmal ein bißchen in die Mangel? Wenn die Bundespolizei dazu keine Lust hat — wir würden es ihr gern abnehmen!«

»Wollen Sie etwa eine Rassenverfolgung auslösen?« widersprach Dexter säuerlich. »Gegen ihn liegt nichts vor, das wissen Sie genau – und wir auch. Wenn sein Anwalt ihn nach einer halben Stunde nicht wieder freibekommt, werden diese Voodoo-Trommler von hier bis zum tiefen Süden anfangen zu trommeln. Und wenn diese Kerle loslegen, wissen wir alle, was passiert. Denken Sie an 1935 oder 1943! Die Miliz haben wir sogar einsetzen müssen. Wir haben uns um diesen Fall wirklich nicht gerissen. Der Präsident hat ihn uns übergeben, und jetzt haben wir ihn auf dem Hals.«

Sie waren wieder in Binswangers Büro und griffen nach Hüten und Mänteln.

»Jedenfalls herzlichen Dank für Ihre Unterstützung, Leutnant«, sagte Dexter bissig, als sie sich verabschiedeten. »Sie haben uns ein ganzes Stück weitergeholfen.«

»Es war mir ein Vergnügen«, erwiderte Binswanger ungerührt. »Der Lift ist rechts.« Damit schlug er die Tür seines Büros zu.

Leiter zwinkerte Bond hinter Dexters Rücken zu. Sie fuhren mit dem Lift zum Haupteingang hinunter, der auf die Central Street hinausführte, ohne ein Wort miteinander zu sprechen.

Als sie auf dem Bürgersteig standen, sagte Dexter zu beiden: »Heute morgen bekam ich aus Washington neue Instruktionen. Anscheinend soll ich mich um Harlem kümmern, während Sie beide morgen nach St. Petersburg fahren. Leiter soll versuchen, etwas herauszubekommen, und dann mit Ihnen, Mr. Bond, nach Jamaika weiterfahren – vorausgesetzt, daß Sie damit einverstanden sind. Jamaika gehört zu Ihrem Gebiet.«

»Selbstverständlich«, sagte Bond. »Ich wollte gerade fragen, ob er mich nicht begleiten könne.«

»Schön«, sagte Dexter. »Dann werde ich nach Washington durchgeben, daß alles geregelt ist. Kann ich sonst noch etwas für Sie tun? Abgesehen natürlich von der Verbindung mit dem FBI in Washington; Leiter hat die Namen unserer Leute in Florida und weiß auch sonst genau Bescheid.«

»Wenn Leiter Interesse hat und Sie nichts dagegen haben«, sagte Bond, »würde ich mich heute abend gern etwas in Harlem umsehen. Vielleicht kann ich mir dann ungefähr vorstellen, wie es in Mr. Bigs Hinterhof aussieht.«

Dexter überlegte.

»Also gut«, sagte er schließlich. »Schaden wird es wahrscheinlich nicht. Aber tun Sie es nicht allzu auffällig. Und nehmen Sie sich in acht«, fügte er noch hinzu. »Auf irgendwelche Hilfe dürfen Sie nicht rechnen. Und unternehmen Sie nichts, was uns nachher doch bloß Schwierigkeiten bringt. Der Fall ist dazu noch nicht reif genug. Bis dahin aber verhalten wir uns Mr. Big gegenüber nach dem Grundsatz: Leben und leben lassen.«

Bond sah Captain Dexter fragend an.

»Wenn ich in meinem Beruf mit Leuten wie Mr. Big zu tun habe«, sagte er, »habe ich einen anderen Grundsatz: Leben und sterben lassen!«

Dexter zuckte die Schultern. »Möglich«, sagte er, »aber hier sind Sie mir unterstellt, Mr. Bond, und ich wäre dankbar, wenn Sie sich danach richteten.«

»Selbstverständlich, Captain«, sagte Bond, »und vielen Dank für Ihre Hilfe. Ich hoffe, daß Sie bei dieser Sache Erfolg haben.«

Dexter winkte ein Taxi heran. Sie schüttelten sich die Hände.

»Also viel Vergnügen«, sagte er kurz angebunden. »Und bleiben Sie gesund.« Dann verschwand das Taxi in der Wagenschlange.

Bond und Leiter grinsten sich an. »Ein begabter Bursche, finde ich«, sagte Bond.

»Das sind alle bei diesem Verein«, sagte Leiter. »Nur blasen sie sich gern etwas auf. Und empfindlich sind sie. Immer zetern sie mit uns oder der Polizei herum. Aber das wird bei Ihnen in England nicht anders sein.«

»Das können Sie glauben«, sagte Bond. »Meistens setzen wir MI 5 auf die falsche Fährte, und dann kriegen sie sich mit der Sonderabteilung in die Haare – von Scotland Yard«, fügte er noch hinzu. »Wie ist es nun heute abend mit Harlem?«

»Einverstanden«, sagte Leiter. »Ich setze Sie jetzt vor dem St. Regis ab und hole Sie gegen halb sieben dort wieder ab. Vielleicht können wir uns unten in der King Cole Bar treffen. Wahrscheinlich wollen Sie sich Mr. Big ansehen, oder?« Er grinste. »Das möchte ich nämlich auch, aber das wollte ich Dexter nicht unbedingt auf die Nase binden.« Er winkte eines der gelben Taxis heran.

»St. Regis Hotel, Ecke Fifth und 55th.«

Sie stiegen in den überhitzten Stahlkasten, in dem es nach abgestandenem Zigarrenrauch stank. Leiter kurbelte das eine Seitenfenster herunter.

»Was haben Sie denn vor?« fragte der Fahrer, ohne sich umzudrehen. »Ich soll wohl eine Lungenentzündung kriegen?«

»Genau das«, sagte Leiter, »wenn wir dadurch lebend aus dieser Gaskammer wieder herauskommen.«

»Kluges Kind, was?« fragte der Fahrer und schaltete mit einem leisen Krachen in den nächsten Gang. Dann griff er nach einem zerkauten Zigarrenstummel, den er sich hinter das Ohr geklemmt hatte, und hielt ihn hoch. »Zwei Stück für dreißig Cents«, sagte er mit verletzter Stimme.

»Da haben Sie vierundzwanzig Cents zuviel bezahlt«, sagte Leiter. Der Rest der Fahrt verlief wortlos.

Vor dem Hotel trennten sie sich, und Bond ging in sein Zimmer hinauf. Es war vier Uhr. Er trug der Vermittlung auf, ihn um sechs zu wecken. Eine Zeitlang blickte er aus dem Fenster seines Schlafzimmers. Zu seiner Linken stand die Sonne hinter einem farbigen Schleier. In den Wolkenkratzern wurden die ersten Lampen angeknipst und verwandelten die Stadt in eine goldene Honigwabe. Tief unten waren die Straßen bloße Ströme von Neonlicht in Rot, Blau und Grün. Draußen, in der samtroten Dämmerung, seufzte traurig der Wind, und dadurch machte das Zimmer auf ihn den Eindruck noch größerer Wärme, Geborgenheit und Behaglichkeit. Er zog die Vorhänge vor und schaltete das gedämpfte Licht über dem Bett ein. Dann kleidete er sich aus und legte sich hin. Er dachte an das bitterkalte Londoner Wetter, an die spärliche Wärme, die der zischende Gasofen seines Büros ausstrahlte, und an das fade Essen in jenem Londoner Lokal, in dem er noch am letzten Tag gewesen war.

Genießerisch streckte er sich aus. Wenig später war er eingeschlafen.

In Harlem döste »The Whisper« vor der großen Schalttafel vor sich hin und starrte auf seinen Wettzettel. Sämtliche Leitungen waren ruhig. Plötzlich flammte eine Lampe auf – eine wichtige Lampe.

»Ja, Boss«, sagte er leise in das Mikrophon, das mit den Kopfhörern über seinen Kopf gestülpt war. Lauter hätte er auch nicht sprechen können, wenn er es gewollt hätte. Er war im »Lung Block«, zwischen Seventh Avenue und 142nd Street, zur Welt gekommen, in dem doppelt so viele Menschen an Tuberkulose sterben als im übrigen New York. Und jetzt hatte er nur noch den Rest einer Lunge.

»Sage allen ›Augen‹ Bescheid, daß sie von jetzt an aufpassen sollen«, sagte eine ruhige und tiefe Stimme. »Drei Männer.« Es folgte eine kurze Beschreibung von Leiter, Bond und Dexter. »Vielleicht kommen sie heute abend oder morgen hierher. Besonders die First bis zur Eighth und sämtliche Avenues sollen beobachtet werden. Außerdem die Nachtlokale, falls sie ungesehen herkommen. Auf keinen Fall dürfen sie belästigt werden. Ich bekomme Nachricht, wenn alle Bescheid wissen. Verstanden?«

»Yes, Sir, Boss«, sagte The Whisper und atmete schneller. Die

Stimme verstummte. The Whisper nahm eine ganze Handvoll von Stöpseln, und dann blitzten überall auf der Schalttafel die Lampen auf. Leise und eindringlich flüsterte er in den Abend hinaus.

Um sechs Uhr wurde Bond von dem sanften Schnurren des Telefons geweckt. Er brauste sich kalt ab und zog sich sorgfältig an, band sich eine buntgestreifte Krawatte um und ließ sogar den breiten Zipfel eines Taschentuchs aus der Brusttasche herausgucken. Dann streifte er den Halfter aus Ziegenleder über das Oberhemd, so daß es gut drei Zentimeter unterhalb der Achsel hing. Er lud die Beretta durch, bis die acht Patronen auf dem Bett lagen, dann drückte er sie wieder in das Magazin, lud die Pistole noch einmal durch, sicherte sie und steckte sie in den Halfter.

Er hob seine neuen Mokassins hoch, befühlte ihre Kappen und wog sie in der Hand. Dann langte er unter das Bett und holte seine eigenen Schuhe hervor, die er mit Bedacht nicht in jenen Koffer mit seinen Sachen gelegt hatte, den der FBI bereits abgeholt hatte.

Er zog sie an und fühlte sich besser ausgerüstet, um dem Abend entgegenzusehen.

Die Kappen seiner Schuhe hatten eine Stahleinlage.

Um fünf Minuten vor halb sieben ging er in die King Cole Bar hinunter und setzte sich an einen Tisch, der in der Nähe des Eingangs an der Wand stand. Wenige Minuten später erschien Felix Leiter. Bond erkannte ihn kaum. Der strohblonde Haarschopf war pechschwarz, und außerdem trug er einen leuchtend blauen Anzug, ein blendend weißes Hemd und dazu eine schwarze Krawatte mit weißen Tupfen.

Mit einem breiten Grinsen setzte sich Leiter an Bonds Tisch.

»Ich kam nämlich plötzlich auf die Idee, diese Leute ernst zu nehmen«, erklärte er. »Die Farbe ist nicht lichtecht. Morgen früh ist sie wieder raus — ich hoffe es wenigstens.«

Bond bestellte mitteltrockene Martinis mit einem Stück Zitronenschale. Der amerikanische Gin, der sehr viel mehr Prozente hatte als der englische, schmeckte Bond zu herb. Und außerdem mußte er an diesem Abend mit dem Trinken vorsichtig sein.

»Da, wo wir nachher hingehen, müssen wir ziemlich nüchtern bleiben«, sagte Felix Leiter, als errate er Bonds Gedanken. »Harlem ist heutzutage ein ziemlich gefährliches Pflaster. Die Leute gehen daher jetzt nicht mehr so gern hin wie früher. Vor dem Krieg war es selbstverständlich, daß man abends zum Abschluß nach Harlem fuhr, genauso wie man in Paris immer auf dem Montmartre landete. Man freute sich über das Geld, das die Leute dort ließen, die gewöhnlich in den

Savoy Ballroom gingen und den Tanzenden zusahen. Heute ist das alles anders geworden. Harlem hat keine Lust mehr, sich anstarren zu lassen. Die meisten Lokale sind geschlossen, und in den anderen ist man nur geduldet. Es kann einem auch passieren, daß man vierkant wieder hinausgeschmissen wird, nur weil man ein Weißer ist. Und die Polizei kümmert sich auch nicht um einen.«

Leiter fischte die Zitronenschale aus seinem Martini und zerkaute sie nachdenklich. Die Bar wurde langsam voll. Es war warm und behaglich — ganz anders als in der ablehnenden, gespannten Atmosphäre jener Negerlokale, in denen sie nachher sitzen würden.

»Glücklicherweise mag ich die Neger«, fuhr Leiter fort, »und irgendwie wissen sie es auch. Ich bin so eine Art Aficionade von Harlem. Für die Amsterdam News, eine hiesige Zeitung, habe ich ein paar Artikel über den Dixieland Jazz geschrieben, und außerdem für die North American Newspaper Alliance eine Serie über das Negertheater; das war damals, als Orson Welles den Macbeth im Lafayette von einem Negerensemble spielen ließ. Ich weiß hier also einigermaßen Bescheid. Und ich bewundere die Art, wie die Neger sich langsam hocharbeiten, obgleich der Himmel weiß, wie es ausgehen wird.«

Sie tranken ihre Gläser aus, und Leiter ließ sich die Rechnung bringen.

»Natürlich gibt es unter ihnen auch eklige Burschen«, sagte er. »Sogar einige der ekligsten überhaupt. Aber Harlem ist die Hauptstadt der Negerwelt. Und in einer halben Million Menschen findet man immer ein paar ganz üble. Die Schwierigkeit bei unserem Freund Big ist, daß er ein verdammt guter Techniker ist, dank der Ausbildung durch unseren Geheimdienst und durch Moskau. Und er muß seinen Laden ausgezeichnet durchorganisiert haben.«

Leiter bezahlte. Er zuckte mit den Schultern.

»Gehen wir also«, sagte er. »Wir werden schon unseren Spaß haben, und vielleicht kommen wir auch einigermaßen heil wieder zurück. Außerdem werden wir dafür auch bezahlt. Wir nehmen den Bus auf der Fifth Avenue. Ein Taxi, das einen nach Einbruch der Dunkelheit dorthin bringt, findet man kaum.«

Sie verließen das warme Hotel und gingen die paar Schritte zur Haltestelle.

Es regnete. Bond klappte den Mantelkragen hoch und blickte nach rechts; in dieser Richtung führte die Avenue zum Central Park und damit zu jener dunklen Zitadelle, in der The Big Man hauste.

Bonds Nüstern waren leicht gebläht. Er sehnte sich danach, endlich diesem Mann zu begegnen. Er fühlte sich stark, ausgeruht und voller

Vertrauen. Der Abend lag vor ihm und wollte nicht nur aufgeschlagen, sondern auch gelesen werden – Wort für Wort.

Vor seinen Augen rauschte der Regen in schnellen, schrägen Fäden herunter: ein kursiv geschriebener Titel auf dem ungeöffneten schwarzen Deckel, unter dem sich die geheimnisvollen, vor ihm liegenden Stunden verbargen.

5

An der Bushaltestelle Ecke Fifth Avenue und Cathedral Parkway standen drei Neger unbeweglich im Licht einer Straßenlampe. Sie sahen naß und gelangweilt aus; und das waren sie auch. Seit der Befehl sie um vier Uhr dreißig erreicht hatte, beobachteten sie den Verkehr auf der Fifth Avenue.

»Du kommst, Fatso«, sagte der eine, als der Bus aus dem Regen auftauchte und mit einem Aufstöhnen der großen Luftdruckbremsen vor ihnen hielt.

»Ich bin schon ganz steif«, sagte der untersetzte Mann im Regenmantel. Dann aber zog er seinen Hut in die Stirn, stieg in den Bus, warf seine Münzen in den Schlitz und ging durch den Bus, während er gleichzeitig die Fahrgäste prüfend ansah. Er blinzelte, als er die beiden Weißen sah, ging an ihnen vorüber und setzte sich direkt hinter sie.

Er sah sich die Nacken der beiden vor ihm Sitzenden, die Mäntel und Hüte sowie ihre Profile genau an. Bond saß am Fenster. Der Neger sah das Spiegelbild der Narbe in dem dunklen Glas.

Er stand wieder auf und ging zum vorderen Ausgang des Wagens, ohne sich noch einmal umzusehen. An der nächsten Haltestelle stieg er aus und verschwand im nächsten Drugstore; die Tür der Telefonzelle klappte hinter ihm zu.

Whisper fragte ihn drängend; dann unterbrach er die Leitung.

Er steckte den Stöpsel in die rechte Seite der Schalttafel.

»Ja?« sagte eine tiefe Stimme.

»Boss, einer kommt gerade über die Fifth, der Engländer mit der Narbe. Hat einen Freund mit, aber die Beschreibung der beiden anderen scheint nicht auf ihn zu passen.« Whisper gab eine genaue Beschreibung Leiters. »Die beiden fahren jetzt in Richtung Norden«, sagte er dann und gab die Nummer des Autobusses sowie seine voraussichtliche Ankunftszeit durch.

Es folgte eine Pause.

»Gut«, sagte dann die ruhige Stimme. »Die Augen von den anderen

Punkten können zurück. Sage dann den Lokalen Bescheid, daß der eine jetzt hier ist, und gib anschließend folgendes an Tee-Hee Johnson, McThing, Blabbermouth Foley, Sam Miami und The Flannel durch ...«

Fünf Minuten lang sprach die Stimme.

»Mitgekommen? Wiederholen.«

»Yes, Sir, Boss«, sagte The Whisper. Er blickte auf seinen Stenogrammblock und flüsterte fließend und ohne Pause in die Sprechmuschel hinein.

»Gut.« Die Leitung war tot.

Mit leuchtenden Augen nahm The Whisper eine Handvoll Stöpsel und begann, mit der Stadt zu telefonieren.

Von dem Augenblick an, in dem Bond und Leiter unter dem Baldachin jenes Lokals hindurchgingen, das zu einem Teil Sugar Ray Robinson gehörte, wurden sie laufend von Männern und Frauen beobachtet, während andere auf ihr Auftauchen lauerten oder leise mit The Whisper sprachen, der vor seiner großen Schalttafel im Riverside Exchange saß und sie zu dem geplanten Treffpunkt dirigierte. In einer Umgebung, in der sie naturgemäß zum Brennpunkt der Aufmerksamkeit wurden, spürte weder Bond noch Leiter den verborgenen Mechanismus oder die Spannung, in deren Mitte sie sich befanden.

In dem berühmten Nachtlokal waren die Hocker vor der langen Bar besetzt; aber eine der kleinen Wandnischen war frei, und die beiden setzten sich auf die beiden Sessel, den schmalen Tisch zwischen sich.

Sie bestellten Scotch-and-Soda. Bond sah sich im Lokal um. Das Publikum bestand fast ausschließlich aus Männern. Er entdeckte zwei oder drei Weiße, seiner Ansicht nach Boxfanatiker oder Sportreporter der New Yorker Zeitungen. Die Atmosphäre war wärmer und lauter als vorhin. Die Wände waren mit Aufnahmen von Boxern, meistens von Sugar Ray Robinson und Szenen aus seinen Kämpfen, bedeckt. Es war ein vergnügtes Lokal, in dem sehr viel Geld verdient wurde.

»Dieser Sugar Ray war ein kluger Kerl«, sagte Leiter. »Hoffentlich wissen wir beide auch einmal, wann es Zeit ist aufzuhören. Er hatte eine ganze Menge beiseite gelegt, und jetzt verdient er in den Music Halls immer mehr dazu. Sein Anteil an diesem Lokal muß eine schöne Stange Geld wert sein, und außerdem gehören ihm noch eine Menge Grundstücke in dieser Gegend. Er arbeitet immer noch schwer, aber von dieser Art Arbeit wird man weder kurzsichtig, noch bekommt man Hämorrhoiden im Gehirn. Er hat Schluß gemacht, als er noch etwas davon hatte.«

»Dafür wird er wahrscheinlich eine Show am Broadway finanzieren und dabei alles verlieren«, sagte Bond. »Wenn ich jetzt Schluß machte und in Kent ein Obstgut aufkaufte, würde ich wahrscheinlich das schlechteste Wetter seit dem Zufrieren der Themse erwischen und damit fertig sein. Alles kann man eben nicht einkalkulieren.«

»Aber versuchen kann man es«, sagte Leiter. »Ich weiß schon, was Sie meinen: besser den Spatz in der Hand als die Taube auf dem Dach. Es ist kein schlechtes Leben, wenn es nur daraus besteht, daß man an einer netten Bar sitzt und guten Whisky trinkt. Wie gefällt Ihnen dieser Teil des Dschungels?« Er beugte sich über den Tisch. »Hören Sie mal dem Pärchen zu, das hinter Ihnen sitzt. Nach dem, was ich mitbekommen habe, stammen die beiden direkt aus dem ›Nigger Heaven‹.«

Bond blickte vorsichtig über die Schulter.

In der hinter ihm liegenden Nische saß ein hübscher junger Neger in einem teuren, rehbraunen Anzug mit betont breiten Schultern. Er hatte sich lässig mit dem Rücken gegen die Wand gelehnt und den einen Fuß neben sich auf die Bank gestellt. Mit einem kleinen silbernen Taschenmesser säuberte er gerade die Fingernägel seiner linken Hand, und ab und zu blickte er gelangweilt zu der Bar hinüber, an der es lebhaft zuging. Den Kopf hatte er auf die Trennwand direkt hinter Bonds Rücken gelegt, und der Duft eines teuren Haarfixativs ging von ihm aus. Bond fiel der kunstvoll gezogene Scheitel auf, der mit einem Rasiermesser auf der linken Kopfseite ausrasiert war, und auch das fast glatte Haar, das das Ergebnis mütterlicher Bemühungen seit seiner Kindheit war. Die einfache schwarze Seidenkrawatte und das weiße Hemd waren sehr geschmackvoll.

Ihm gegenüber, auf den Tisch gelehnt, das hübsche Gesicht gespannt, saß eine reizende kleine Negerin mit einem Schuß weißen Blutes. Ihr pechschwarzes Haar, das aussah, als wäre es tadellos dauergewellt, umrahmte ein süßes, mandelförmiges Gesicht mit leicht geschlitzten Augen unter sehr hübsch nachgezogenen Augenbrauen. Das tiefe Rot der leicht geöffneten sinnlichen Lippen wirkte zu der bronzefarbenen Haut ausgesprochen aufregend. Soweit Bond sehen konnte, trug sie ein schwarzseidenes Abendkleid, das knapp und freigebig über den festen kleinen Brüsten saß. Außerdem trug sie eine schlichte goldene Kette um den Hals sowie ein einfaches goldenes Armband an jedem Handgelenk.

Sie redete aufgeregt auf ihren Partner ein und schien Bonds Blicke gar nicht zu bemerken.

»Hören Sie einmal zu, ob Sie den Sinn mitbekommen«, sagte Leiter. »Es ist haargenau der Harlemer Dialekt: Tiefer Süden mit einem kräftigen Schuß New York.«

Bond griff nach der Speisekarte, lehnte sich möglichst weit zurück und studierte das Dinner zu drei Dollar fünfundsiebzig. Nach einiger Zeit legte er die Speisekarte wieder hin.

»Den Sinn habe ich mitbekommen«, sagte er. »Anscheinend geht es bei ihnen um die gleichen Dinge wie bei uns: Liebe, Vergnügen und die lieben Nachbarn.«

»Das ist nicht überall so«, sagte Leiter. »Auch Harlem ist aufgespalten in soziale Schichten, genauso wie jede andere große Stadt; nur kommen hier noch die verschiedenen Hautfarben hinzu! Wie ist es?« fragte er dann. »Wollen wir weiter. Schließlich müssen wir auch noch eine Kleinigkeit essen.«

Sie tranken ihre Gläser aus, und Bond bezahlte.

»Dieser Abend geht auf meine Rechnung«, sagte er. »Ich habe eine Menge Geld auszugeben, und davon habe ich heute abend dreihundert Dollar mitgenommen.«

»Einverstanden«, sagte Leiter, der über Bonds tausend Dollar Bescheid wußte.

Als der Kellner das Trinkgeld einsteckte, sagte Leiter plötzlich: »Wissen Sie, wo The Big Man heute abend ist?«

Der Kellner zeigte das Weiße seiner Augäpfel.

Er beugte sich über den Tisch und fegte das Tischtuch mit seiner Serviette ab. »Ich habe Frau und Kinder, Boss«, murmelte er dabei, ohne die Lippen zu bewegen. Dann stellte er die Gläser auf sein Tablett und verschwand in Richtung Bar.

»Mr. Big hat den besten Leibwächter, den man sich denken kann«, sagte Leiter. »Die Angst!«

Sie traten auf die Seventh Avenue hinaus. Der Regen hatte aufgehört; statt seiner war »Hawkins« gekommen — jener eisige und alles durchdringende Wind, den die Neger mit einem ehrfurchtsvollen »Hawkins ist da!« begrüßen und der die sonst üblichen Menschenmengen von den Straßen gejagt hatte. Leiter und Bond schlenderten über den fast menschenleeren Bürgersteig. Die Blicke der Menschen, an denen sie vorüberkamen, waren zumeist geringschätzig oder offen feindlich. Einige spien in den Rinnstein, wenn sie vorüber waren.

Bond spürte plötzlich die Gewalt jener Dinge, von denen Leiter ihm erzählt hatte. Sie hatten verbotenes Gebiet betreten; sie waren einfach unerwünscht. Bond fühlte wieder das Unbehagen, das er aus jenen Kriegstagen kannte, in denen er eine Zeitlang hinter den feindlichen Linien gearbeitet hatte. Mit einem Schulterzucken warf er dieses Gefühl von sich ab.

»Wir gehen zu Ma Frazier's, weiter oben in der Avenue«, sagte

Leiter. »Dort gibt es das beste Essen in Harlem – wenigstens war es früher so.«

Während sie weitergingen, schaute Bond immer wieder in die Schaufenster.

Er war betroffen von der Unzahl von Friseuren und Schönheitssalons. Allen gemeinsam war die Reklame für Frisiermittel zum Glätten der Haare – »Apex Glossatina, zusammen mit dem heißem Kamm zu verwenden«, »Silky Strate, hinterläßt keine Rötung und kein Hautbrennen« – sowie für Geheimmittel zum Bleichen der Haut. An zweiter Stelle folgten der Zahl nach die Geschäfte für Modeartikel und die Bekleidungsgeschäfte mit phantastischen Herrenschuhen aus Schlangenleder, Hemden mit Flugzeugen als Muster, Hosen mit Röhrenbeinen und zentimeterbreiten Streifen. Die Buchläden standen voll von Erziehungsbüchern – wie man dieses lernt, wie man jenes tut – und Comics. Verschiedene Geschäfte verkauften ausschließlich Amuletts und verschiedene Geheimmittel. Diese Amuletts und Geheimmittel hatten manchmal unheimliche Namen und sollten nicht nur vor Feinden und Verlusten schützen, sondern sogar die Feinde in Verwirrung und Verblüffung stürzen.

Bond fand es jetzt jedenfalls nicht mehr verwunderlich, daß Mr. Big in dem Voodoo-Kult eine derartig mächtige Waffe gefunden hatte, solange die Menschen noch eine weiße Kükenfeder oder zwei gekreuzte Stäbe auf die Straße legten – und das mitten in der strahlenden Weltstadt der westlichen Welt.

»Ich bin froh, daß wir hierhergegangen sind«, sagte Bond. »Langsam bekomme ich nämlich einen Begriff von diesem Mr. Big. In einem Land wie England hat man von solchen Dingen gar keine Ahnung. Bei uns gibt es natürlich auch eine Menge abergläubischer Menschen, besonders unter den Kelten, aber hier hört man beinahe die Trommeln.«

Leiter knurrte nur. »Ich bin froh, wenn ich wieder in meinem Bett liege«, sagte er schließlich. »Aber wir müssen uns ein genaues Bild von diesem Knaben machen können, um zu wissen, wie wir am besten an ihn herankommen.«

Ma Frazier's war ein höchst erfreulicher Gegensatz zu den verödeten und feindlichen Straßen. Das Essen war tatsächlich ausgezeichnet, und auch sonst ging es in dem angenehm warmen Restaurant äußerst zivilisiert zu. Der Kellner schien sich über ihre Anwesenheit zu freuen und machte sie auf verschiedene Berühmtheiten aufmerksam. Als Leiter jedoch seine Frage nach Mr. Big einflocht, schien der Kellner sie gar nicht zu hören. Anschließend blieb er unsichtbar, bis sie die Rechnung verlangten.

Leiter wiederholte seine Frage.

»Verzeihung, Sir«, sagte der Kellner nur, »den Namen habe ich noch nie gehört.«

Als sie das Restaurant wieder verließen, war es mittlerweile halb elf geworden und die Straße fast ausgestorben. Mit einem Taxi fuhren sie zum Savoy Ballroom, tranken einen Scotch-and-Soda und beobachteten die Tanzenden.

»Die meisten modernen Tänze sind hier entstanden«, sagte Leiter. »Alle wurden auf diesem Parkett zum erstenmal getanzt. Jede große amerikanische Kapelle ist stolz darauf, hier mindestens einmal gespielt zu haben: Duke Ellington, Louis Armstrong, Cab Calloway, Noble Sissle, Fletcher Henderson und wie sie alle heißen. Der Savoy Ballroom ist das Mekka des Jazz und des Swing.«

Sie saßen an einem Tisch, der in der Nähe des Geländers stand, das die Tanzfläche einfaßte. Bond war bezaubert. Viele der Mädchen fand er ausgesprochen reizend. Die Musik drang ihm ins Blut, bis er beinahe vergaß, aus welchem Grunde er hier war.

»Jetzt hat es Sie wohl auch erwischt, was?« sagte Leiter nach einiger Zeit. »Wenn es nach mir ginge, würde ich die ganze Nacht hier sitzenbleiben. Aber wir müssen weiter. Small's Paradise können wir uns sparen; es ist nicht viel anders als hier, nur eine Stufe tiefer. Ich würde sagen, wir gehen jetzt zu ›Yeah Man‹, ebenfalls auf der Seventh Avenue. Und anschließend müssen wir dann in eins von Mr. Bigs Lokalen. Der Jammer ist nur, daß sie erst um Mitternacht öffnen. Ich werde mal eben im Waschraum verschwinden, bis Sie bezahlt haben. Mal sehen, ob ich nicht irgendwie herausbekomme, wo wir Mr. Big heute abend vermutlich antreffen. Ich habe nämlich keine Lust, seine ganzen Lokale abzuklappern.«

Bond bezahlte und stieß unten in der Halle wieder auf Leiter.

Leiter zog ihn auf die Straße, und während sie weitergingen, sahen sie sich nach einem Taxi um.

»Zwanzig Dollar hat mich der Spaß gekostet«, sagte Leiter. »Aber angeblich wird er heute abend in The Boneyard gehen, ein kleines Lokal auf der Lenox Avenue, ganz in der Nähe seines Hauptquartiers. Die Attraktion ist der heißeste Striptease der ganzen Stadt; G-G Sumatra heißt das Mädel. Aber erst werden wir im Yeah Man noch ein Glas trinken und uns den Klavierspieler anhören. Gegen halb eins ziehen wir dann weiter.«

Die große Schalttafel, die nur ein paar Häuserblocks entfernt stand, war fast still. Die beiden Männer waren beim Betreten und Verlassen von Sugar Rays, Ma Frazier's und des Savoy Ballroom beobachtet worden. Um Mitternacht wurde durchgegeben, daß sie das Yeah Man betreten hätten. Um null Uhr dreißig wurde das letzte Gespräch geführt.

Mr. Big sprach von seinem Hausapparat, zuerst mit dem Oberkellner.

»Zwei Weiße kommen in fünf Minuten. Setzt sie an Tisch Z.«

»Yes, Sir, Boss«, sagte der Oberkellner. Mit schnellen Schritten überquerte er die Tanzfläche und ging zu einem Tisch, der hinter einer breiten Säule stand und daher von den meisten anderen Tischen aus nicht zu sehen war. Er stand unmittelbar neben dem Kücheneingang; hatte von ihm aus jedoch einen ausgezeichneten Blick auf die Tanzfläche und auf die genau gegenübersitzende Kapelle.

Der Tisch war von vier Personen – zwei Männern und zwei Mädchen – besetzt.

»Tut mir leid, Leute«, sagte der Oberkellner. »Das war ein Irrtum: Der Tisch ist nämlich bestellt – Zeitungsleute.«

Einer der Männer fing an zu streiten.

»Zieh ab, Bud«, sagte der Oberkellner nur. »Lofty, bring die Leute zu Tisch F. Getränke bezahlt das Haus. Sam!« Er nickte einem anderen Kellner zu. »Räum den Tisch auf. Zwei Gedecke.« Die vier Gäste standen fügsam auf, besänftigt nur durch die Aussicht auf kostenlose Getränke. Der Oberkellner stellte das Schild »Reserviert« auf den Tisch, vergewisserte sich, daß alles in Ordnung war, und kehrte dann an seinen Platz, den Tisch neben dem Vorhang des Eingangs zurück.

Inzwischen hatte Mr. Big von seinem Hausapparat noch zwei weitere Gespräche geführt, das eine mit dem Conférencier.

»Lichter aus nach G-Gs Auftritt.«

»Jawohl, Sir, Boss«, hatte der Conférencier bereitwillig erwidert.

Der zweite Anruf betraf vier Männer, die im Keller des gleichen Hauses beim Würfelspiel saßen. Es war ein langes Gespräch.

6

Um null Uhr fünfundvierzig stiegen Bond und Leiter aus dem Taxi und gingen unter dem Zeichen hindurch, das mit violetten und grünen Neonröhren »The Boneyard« verkündete.

Als sie durch die Pendeltür traten und den Vorhang beiseite schoben, prallten sie gegen den dröhnenden Rhythmus und gegen den süßsäuerlichen Geruch. Die Augen des Mädchens in der Garderobe glühten und lockten.

»Haben Sie einen Tisch reservieren lassen, Sir?« fragte der Oberkellner.

»Nein«, sagte Leiter. »Wir können uns auch ruhig in die Bar setzen.«

Der Oberkellner studierte seinen Tischplan. Dann schien er einen Weg gefunden zu haben. Entschlossen steckte er seinen Bleistift in ein Loch der Tischplatte.

»Die Herrschaften sind bis jetzt nicht gekommen. Ich kann den Tisch schließlich nicht die ganze Nacht freihalten. Wenn Sie bitte mitkommen wollen.« Er ging voraus und führte sie um die kleine, dichtbevölkerte Tanzfläche. Dann nahm er das kleine Schild vom Tisch und zog einen der beiden Stühle zurück.

»Sam«, rief er einem Kellner zu. »Die Herrschaften möchten bestellen.« Dann verschwand er wieder.

Sie ließen sich Scotch mit Soda sowie Sandwiches mit Hühnchen kommen.

Bond schnüffelte. »Marihuana«, sagte er schließlich.

»Die meisten wirklichen Tanzfanatiker rauchen das Zeug«, erklärte Leiter. »In den meisten Lokalen ist es allerdings nicht erlaubt.«

Bond sah sich um. Die Musik war verstummt. Die kleine Vier-Mann-Band – Klarinette, Schlagbaß, elektrische Gitarre und Schlagzeug – kam aus ihrer gegenüberliegenden Ecke hervor. Die vielleicht zwölf Paare schlenderten langsam zu ihren Tischen zurück, und das rote Licht unter der gläsernen Tanzfläche erlosch. Statt dessen flammten an der Decke winzige Lampen auf, deren bleistiftdicker Strahl auf farbige Glaskugeln gerichtet war, die größer waren als ein Fußball und in Abständen an den Wänden angebracht waren. Sie hatten verschiedene Farben: Gold, Blau, Grün, Violett und Rot. Und sobald der Lichtstrahl aufflammte, glühten sie wie farbige Sonnen. Die schwarzlackierten Wände spiegelten ihr Licht genauso wider, wie es der Schweiß auf den ebenholzschwarzen Gesichtern der Menschen tat. Hin und wieder hatten die Backen eines Mannes, der zwischen zwei dieser Kugeln saß, eine verschiedene Färbung: rot auf der einen und vielleicht grün auf der anderen. Die Beleuchtung machte es unmöglich, die Gesichter zu erkennen, es sei denn, sie waren sehr nahe. Das Licht verwandelte den Lippenstift des einen Mädchens in ein tiefes Schwarz, während das Gesicht eines anderen zur Hälfte in ein warmes Licht getaucht war, die andere Hälfte dagegen die fahle Blässe einer Ertrunkenen hatte.

Die ganze Szene war makaber und fahl, als hätte El Greco den freigelegten Friedhof einer brennenden Stadt bei Mondschein gemalt.

Der Raum war nicht groß – vielleicht zwanzig Meter im Quadrat. Er enthielt etwa fünfzig Tische, und die Gäste saßen so eng nebeneinander wie schwarze Oliven in einem Glas. Es war heiß, die Luft war stickig; es roch nach Rauch und, leicht süßlich, nach zweihundert Negerleibern. Der Lärm war erschreckend; den Grundton bildete das Schwatzen von Negern, die sich zwanglos vergnügten, unterbrochen von plötzlich ausbrechendem Gelächter, von Rufen und von hellem Kichern. Hin und wieder tauchte unvermittelt ein Mädchen oder ein Mann auf der Tanzfläche auf und tanzte ein wildes Solo, begleitet von dem rhythmischen Klatschen der Freunde, gellenden Schreien und Pfiffen. Und jedesmal erschien nach kurzer Zeit der Conférencier und räumte die Tanzfläche unter Murren und höhnischen Rufen.

Auf Bonds Stirn bildeten sich langsam Schweißtropfen. Leiter beugte sich über den Tisch und hielt sich die Hände vor den Mund. »Drei Ausgänge: vorn, zur Küche hinter uns, hinter der Kapelle.« Bond nickte. Gerade jetzt kam es ihm völlig belanglos vor. Für Leiter war dies alles nicht neu, aber für Bond war es die erste Berührung mit jenem Rohmaterial, mit dem The Big Man arbeitete, mit dem Ton in seinen Händen. Durch diesen Abend bekamen die Berichte, die er in London und in New York gelesen hatte, langsam Leben. Auch wenn der Abend jetzt zu Ende gewesen wäre, hätte Bond seiner Ansicht nach einen vollständigen Anschauungsunterricht mitgemacht. Er trank einen großen Schluck Whisky. Beifall prasselte auf. Der Conférencier war auf die Tanzfläche gekommen: ein schlanker Neger in einem tadellosen Frack, im Knopfloch eine rote Nelke. Er hatte die eine Hand erhoben. Ein einzelner weißer Scheinwerfer war auf ihn gerichtet. Der übrige Raum wurde dunkel.

Alles war still.

»Leute«, sagte der Conférencier und fletschte dabei sein weißes, goldfunkelndes Gebiß. »Jetzt geht's los!«

Begeisterter Beifall folgte dieser Ankündigung.

Er wandte sich nach links, zu jener Seite, die Leiter und Bond genau gegenüber lag.

Er warf die rechte Hand hoch. Ein zweiter Scheinwerfer flammte auf.

»Mr. Jungles Japhet und seine Trommler!«

Prasselnder Beifall, Rufe und Pfiffe.

Vier grinsende Neger in knallroten Hemden und enganliegenden weißen Hosen wurden von dem Scheinwerfer erfaßt; sie saßen rittlings auf vier sich verjüngenden Tonnen mit Fellbespannung. Die Trommeln waren von verschiedener Größe. Der Neger, der auf der Baßtrommel saß, erhob sich kurz und schüttelte die verschränkten Hände über dem Kopf.

»Voodoo-Trommler aus Haiti«, flüsterte Leiter.

Der Lärm erstarb. Mit den Spitzen ihrer Finger begannen die Trommler einen langsamen, gebrochenen Rhythmus, eine sanfte Rumba.

»Und jetzt, meine Freunde«, verkündete der Conférencier, das Gesicht immer noch den Trommlern zugewandt, »G-G...« Er machte eine Pause. »Sumatra!«

Das letzte Wort war ein Aufschrei. Er fing an zu klatschen. Ein Höllenspektakel brach los, ein rasender Beifall. Die Tür hinter den Trommlern flog auf, und heraus kamen zwei riesige Neger, nackt bis auf den goldenen Lendenschurz, und zwischen sich trugen sie eine winzige Gestalt, die ihre Arme um ihre Nacken geschlungen hatte; sie war völlig in schwarze Straußenfedern eingehüllt und trug eine kleine Gesichtsmaske.

Die Neger setzten sie in der Mitte der Tanzfläche ab. Rechts und links von ihr kniend, verbeugten sie sich, bis ihre Stirnen den Boden berührten. Sie trat zwei Schritte vor. Als der Scheinwerfer von den beiden Negern wegschwenkte, verschmolzen sie mit den Schatten und verschwanden durch die Tür.

Der Conférencier war ebenfalls verschwunden. Abgesehen von dem sanften Dröhnen der Trommeln herrschte völlige Stille.

Das Mädchen griff mit der Hand an seinen Hals; der Mantel aus schwarzen Federn sank langsam herunter und wurde zu einem schwarzen, eineinhalb Meter hohen Fächer, der den Anblick ihres Körpers freigab. Langsam wirbelte das Mädchen ihn herum, bis er wie ein Pfauenrad von seinem Rücken aufragte. Der Körper war nackt bis auf einen schmalen schwarzen Gürtel mit einem Spitzenschleier, je einen schwarzen, funkelnden Stern in der Mitte jeder Brust und die kleine Gesichtsmaske. Der Körper war schlank, muskulös, bronzefarben und bezaubernd. Er war leicht eingeölt und glänzte in dem weißen Licht.

Das Publikum war still. Die Trommeln fingen an, das Tempo langsam zu steigern; die Baßtrommel hielt den Rhythmus, der dem menschlichen Herzschlag entsprach.

Der nackte Bauch des Mädchens fing unmerklich an, den Rhythmus der Trommeln aufzunehmen. Der Fächer schwankte hinter dem Rücken hin und her, und die Hüften bewegten sich im Rhythmus der Baßtrommel. Der Oberkörper rührte sich nicht. Wieder wirbelten die langen Federn durch die Luft, und jetzt fingen Füße und Schultern an zu zucken. Die Trommeln wurden lauter. Jeder Teil des Körpers schien einen anderen Takt einzuhalten. Die Lippen waren zu einem Spalt geöffnet, so daß die Zähne hindurchschimmerten. Die Nasenlöcher weiteten und verengten sich. Die Augen funkelten durch die Schlitze der kleinen Maske. Es war ein aufreizendes, einem Mops ähnliches Gesicht — das französische »chienne« war das einzige Wort, das Bond hierzu einfiel.

Die Trommeln wurden schneller, waren eine schwierige Folge ineinander verflochtener Rhythmen. Das Mädchen schleuderte den großen Fächer zu Boden, hielt die Arme hoch über den Kopf. Der ganze Körper fing an zu zucken. Der Bauch kreiste immer schneller, hin und her, vor und zurück. Die Beine waren leicht gespreizt. Die Hüften beschrieben einen weiten Kreis. Plötzlich riß das Mädchen den Stern von seiner rechten Brust und warf ihn in die Zuschauer. Zum erstenmal hörte man das Publikum: Es war ein leises Knurren. Dann war es wieder still. Sie riß den zweiten Stern herunter. Wieder folgte das Knurren und dann Stille. Die Trommeln wirbelten schneller und dröhnender. Den Trommlern lief der Schweiß herunter; ihre Hände flatterten wie graue Lappen vor den hellen Bespannungen. Ihre Augen quollen hervor, waren blicklos. Die Köpfe waren leicht zur Seite geneigt, als lauschten sie. Keiner sah das Mädchen an. Das Publikum keuchte leise, die feuchten Augen waren starr und verdreht.

Schweiß glänzte auf dem ganzen Körper, auch auf den Brüsten und auf dem Bauch. Plötzlich wurde er von leisen Zuckungen geschüttelt. Der Mund öffnete sich, und dann stieß sie leise Schreie aus. Ihre Hände glitten an ihrem Körper herunter, und plötzlich hatte sie den winzigen Spitzenschleier weggerissen. Sie warf ihn in das Publikum. Jetzt war nur noch der schmale Gürtel übriggeblieben.

Die Trommeln verfielen in einen Wirbel aufreizender Rhythmen. Wieder schrie sie leise auf, und dann ließ sie, die Arme ausgebreitet, als müßte sie damit das Gleichgewicht halten, den Körper langsam zu Boden sinken und ihn wieder aufrichten – schneller, immer schneller. Bond konnte deutlich das laute Atmen der Zuschauer hören. Er merkte, daß sich seine Finger in das Tischtuch krallten. Sein Mund war ausgedörrt.

Das Publikum fing an zu schreien, anfeuernd, gierig. Sie sank auf die Knie, und während der Rhythmus langsamer wurde, überlief zum letztenmal eine Reihe von Zuckungen das leise aufschreiende Mädchen.

Die Trommeln gaben nur noch ein langsames Tam-Tam und ein merkwürdiges Rauschen von sich. Das Publikum tobte, verlangte eine Zugabe.

Der Conférencier trat wieder auf die Tanzfläche; das Licht eines Scheinwerfers erfaßte ihn.

»Ruhe, Leute – Ruhe!« Der Schweiß sammelte sich in Tropfen an seinem Kinn. Ergeben breitete er seine Arme aus. »G-G ist einverstanden!«

Das Publikum stieß ein begeistertes Heulen aus. Die Trommeln brummten zögernd und leise. Und plötzlich versank der ganze Raum in undurchdringliche Dunkelheit.

Das wird ein uralter Trick sein, dachte Bond.

Dann aber waren seine sämtlichen Sinne angespannt.

Das Heulen der Menge verschwand unheimlich schnell. Im gleichen Augenblick spürte er einen kalten Luftzug auf seinem Gesicht. Und er hatte das Gefühl, nach unten zu sinken.

»He!« schrie Leiter. Seine Stimme war zwar nahe, klang jedoch hohl.

Verdammter Mist, dachte Bond.

Irgend etwas schnappte über seinem Kopf zusammen. Er streckte seine Hand nach hinten aus. Sie stieß gegen eine Wand, die nur wenige Zentimeter von ihm entfernt war und sich bewegte.

»Licht«, sagte eine Stimme ruhig.

Im gleichen Augenblick wurden seine Arme festgehalten. Er wurde in seinen Sessel gedrückt.

Ihm gegenüber, immer noch am Tisch, saß Leiter, dessen Ellbogen von einem riesigen Neger umklammert wurden. Sie befanden sich in einer winzigen, viereckigen Zelle. Rechts und links von ihnen standen zwei weitere Neger in Straßenanzügen, die Pistolen auf sie gerichtet.

Bond hörte das scharfe Zischen einer hydraulischen Hebebühne, und dann stand der Tisch wieder ruhig. Bond blickte auf. Über sich sah er die schwachen Umrisse einer Falltür. Zu hören war nichts.

Einer der Neger grinste. »Immer mit der Ruhe, Jungs. War's schön?«

Leiter stieß einen gemeinen Fluch aus. Bond entspannte seine Muskeln und wartete.

»Wer von euch ist der Engländer?« fragte der gleiche Neger dann. Er schien das Kommando zu führen. Die Pistole, die er lässig auf Bonds Herz gerichtet hielt, wirkte sehr komisch. Der Griff in seiner Hand schimmerte durch die Finger hindurch, als wäre er aus Perlmutt, und der lange, achteckige Lauf war fein ziseliert.

»Der hier – wahrscheinlich«, sagte der Neger, der Bonds Arme festhielt. »Er hat eine Narbe.«

Der Griff des Negers war mehr als unangenehm. Es war genauso, als wären zwei Klammern oberhalb des Ellbogens fest zusammengeschraubt. Bonds Hände wurden langsam taub.

Der Mann mit dem komischen Revolver kam langsam um den Tisch herum. Die Mündung zeigte jetzt auf Bonds Magen. Der Hahn war gespannt.

»Auf diese Entfernung darfst du eigentlich nicht danebenschießen«, sagte Bond.

»Schnauze«, sagte der Neger. Mit seiner linken Hand tastete er

Bond – Beine, Schenkel, Rücken und Seiten – fachkundig ab. Dann zog er Bonds Beretta heraus und gab sie dem anderen Neger mit Revolver.

»Gib das nachher dem Boss, Tee-Hee«, sagte er. »Nimm den Engländer gleich mit. Und du gehst mit. Ihr anderen bleibt hier.«

»Yassuh«, sagte der Mann, der Tee-Hee hieß: ein dickbäuchiger Neger in schokoladenbraunem Hemd und lavendelblauen Hosen.

Bond wurde hochgerissen. Den einen Fuß hatte er hinter ein Tischbein gehakt. Er versuchte, den Tisch umzukippen. Gläser und Bestecke fielen klirrend und klappernd zu Boden. Im gleichen Augenblick trat Leiter seitlich an seinem Stuhl vorbei nach hinten aus. Man hörte, wie sein Absatz das Schienenbein seines Bewachers traf. Bond tat das gleiche, jedoch ohne Erfolg. Für einen Augenblick herrschte völliges Durcheinander, aber keiner der Bewacher lockerte seinen Griff. Aber Leiter wurde hochgehoben, als wäre er ein Kind, zur Wand gedreht und dagegen geschmettert. Fast wäre seine Nase zertrümmert worden. Dann drehte der Neger ihn wieder um. Das Blut lief Leiter in den Mund.

Die beiden Revolver waren immer noch auf sie gerichtet. Es war zwar ein völlig ergebnisloser Versuch gewesen, aber für den Bruchteil einer Sekunde hatten sie zumindest die Initiative an sich gerissen und damit den Schock der Überrumpelung wieder ausgeglichen.

»Spart nur eure Kräfte«, sagte der Neger, der bisher die Befehle gegeben hatte. »Bringt endlich den Engländer weg.« Er wandte sich an Bonds Bewacher. »Mr. Big wartet schon.« Dann richtete er sich an Leiter. »Und Sie verabschieden sich man lieber von Ihrem Freund«, sagte er. »Wiedersehen werden Sie ihn wohl nicht mehr.«

Bond sah Leiter lächelnd an. »Ein glücklicher Zufall, daß wir uns für zwei Uhr hier mit der Polizei verabredet haben«, sagte er. »Also dann bis nachher.«

Leiter grinste zurück. Seine Zähne waren vom Blut rot gefärbt. »Commissioner Monahan wird sich über diese Lumpen freuen. Bis nachher also.«

»Abwarten«, sagte der Neger ungerührt. »Los jetzt.«

Bond wurde von seinem Bewacher herumgedreht, bis er vor der einen Wandseite stand, die sich um eine Angel drehte und in einen langen kahlen Gang hinausführte. Der Mann mit Namen Tee-Hee ging voraus.

Hinter ihnen schwang die Tür wieder zurück.

7

Ihre Schritte hallten auf dem Steinboden. Am Ende des Ganges befand sich wieder eine Tür, durch die sie in einen zweiten langen Gang kamen, der von einfachen Glühbirnen, die in großen Abständen an der Decke hingen, erleuchtet war. Nach einer weiteren Tür standen sie in einem großen Lagerraum. Kisten und Kästen waren sauber aufgestapelt. An der Decke sah man die Schienen von Laufkränen. Den Kistenaufschriften nach schien es das Lager einer Spirituosenhandlung zu sein. Über einen schmalen Durchgang kamen sie an eine Eisentür. Der Mann mit Namen Tee-Hee drückte auf eine Klingel. Hier unten herrschte völlige Stille. Bond vermutete, daß sie vom Nachtklub mindestens einen Häuserblock entfernt sein mußten.

Irgendein Riegel quietschte, und dann öffnete sich die Tür. Ein Neger im Abendanzug, eine Pistole in der Hand, trat zur Seite, und sie kamen in eine mit Teppichen ausgelegte Halle.

»Du kannst rein, Tee-Hee«, sagte der Mann im Abendanzug.

Tee-Hee klopfte an die Tür, vor der sie jetzt standen, öffnete sie und ging wieder voraus.

In einem hochlehnigen Stuhl, hinter einem sehr kostbaren Schreibtisch, saß Mr. Big und blickte ihnen ruhig entgegen.

»Guten Morgen, Mr. James Bond.« Die Stimme war tief und sanft. »Nehmen Sie Platz.«

Über den Teppich wurde Bond von seinem Bewacher zu einem niedrigen Sessel aus Leder und Stahlrohr geführt. Der Bewacher ließ Bonds Arme los; Bond setzte sich und blickte The Big Man über den breiten Tisch hinweg an.

Es bedeutete schon eine segensreiche Erleichterung, die beiden Hände, die einem Schraubstock glichen, nicht mehr zu spüren. Aus Bonds Unterarmen war jegliches Gefühl gewichen. Er ließ sie einfach hinunterhängen und freute sich über den dumpfen Schmerz, mit dem das Blut wieder zu pulsieren begann.

Mr. Big sah ihn an. Sein riesiger Kopf lehnte an der hohen Rückenlehne. Er schwieg.

Bond bemerkte plötzlich, daß die verschiedenen Fotografien im Grunde nichts von diesem Mann verraten hatten: nichts von seiner Macht und dem Intellekt, der von ihm auszustrahlen schien, und auch nichts von seinem übergroßen Schädel.

Es war ein großer Fußball von Kopf, zweimal so groß wie ein normaler und fast kugelrund. Die Haut war grauschwarz, straff und schimmernd wie bei dem Gesicht einer Leiche, die zwei Wochen im

Wasser gelegen hat. Der Schädel war kahl bis auf einen dünnen, graubraunen Flaum über den Ohren. Sowohl Augenbrauen als auch Augenwimpern fehlten völlig, und die Augen standen so weit auseinander, daß man niemals in beide zugleich sehen konnte. Der Blick war offen und durchdringend. Wenn er irgendwo ruhte, schien er den betreffenden Gegenstand in sich einzusaugen, ihn zu umschließen. Die Augen traten leicht hervor, und die Iris war nicht mehr als ein goldener Rand um eine schwarze, auffallend große Pupille. Es waren die Augen eines Tieres, und sie schienen im Dunkeln leuchten zu können.

Die Nase war breit, wenn auch nicht ausgesprochen negroid. Die Nasenlöcher klafften auch nicht weit. Die Lippen waren nur sehr leicht vorgewölbt, dafür jedoch dick und dunkel. Sie öffneten sich nur, wenn der Mann sprach; dann aber zogen sie sich weit auseinander und enthüllten die Zähne sowie das rosa Zahnfleisch.

Das Gesicht hatte kaum Falten oder Fältchen; über der Nase standen jedoch zwei tiefe Furchen, entstanden durch angestrengtes Nachdenken. Darüber wölbte sich die Stirn leicht vor, um dann in den spiegelglatten, völlig kahlen Schädel überzugehen.

Merkwürdigerweise hatte dieser gewaltige Kopf nichts Unproportioniertes. Er saß auf einem breiten kurzen Hals über den Schultern eines Riesen. Aus den verschiedenen Berichten wußte Bond, daß Mr. Big einen Meter fünfundneunzig groß, hundertvierzig Kilo schwer und alles andere als fett war. Der Gesamteindruck war jedoch der eines Furcht, wenn nicht sogar Schrecken erregenden Mannes, und Bond konnte sich gut vorstellen, daß ein so gespenstisches Mißverhältnis zu den Mitmenschen schon seit Jugendzeiten den Wunsch nach Rache an dem eigenen Schicksal und an einer Welt genährt hatte, die ihn haßte, weil sie ihn fürchtete.

The Big Man trug ein Dinnerjackett. Die Brillanten, die auf der Hemdbrust und an den Manschetten funkelten, deuteten auf eine gewisse Eitelkeit hin. Die gewaltigen Hände ruhten leicht gekrümmt vor ihm auf der Tischplatte. Weder ein Aschbecher noch Zigarettenstummel waren zu entdecken, und der Geruch des Zimmers war völlig nichtssagend. Die Tischplatte war leer bis auf ein großes Sprechgerät mit rund zwanzig Hebeln sowie – völlig unpassend – eine sehr kleine, elfenbeinfarbene Reitpeitsche mit einer langen und dünnen weißen Schnur.

Schweigend und in tiefer Konzentration starrte Mr. Big über den Tisch hinweg Bond an.

Nachdem Bond ihn seinerseits sorgfältig betrachtet hatte, sah er sich im Zimmer um.

Es war geräumig, erholsam und sehr ruhig, und mit den vielen Büchern erinnerte es an die Bibliothek eines Millionärs.

Hoch in der Wand hinter Mr. Big befand sich ein einziges Fenster, aber sonst standen an allen Wänden hohe Bücherregale. Bond drehte sich in seinem Sessel um. Nirgends entdeckte er eine Tür — aber hinter den stummen Büchern konnten mehrere verborgen sein. Die beiden Neger, die ihn hergebracht hatten, standen ziemlich verlegen hinter Bond vor den Regalen. Das Weiße ihrer Augen war deutlich zu sehen. Sie sahen nicht Mr. Big an, sondern ein merkwürdiges Gebilde, das seitlich von Mr. Big auf einem Tischchen stand.

Selbst mit seinen geringen Kenntnissen des Voodoo erkannte Bond es sofort nach der Beschreibung, die Leigh Fermor in seinem Buch gegeben hatte.

Ein anderthalb Meter hohes, weißes Holzkreuz stand dort auf einem erhabenen weißen Sockel. Der Querbalken des Kreuzes steckte in den Ärmeln eines staubigen schwarzen Fracks, dessen Schöße hinter dem Tisch bis auf den Boden hinunterhingen. Über dem Kragen des Jacketts stak ein zerbeulter steifer Hut auf dem Kreuz, dessen senkrechter Balken durch den Kopf hindurchragte. Wenige Zentimeter unterhalb der Hutkrempe, die auf dem Querbalken auflag, sah man den steifen Kragen eines Geistlichen.

Vor dem weißen Sockel lag auf der Tischplatte ein Paar alter, zitronenfarbener Handschuhe. Ein kurzer Spazierstock mit goldenem Knauf, dessen Zwinge neben den Handschuhen auf der Tischplatte stand, ragte über den linken Querbalken des Gebildes auf. Außerdem lag auf dem Tisch ein zerbeulter schwarzer Zylinder.

Diese bösartige Vogelscheuche — der Gott der Friedhöfe und Führer der Legion der Toten, Fürst Samedi — beherrschte das ganze Zimmer; selbst Bond hatte den Eindruck, daß sie für ihn Böses bedeutete.

Bond wandte seinen Blick ab und sah das große, grauschwarze Gesicht jenseits des Tisches wieder an.

Dann fing Mr. Big an zu sprechen.

»Dich brauche ich noch, Tee-Hee.« Seine Lider hoben sich. »Aber du kannst gehen, Miami.«

»Yes, Sir, Boss«, sagten beide wie aus einem Munde.

Bond hörte, daß eine Tür geöffnet und wieder geschlossen wurde.

Wieder herrschte Stille. Zuerst war Mr. Bigs Blick durchdringend auf Bond gerichtet gewesen; Zentimeter für Zentimeter hatte er ihn abgetastet. Jetzt merkte Bond, daß die Augen ihn zwar immer noch ansahen, ihr Blick jedoch stumpfer geworden war. Sie starrten Bond an, ohne ihn tatsächlich wahrzunehmen. Bond hatte den Eindruck, daß das Gehirn hinter der Stirn mit anderen Dingen beschäftigt war.

Bond war fest entschlossen, sich durch nichts aus der Fassung bringen zu lassen. Das Gefühl war in seine Hände zurückgekehrt, und langsam zog er sie enger an seinen Körper, um Zigaretten und Feuerzeug herauszuholen.

»Meinetwegen können Sie sich eine Zigarette anstecken, Mr. Bond. Falls Sie jedoch andere Absichten haben sollten, beugen Sie sich ruhig vor und betrachten Sie das Schlüsselloch der Schublade, die sich direkt vor Ihnen befindet. Ich habe gleich Zeit für Sie«, sagte Mr. Big.

Bond beugte sich vor. Das Schlüsselloch war auffallend groß – den Durchmesser schätzte er auf fünfundvierzig Millimeter. Wahrscheinlich wurde das Gerät mit einem Fußhebel ausgelöst. Einfälle hatte dieser Mann tatsächlich genug. Kindisch! Kindisch? Vielleicht kam man hier doch nicht so leicht wieder heraus. Die anderen Tricks – die Bombe und der versenkbare Tisch – hatten sauber und wirkungsvoll funktioniert. Das waren keine bloßen Einfälle, die lediglich Eindruck machen sollten. Und auch diese eingebaute Pistole war keineswegs komisch; die Anlage war vielleicht ziemlich schwierig gewesen, aber technisch war sie ausgefeilt.

Bond zündete sich eine Zigarette an und atmete den Rauch tief in die Lungen. Besonders große Sorgen machte er sich nicht über seine Lage. Er weigerte sich zu glauben, daß ihm etwas geschehen würde. Es wäre sehr ungeschickt, ihn wenige Tage nach seiner Ankunft einfach verschwinden zu lassen – es sei denn, man fingierte einen hieb- und stichfesten Unfall. Und Leiters müßten sie sich dann ebenfalls entledigen. Das aber würde den beiden Geheimdiensten auffallen, und Mr. Big mußte das auch wissen. Trotzdem machte sich Bond Sorgen über Leiter, der diesen einfältigen schwarzen Affen ausgeliefert war.

Langsam zogen sich The Big Mans Lippen von den Zähnen zurück.

»Ich habe schon seit Jahren kein Mitglied des Secret Service mehr gesehen, Mr. Bond. Seit dem Kriege nicht. Ihr Geheimdienst hat damals eine Menge geleistet. Ihr habt ein paar fähige Leute. Von meinen Freunden erfuhr ich, daß Sie im Secret Service sehr angesehen sind. Sie haben, glaube ich, sogar eine Nummer mit einer doppelten Null – 007, wenn ich mich recht erinnere. Die doppelte Null bedeutet, wie man mir gesagt hat, daß Sie im Verlauf eines Unternehmens ihren Gegner sogar töten dürfen. Bei einem Geheimdienst, zu dessen Waffen der Mord nicht gehört, dürfte es nur wenige Nummern dieser Art geben. Wen sollen Sie denn eigentlich hier umlegen, Mr. Bond? Zufälligerweise vielleicht mich?«

Die Stimme war sanft und gleichmäßig, fast ausdruckslos. Ganz leicht klangen verschiedenen Akzente an, amerikanische und französische, aber sonst war das Englisch fast pedantisch korrekt, ohne eine Andeutung von Slang.

Bond schwieg. Er nahm an, daß Moskau seine Personalbeschreibung durchgegeben hatte.

»Es ist notwendig, daß Sie antworten, Mr. Bond. Ihr Schicksal und das Ihres Begleiters hängt allein davon ab. Ich persönlich vertraue meinen Informationsquellen. Ich weiß auch sehr viel mehr, als ich gesagt habe. Eine Lüge würde ich sehr schnell durchschauen.«

Bond glaubte ihm. Er dachte sich deshalb eine Geschichte aus, die er belegen konnte und hinter der sich die Tatsachen verbergen ließen.

»In Amerika kursieren augenblicklich englische Goldmünzen, und zwar Rose Nobles aus der Zeit Edwards IV.«, sagte er. »Auch in Harlem sind einige verkauft worden. Das amerikanische Finanzministerium hat bei seinen Nachforschungen um Hilfe gebeten, da diese Münzen aus einer englischen Quelle stammen müssen. Aus diesem Grunde habe ich mich heute persönlich in Harlem umgesehen, und zwar in Begleitung eines Vertreters des Finanzministeriums, der sich mittlerweile hoffentlich wieder auf dem Weg zu seinem Hotel befindet.«

»Mr. Leiter ist ein Vertreter der Central Intelligence Agency, nicht des Finanzministeriums«, sagte Mr. Big gleichmütig. »Im Augenblick ist seine Lage äußerst unangenehm.«

Er verstummte und schien zu überlegen. Dann blickte er an Bond vorbei.

»Tee-Hee.«

»Yassuh, Boss.«

»Binde Mister Bond auf seinem Sessel fest.«

Bond fuhr beinahe hoch.

»Rühren Sie sich nicht, Mr. Bond«, sagte die Stimme sehr sanft. »Sie haben eine winzige Chance, hier lebendig wieder herauszukommen, wenn Sie bleiben, wo Sie sind.«

Bond sah The Big Man an, sah in die goldenen, gleichgültigen Augen.

Dann ließ er sich zurücksinken. Im gleichen Augenblick wurde ein Gurt um seinen Körper gelegt und fest angezogen. Zwei kurze Gurte hielten die Handgelenke auf den lederbezogenen Stahllehnen fest, zwei weitere fesselten seine Füße an die Sesselbeine. Er konnte sich zwar mit dem Sessel umkippen – aber das war auch alles.

Mr. Big drückte auf einen Knopf des Sprechgerätes.

»Ich möchte Miss Solitaire sprechen«, sagte er und ließ den Knopf wieder los.

Einen Augenblick herrschte Stille, und dann schwang ein Teil des Bücherbordes, das sich rechts vom Schreibtisch befand, weit auf.

Langsam betrat eine der schönsten Frauen, die Bond jemals gesehen hatte, das Zimmer und schloß die Tür hinter sich. Sie blieb vor dem Bücherregal stehen, schaute Bond an und nahm seine Gestalt – Zentimeter für Zentimeter, vom Kopf bis zu den Füßen – in sich auf. Als sie fertig war, wandte sie sich an Mr. Big.

»Ja?« fragte sie leise.

Mr. Big hatte sich nicht gerührt; er drehte auch nicht seinen Kopf, sondern richtete seine Worte an Bond.

»Das hier ist eine ungewöhnliche Frau, Mr. Bond«, sagte er mit seiner immer noch ruhigen und sanften Stimme. »Und ich habe die Absicht, sie zu heiraten, weil sie einmalig ist. Entdeckt habe ich sie in einem Kabarett, in Haiti, wo sie auch geboren ist. Sie trat in einem telepathischen Akt auf, den ich nicht begreifen konnte. Ich beschäftigte mich mit der Angelegenheit und begriff sie immer noch nicht. Es gab auch nichts zu begreifen. Es war eben Telepathie.«

Er schwieg einen Augenblick.

»Das alles erzähle ich Ihnen, um Sie zu warnen. Diese Frau ist mein Inquisitor. Die Folter ist unästhetisch und keineswegs überzeugend: Um den Schmerzen zu entgehen, sagen die Leute doch immer nur das, was man hören will. Bei diesem Mädchen braucht man keine brutalen Methoden mehr. Sie weiß genau, ob die Leute die Wahrheit sagen. Aus diesem Grunde werde ich sie auch zu meiner Frau machen. Sie ist viel zu wertvoll, um weiterhin frei zu sein. Und außerdem ist es interessant zu sehen, wie unsere Kinder sein werden«, fügte er freundlich hinzu.

Mr. Big wandte sich an das Mädchen und blickte sie gleichgültig an.

»Augenblicklich macht sie noch Schwierigkeiten. Sie will mit Männern nichts zu tun haben. Das war auch der Grund, weshalb sie in Haiti ›Solitaire‹ genannt wurde.«

»Hol dir einen Stuhl«, sagte er schließlich mit unveränderter Stimme zu ihr. »Sage mir, ob dieser Mann lügt. Aber setz dich nicht vor die Pistole.«

Das Mädchen erwiderte nichts, sondern ging zu einem Sessel, der Bonds Sessel ähnlich war und vor dem Bücherregal stand, und schob ihn vor sich her. Dann setzte sie sich so hin, daß sie sein rechtes Knie beinahe berührte. Sie sah ihm in die Augen.

Ihr Gesicht war fahl. Es hatte die Hautfarbe Weißer, die schon lange in den Tropen leben. Es zeigte jedoch keine Spur jener sonst üblichen Schlaffheit, die man in den Tropen besonders an der Haut und an den Haaren feststellen kann. Ihre Augen waren blau, brennend und verächtlich; als sie ihn jedoch mit einem leisen Anflug von Humor anblickten, merkte er, daß sie ihm etwas ganz Persönliches sagen wollten. Dieser Anflug verschwand allerdings in dem Augenblick, in dem sein Blick darauf einging. Ihr Haar war blauschwarz und fiel dicht auf die Schultern herab. Sie hatte sehr hohe Wangenknochen sowie einen breiten, sinnlichen Mund, in dem eine Spur von Grausamkeit lag. Die Kinnlinie war sehr fein und bezaubernd geschwungen; sie verriet eine gewisse Entschlußkraft und einen eisernen Willen, und beides lag auch in der geraden und schmalen Nase. Die Schönheit ihres Gesichtes lag zu einem Teil in dem Fehlen jeglicher Nachgiebigkeit. Sie hatte das Gesicht eines Menschen, der zum Befehlen geboren ist – der Tochter eines französischen Sklavenhalters.

Sie trug ein langes Abendkleid aus schwerer weißer Seide, dessen klassische Linie von den tiefen Falten unterbrochen wurde, die von den Schultern herabfielen und die obere Hälfte ihrer Brüste freigaben. Sie trug Brillant-Ohrringe und ein schmales Brillant-Armband um das linke Handgelenk. Ringe trug sie nicht. Die Fingernägel waren kurz gehalten und nicht lackiert.

Sie beobachtete seine Augen, die sie betrachteten, und völlig gleichgültig legte sie ihre Arme in den Schoß, so daß sich das Tal zwischen ihren Brüsten vertiefte.

Dieser Hinweis war nicht mißzuverstehen, und auf Bonds kaltem, verschlossenem Gesicht mußte sich irgendeine dadurch ausgelöste Regung gezeigt haben, denn plötzlich griff The Big Man nach der kleinen Elfenbeinpeitsche und schlug damit nach ihr; die Schnur pfiff durch die Luft und zog einen grausamen, beißenden Striemen über ihre Schultern.

Bond zuckte stärker zusammen als sie. Ihre Augen flammten einen Augenblick auf und waren dann sofort wieder gleichgültig.

»Setz dich gerade hin«, sagte The Big Man sehr sanft. »Nimm dich zusammen.«

Langsam richtete sie sich in ihrem Sessel auf. In ihren Händen hielt sie ein Kartenspiel, und auf einmal fing sie an, die Karten zu mischen. Und völlig unerwartet gab sie Bond noch einmal ein Zeichen – das Zeichen ihrer Mitwisserschaft, vielleicht jedoch auch von mehr.

In der einen Hand hielt sie die Hälfte des Kartenspiels, dessen oberste Karte der Herz-Bube war; die oberste Karte der anderen Hälfte war die Pik-Dame. Die beiden Kartenpäckchen lagen so in ihrem Schoß, daß sich die beiden Bilder ansahen. Und dann legte sie sie so zusammen, daß die beiden sich berührten. Im gleichen Augenblick aber fing sie wieder an, die Karten zu mischen.

Während dieser wortlosen Vorführung hatte sie Bond nicht einmal angesehen, und das Ganze hatte auch nur einen Augenblick gedauert. Bond spürte eine heiße Welle der Erregung und das schnelle Hämmern seines Blutes. Jetzt hatte er einen Verbündeten im feindlichen Lager.

»Bist du bereit, Solitaire?« fragte The Big Man.

»Ja — die Karten sind bereit«, sagte das Mädchen mit leiser, kühler Stimme.

»Mr. Bond, sehen Sie dem Mädchen in die Augen und wiederholen Sie den Grund für Ihre Anwesenheit, den Sie mir vorhin nannten.«

Bond blickte ihr in die Augen. Sie waren ausdruckslos; sie sahen ihn nicht an — sie sahen durch ihn hindurch.

Er wiederholte das, was er schon einmal gesagt hatte.

Für einen kurzen Augenblick spürte er ein unheimliches Zittern. Konnte dieses Mädchen wirklich die Wahrheit erkennen? Würde es jetzt für oder gegen ihn sprechen?

Für einen kurzen Augenblick herrschte völlige Stille im Zimmer. Bond versuchte, gleichgültig zu scheinen. Er blickte zur Decke, dann wieder in ihr Gesicht.

Ihr Blick kehrte wieder in die Wirklichkeit zurück. Sie wandte ihre Augen von ihm ab und sah Mr. Big an.

»Er sagt die Wahrheit.« Ihre Stimme war kalt.

8

Mr. Big überlegte einen Augenblick. Dann schien er zu einem Entschluß zu kommen. Er drückte auf einen Knopf des Sprechgerätes.

»Blabbermouth?«

»Yassuh, Boss.«

»Ihr habt doch Leiter, den Amerikaner, bei euch?«

»Yassuh.«

»Nehmt ihn euch einmal anständig vor. Dann fahrt ihn in Richtung Bellevue Hospital und schmeißt ihn in der Nähe raus. Verstanden?«

»Yassuh.«

»Aber laßt euch nicht erwischen.«

»Nossuh.«

Mr. Big ließ den Knopf los.

»Das wird Sie verdammt teuer zu stehen kommen«, sagte Bond wütend. »Solche Sachen läßt der CIA sich nicht gefallen.«

»Sie haben eines dabei vergessen, Mr. Bond: Der CIA hat innerhalb der Vereinigten Staaten nichts zu sagen. Der amerikanische Geheimdienst hat innerhalb der amerikanischen Grenzen keine Befugnisse — nur außerhalb. Und mit dem FBI steht er sich wie Hund und Katze. Tee-Hee, komm her.«

»Yassuh, Boss.« Tee-Hee kam näher und blieb neben dem Tisch stehen.

Mr. Big sah Bond an.

»Welchen Finger benutzen Sie am wenigsten, Mister Bond?«

Bond war von dieser Frage überrascht. Sein Gehirn arbeitete fieberhaft.

»Wenn Sie genau nachdenken, werden Sie meiner Überzeugung nach den kleinen Finger der linken Hand nennen«, fuhr die sanfte Stimme fort. »Tee-Hee, brich Mr. Bond den kleinen Finger seiner linken Hand.«

Der Neger machte seinem Spitznamen alle Ehre. »Hihihihi«, kicherte er in einem hohen Falsett, »hihihi.«

Mit wenigen Schritten stand er neben Bond. Bond klammerte sich wie wahnsinnig an die Armlehnen. Schweißperlen traten ihm auf die Stirn. Er versuchte, sich den Schmerz vorzustellen, so daß er ihn unter Kontrolle halten konnte.

Der Neger löste langsam den kleinen Finger von Bonds linker Hand, die so fest an die Armlehne gefesselt war, daß er sie nicht bewegen konnte. Tee-Hee hielt das oberste Fingerglied mit Daumen und Zeigefinger fest, und dann begann er, den kleinen Finger ganz langsam zurückzubiegen; dabei kicherte er grundlos vor sich hin.

Keuchend wand Bond sich hin und her und versuchte, den Sessel umzustürzen, aber Tee-Hee legte nur seine andere Hand auf die Rückenlehne und hielt sie fest. Der Schweiß lief über Bonds Gesicht. Seine Zähne waren nicht mehr zusammengebissen, sondern klafften, ohne daß er es wollte, weit auseinander. Trotz des immer stärker werdenden Schmerzes konnte er immer noch das Mädchen sehen, das ihn mit aufgerissenen Augen anstarrte und dessen rote Lippen leicht geöffnet waren.

»Das genügt«, sagte Mr. Big.

Tee-Hee ließ Bonds Hand los.

Bond stieß ein leises, tierisches Grunzen aus und wurde ohnmächtig. Solitaire lehnte sich schlaff zurück und schloß die Augen.

»Hatte er eine Waffe bei sich?« fragte Mr. Big.

»Yassuh«, erwiderte Tee-Hee, holte die Beretta aus der Tasche und legte sie auf den Schreibtisch. The Big Man nahm sie in die Hand und begutachtete sie fachmännisch. Er wog sie in der Hand und probierte, wie der Rahmengriff in der Hand lag. Dann lud er sie durch, bis sämtliche Patronen auf dem Tisch lagen, vergewisserte sich, daß keine mehr in der Kammer steckte, und legte sie vor Bond auf die Tischplatte.

»Weck ihn wieder auf«, sagte er und blickte auf seine Uhr. Es war genau drei Uhr.

Tee-Hee trat hinter Bonds Sessel und grub seine Fingernägel in Bonds Ohrläppchen.

Bond stöhnte auf und hob den Kopf.

Seine Augen waren auf Mr. Big gerichtet, und er stieß einen Schwall von Gemeinheiten aus.

»Seien Sie dankbar, daß Sie nicht tot sind«, sagte Mr. Big ungerührt. »Selbst der größte Schmerz ist besser als der Tod. Hier ist Ihre Pistole. Die Patronen habe ich herausgenommen. Tee-Hee, gib sie ihm zurück.«

Tee-Hee nahm die Waffe und steckte sie in Bonds Halfter.

»Ich werde Ihnen jetzt kurz erklären, warum Sie nicht tot sind«, fuhr The Big Man fort, »warum Sie das Schmerzgefühl genießen durften, statt den Harlem River durch die Ritzen eines sogenannten Betonmantels hindurch zu verpesten.«

Er schwieg einen Augenblick und sprach dann wieder weiter.

»Mr. Bond, ich leide an Langeweile. Ich bin eine Beute jener tödlichen Lethargie, die alle umgibt, die gesättigt sind, die keine Wünsche mehr haben. Ich bin auf meinem von mir gewählten Gebiet eine alles überragende Gestalt, genieße das Vertrauen der Menschen, die gelegentlich auf meine Talente angewiesen sind, und löse Angst sowie unbedingten Gehorsam bei denen aus, deren Dienste ich benötige. In meiner selbstgewählten Bahn gibt es für mich buchstäblich keine neuen Welten mehr zu erobern. Leider ist mein Leben zu weit fortgeschritten, um diese Bahn gegen eine andere einzutauschen, und da Macht das Ziel des Ehrgeizes ist, scheint es mir unwahrscheinlich, in einer anderen Sphäre noch mehr Macht zu erringen, als ich in meiner jetzigen bereits habe.«

Bond hörte nur teilweise zu; zum anderen Teil war er bereits mit neuen Plänen für die nächsten Minuten beschäftigt. Er spürte Solitaires Gegenwart, blickte sie jedoch nicht an. Unaufhörlich sah er über den Tisch hinweg in das große graue Gesicht mit den starren goldenen Augen.

Die sanfte Stimme redete weiter.

»Aus diesem Grunde, Mr. Bond, beschränkt sich mein Vergnügen lediglich auf die Geschicklichkeit, auf den Schliff und auf die Finesse, mit der ich meine Unternehmungen durchführe. Für mich ist es schon beinahe zu einer Manie geworden, die Ausführungen meiner Einfälle ohne die geringste Abweichung und mit höchster Eleganz ablaufen zu lassen. Tag für Tag, Mr. Bond, versuche ich es, setze ich mir immer höhere Normen der Vollkommenheit und technischen Reibungslosigkeit, so daß jedes meiner Unternehmen ein Kunstwerk sein kann, das meine Handschrift genauso deutlich trägt wie zum Beispiel die Schöpfungen eines Benvenuto Cellini. Im Augenblick bin ich zufrieden, mein eigener Richter zu sein, aber dessenungeachtet, Mr. Bond, bin ich überzeugt, daß die Annäherung an die Vollkommenheit, die ich in meinen Handlungen anstrebe, letzten Endes auch ihre Anerkennung in der Geschichte unserer Zeit finden wird.«

Mr. Big verstummte. Bond sah, daß die großen gelben Augen weit geöffnet waren, als sähe der Mann eine Vision. Er ist größenwahnsinnig und ein Phantast, dachte Bond. Aber deswegen war er nur noch gefährlicher. Bei den meisten Verbrechern lag der eigentliche Fehler darin, daß Habsucht das Motiv ihrer Taten war. Das Gefühl, eine Aufgabe erfüllen zu müssen, war etwas ganz anderes. Dieser Mann war kein Gangster; er war eine Bedrohung. Bond war fasziniert und zugleich leicht beeindruckt.

»Die Anonymität bevorzuge ich aus zwei Gründen«, fuhr die gedämpfte Stimme fort. »Einmal, weil die Art meiner Unternehmungen es erfordert, und zweitens, weil ich die Selbstverleugnung des anonymen Künstlers bewundere. Wenn Sie den Vergleich erlauben: Ich sehe in mir manchmal einen jener großen ägyptischen Freskenmaler, die ihr Leben der Erschaffung von Meisterwerken in den Königsgräbern widmen — im vollen Bewußtsein, daß kein menschliches Auge sie jemals betrachten wird.«

Die großen Augen waren einen Augenblick geschlossen.

»Kehren wir jedoch zu diesem besonderen Fall zurück. Der Grund, Mr. Bond, daß ich Sie heute morgen nicht getötet habe, liegt darin, daß es mir keinerlei ästhetisches Vergnügen bereitet, Ihnen ein Loch in den Bauch zu schießen. Mit diesem Gerät . . .« Mit einer Handbewegung deutete er auf die Pistole, deren Lauf durch das Schlüsselloch der Schublade auf Bond gerichtet war. »Mit diesem Gerät habe ich schon verschiedenen Menschen ein Loch in den Leib geblasen, so daß ich sehr befriedigt bin, daß diese kleine mechanische Spielerei sich als eine sehr ordentliche technische Konstruktion erwiesen hat. Überdies wäre es mir — wie Sie sehr richtig vermuten — ausgesprochen lästig, wenn hier eine

Reihe von Schnüfflern auftauchte und mich nach Ihrem Verschwinden sowie dem Ihres Freundes Mr. Leiter ausfragte. Lästig wäre es, nicht mehr; aber aus verschiedenen Gründen möchte ich mich augenblicklich lieber auf andere Dinge konzentrieren.«

Mr. Big blickte auf seine Uhr. »So bin ich zu dem Entschluß gekommen, jedem von Ihnen einen kleinen Denkzettel mitzugeben – als eine Art letzte Warnung. Sie werden das Land noch heute verlassen, und Mr. Leiter wird sich eine andere Aufgabe suchen. Auch ohne jene Agenten, die man meinetwegen extra aus Europa herüberschickt, habe ich schon genügend Ärger mit den hiesigen Leuten, die ich zufriedenstellen muß. Das wäre alles«, schloß er. »Sollte ich Ihnen noch einmal begegnen, werden Sie eines Todes sterben, der so einfallsreich und zweckentsprechend ist, wie ich es mir vorstellen kann.

Tee-Hee, bring Mr. Bond in die Garage. Zwei Mann sollen ihn zum Central Park bringen und ihn in den Teich werfen. Falls er Widerstand leistet, wird er dementsprechend behandelt; nur getötet darf er nicht werden. Verstanden?«

»Yassuh, Boss«, sagte Tee-Hee und kicherte wieder.

Er löste die Fesseln erst von Bonds Beinen und dann auch von dessen Handgelenken. Schließlich ergriff er Bonds verletzte Hand, drehte sie auf den Rücken und hielt sie in Höhe der Schulterblätter fest, bevor er den Gurt um Bonds Körper löste. Mit einem Ruck zerrte er Bond hoch.

»Los!« sagte er schließlich.

Bond sah noch einmal in das große graue Gesicht.

»Die Menschen, die den Tod verdienen, sterben auch den Tod, den sie verdienen«, sagte er langsam. »Schreiben Sie es sich auf«, fügte er noch hinzu. »Der Ausspruch stammt nämlich von mir.«

Dann blickte er Solitaire an, deren Augen auf ihre im Schoß liegenden Hände hinuntersahen. Sie hob ihren Kopf nicht.

»Nun mach schon«, sagte Tee-Hee. Er drehte Bond um, der jetzt zur Wand blickte, und stieß ihn vor sich her; dabei drehte er Bonds Arm so hoch, daß er beinahe ausgekugelt wurde. Bond täuschte ein sehr echtes Stöhnen vor und stolperte. Tee-Hee sollte glauben, daß er eingeschüchtert und fügsam wäre. Erreichen wollte er damit, daß sich der Griff Tee-Hees – wenn auch nur etwas – lockerte. In Bonds jetziger Lage bedeutete jede überraschende Bewegung nur, daß sein Arm gebrochen wurde.

Tee-Hee griff über Bonds Schulter hinweg und drückte gegen eines der auf dem Regal stehenden Bücher. Ein Teil des Regals drehte sich um eine senkrechte Achse. Bond wurde durch die Öffnung gestoßen, und der Neger brachte das Regal mit einem Fußtritt wieder in seine ursprüngliche Lage. Nach der Dicke der Tür kam Bond zu dem Schluß, daß sie schalldicht sein müßte. Sie standen jetzt in einem kurzen, mit einem Teppich ausgelegten Gang, an dessen Ende sich eine nach unten führende Treppe befand. Bond stöhnte auf.

»Du brichst mir den Arm«, sagte er. »Paß doch auf. Mir ist schon wieder schlecht.«

Er stolperte wieder und versuchte dabei, die Entfernung zu dem dicht hinter ihm gehenden Neger abzuschätzen. Dabei erinnerte er sich an Leiters Worte: »Schienbein, Unterleib, Magen und Kehle – wenn man woanders hinschlägt, bricht man sich nur die Hand.«

»Halt dein Maul«, sagte der Neger, ließ jedoch Bonds Arm ein paar Zentimeter nach unten.

Mehr brauchte Bond nicht.

Die Hälfte des Korridors hatten sie schon hinter sich, und bis zur Treppe waren es nur ein paar Schritte. Bond stolperte wieder, so daß der Neger auf ihn prallte. Auf diese Weise kannte er die Entfernung und die Richtung, die er brauchte.

Er beugte sich leicht vornüber, und seine rechte Hand fuhr – gestreckt und flach wie ein Brett – herum. Er spürte, wie sie das Ziel haargenau traf. Der Neger schrie schrill auf, wie ein angeschossenes Kaninchen. Bond merkte, daß sein linker Arm frei kam. Er drehte sich blitzschnell um und zog dabei mit der rechten Hand seine leere Pistole heraus. Der Neger stand völlig zusammengekrümmt, die Hände zwischen den Beinen, und wimmerte keuchend vor sich hin. Bond schlug mit dem Pistolengriff hart auf den wolligen Hinterkopf. Es klang, als hätte er gegen eine Tür geschlagen, aber der Neger stöhnte auf, fiel vornüber auf die Knie und streckte die Hände aus, um sich zu halten. Bond ging um ihn herum, und mit der ganzen Kraft, zu der er noch fähig war, trat er den Neger mit der Stahlkappe seines Schuhs in das Hinterteil unterhalb der lawendelblauen Sitzfläche.

Ein letzter kurzer Aufschrei preßte sich aus dem Munde des Negers, der in Richtung der Treppe über den Boden rutschte. Mit dem Kopf prallte er gegen die eisernen Pfosten des Geländers, und dann verschwand er mit wedelnden Armen und Beinen über die Kante hinweg im Treppenschacht. Es krachte, als irgendein Hindernis weggerissen wurde; dann folgte eine kurze Pause, und dann klatschte es dumpf, als er unten aufprallte. Und dann war alles wieder still.

Bond wischte sich den Schweiß aus den Augen und lauschte. Er steckte seine verletzte Hand in den Ausschnitt seines Jacketts; die pochte schmerzhaft und war geschwollen. Die Pistole in der rechten Hand, ging er langsam zur Treppe und blickte hinunter.

Zwischen ihm und der unten liegenden Gestalt, die Arme und Beine ausgebreitet hatte, befand sich nur noch ein Stockwerk. Als Bond den Treppenabsatz erreicht hatte, blieb er wieder stehen und lauschte. Ganz in der Nähe hörte er das helle Singen irgendeines Funkgerätes. Schließlich merkte er, daß es von einer der beiden Türen her kam, die sich auf diesem Treppenabsatz befanden: Hier also war Mr. Bigs Zentrale. Am liebsten hätte er die Räume kurz durchsucht und alles kurz und klein geschlagen. Seine Pistole war jedoch leer, und er hatte nicht die geringste Ahnung, wie viele Leute sich dort aufhalten konnten. Vielleicht hatten nur die übergestülpten Kopfhörer bisher verhindert, daß die Funker Tee-Hees Absturz hörten. Er schlich leise weiter.

Tee-Hee bewegte sich nicht. Offenbar war er tot. Mit ausgebreiteten Armen und Beinen lag er auf dem Rücken. Seine gestreifte Krawatte war über sein Gesicht gefallen und ähnelte einer flachgedrückten Natter. Bond hatte keine Gewissensbisse. Er durchsuchte den Mann nach einer Waffe und fand einen Revolver mit verkürztem Lauf, der im Bund der lawendelblauen Hose steckte. Sämtliche Kammern waren geladen. Bond tat die nutzlose Beretta wieder in das Halfter. Dann nahm er den schweren Revolver in die Hand und lächelte verbissen.

Unmittelbar vor ihm befand sich eine kleine Tür mit zwei vorgeschobenen Riegeln. Bond legte sein Ohr an die Tür. Er hörte das gedämpfte Summen eines laufenden Motors. Das mußte die Garage sein. Aber der laufende Motor? Um diese Zeit? Bond knirschte mit den Zähnen. Natürlich — Mr. Big hatte sicher über das Sprechgerät Bescheid gesagt, daß Tee-Hee ihn — Bond — hinunterbrächte. Wahrscheinlich überlegten die Kerle schon, wo Tee-Hee so lange bliebe, und starrten erwartungsvoll auf die Tür.

Bond überlegte einen Augenblick. Er hatte den Vorteil des Überraschungsmomentes. Wenn nur die Riegel gut geölt waren!

Seine linke Hand war fast nicht zu gebrauchen. Den Colt in der rechten, drückte er mit der Kante seiner verletzten Hand vorsichtig gegen den ersten Riegel. Er ließ sich leicht zurückschieben — genauso wie der zweite. Jetzt war nur noch die Türklinke hinunterzudrücken. Ganz langsam zog er die Tür zu sich heran.

Es war eine dicke Tür, und je weiter der Spalt wurde, desto lauter war der Motor zu hören. Der Wagen konnte nicht sehr weit weg sein. Aber jetzt würde ihn jede weitere Bewegung der Tür verraten. Er riß sie also auf und lehnte sich so an den Türrahmen, daß nur seine Seite zu sehen war und er ein möglichst schmales Ziel bot. Der Schlagbolzen seines Revolvers war gespannt.

Einen guten Meter von ihm entfernt stand eine schwarze Limousine mit laufendem Motor, den Kühler in Richtung der weit geöffneten Garagentür. Helle Bogenlampen spiegelten sich in den glänzenden Karosserien mehrerer anderer Wagen. Am Steuer der Limousine saß ein breitschultriger Neger, während ein zweiter an der Fondtür des Wagens lehnte. Sonst war niemand zu sehen.

Beim Anblick Bonds blieben die Münder der beiden Neger vor Erstaunen offen stehen. Aus dem Mund des Fahrers fiel sogar die Zigarette heraus. Dann griffen beide nach ihren Revolvern.

Instinktiv schoß Bond zuerst auf den Stehenden, weil er wußte, daß dieser seine Waffe als erster gezogen haben würde.

Der Schuß des schweren Colts dröhnte hallend in der Garage.

Der Neger griff sich mit beiden Händen an den Leib, taumelte zwei Schritte auf Bond zu und fiel dann auf das Gesicht, während sein Revolver klirrend auf den Betonfußboden fiel.

Der Mann am Steuer schrie auf, als Bonds Revolver zu ihm herumschwenkte. Da das Lenkrad ihn behinderte, steckte seine Hand immer noch im Ausschnitt seines Jacketts.

Bond schoß direkt in den schreienden Mund, und der Kopf des Mannes krachte gegen das Seitenfenster.

Bond rannte um den Wagen herum und riß die Tür auf, warf seinen Revolver auf den Beifahrersitz und zerrte den Toten hinter dem Lenkrad hervor. Er versuchte, sich nicht mit Blut zu beschmieren. Dann stieg er in den Wagen und war froh, daß nicht nur der Motor lief, sondern daß der Wagen auch eine Lenkradschaltung hatte. Er schlug die Tür zu, legte seine verletzte Hand auf die linke Seite des Lenkrades und schaltete krachend in den ersten Gang.

Die Handbremse war noch angezogen. Er mußte unter der Lenksäule hindurchgreifen, bis er sie mit der rechten Hand losmachen konnte.

Es war eine gefährliche Verzögerung. Und als der schwere Wagen durch das weit offene Garagentor brauste, dröhnte ein Schuß, und eine Kugel schlug in die Karosserie. Mit der rechten Hand riß er den Wagen herum, und dadurch ging der zweite Schuß hoch über ihn hinweg. Auf der anderen Straßenseite zersplitterte ein Fenster.

Das Mündungsfeuer war dicht über dem Fußboden, und Bond nahm an, daß es dem ersten Neger irgendwie gelungen sein mußte, an seinen Revolver heranzukommen.

Weitere Schüsse blieben aus, und auch die glatten Häuserfronten warfen kein Echo zurück. Während er den Wagen auf Touren brachte, konnte er im Rückspiegel lediglich den breiten Lichtschein sehen, der aus der Garage auf die dunkle und leere Straße fiel.

Bond hatte keine Ahnung, wo er war oder in welche Richtung er fuhr. Er befand sich in einer breiten Straße ohne besondere Kennzeichen. Plötzlich merkte er, daß er auf der linken Seite fuhr, und lenkte sofort auf die rechte hinüber. Seine Hand schmerzte entsetzlich, aber mit Daumen und Zeigefinger konnte er das Lenkrad einigermaßen halten. Die endlose Straße war nur von den gespensterhaften kleinen Dampfwolken belebt, die aus den Deckeln der Kanalisation aufstiegen. Der breite Wagenkühler wischte eine nach der anderen weg, aber im Rückspiegel sah Bond, wie sie sich hinter dem Wagen wieder neu formten: eine immer kleiner werdende Reihe auf und nieder tanzender Gespenster.

Er hielt ein Tempo von achtzig Kilometern. Hin und wieder tauchte eine rote Lichtampel auf, die er einfach überfuhr. Nach ein paar dunklen Häuserblocks stieß er auf eine erleuchtete Avenue, auf der noch Verkehr war, und er blieb stehen, bis die Ampel auf Grün wechselte. Er bog nach links und wurde mit einer Welle grüner Ampeln belohnt, die an ihm vorüberflogen und ihn immer weiter von seinem Gegner entfernten. An einer Kreuzung hielt er kurz an und las die Straßenschilder; er war auf der Kreuzung der Park Avenue mit der 116th Street. Langsam fuhr er zur nächsten Kreuzung; das war die 115th Street. Er entfernte sich also von Harlem und fuhr in die City zurück. An der 60th Street bog er ab. Die Straße war wie ausgestorben. Er stellte den Motor ab und ließ den Wagen vor einem Hydranten stehen. Dann nahm er den Revolver an sich, schob ihn in den Hosenbund und ging zur Park Avenue zurück.

Er winkte ein langsam fahrendes Taxi heran, und wenige Minuten später ging er die Treppe zum St. Regis hoch.

»Eine Nachricht für Sie, Mr. Bond«, sagte der Nachtportier. Bond stellte sich so, daß der Mann seine linke Seite nicht sehen konnte. Er riß den Umschlag mit der rechten Hand auf. Die Nachricht war von Felix Leiter, geschrieben um vier Uhr. »Rufen Sie mich sofort an«, stand auf dem Zettel.

Bond ging zum Fahrstuhl und fuhr nach oben. Er schloß Nr. 2100 auf und ging sofort in den Wohnraum.

Sie lebten also beide noch. Bond ließ sich in den Sessel neben dem Telefon fallen. »Junge, Junge«, sagte er dankbar, »das ist noch mal gutgegangen.«

9

Bond starrte das Telefon an, stand dann jedoch wieder auf und ging zum Büfett hinüber. Er nahm eine Handvoll Eiswürfel, tat sie in ein hohes Glas, goß drei Fingerbreit Whisky darauf und schwenkte das Glas, um den Whisky zu kühlen und zu verdünnen. Dann trank er das Glas mit einem Zug halbleer. Er stellte das Glas wieder auf das Büfett und zog vorsichtig das Jackett aus. Seine linke Hand war mittlerweile so angeschwollen, daß er sie knapp durch den Ärmel bekam. Der kleine Finger war immer noch weit zurückgebogen, und sobald er gegen den Stoff kratzte, durchfuhr Bond ein wahnsinniger Schmerz. Der Finger war fast schwarz. Bond band die Krawatte ab und knöpfte den Kragen auf. Dann griff er nach dem Glas, nahm einen zweiten langen Schluck und ging zum Telefon zurück.

Leiter meldete sich sofort.

»Gott sei Dank«, sagte er mit hörbarer Erleichterung. »Alles heil?«

»Bis auf einen gebrochenen Finger«, sagte Bond. »Und bei Ihnen?«

»Mir hat man eins mit dem Totschläger übergezogen – nichts Schlimmes. Zuerst überlegten die Burschen, was sie alles mit mir anstellen könnten. Am liebsten hätten sie mich in der Garage an den Preßluftschlauch angeschlossen, angefangen bei den Ohren und so weiter. Als The Big Man keine neuen Instruktionen gab, wurde es ihnen zu langweilig, und ich unterhielt mich inzwischen mit Blabbermouth, dem Mann mit dem komischen Pistölchen, über die Feinheiten des Jazz. Dabei kamen wir schließlich zu Duke Ellington und waren uns in der Ansicht einig, daß der Band-leader immer Schlagzeuger oder Pianist, aber nie Bläser sein dürfte. Wir fanden, daß Klavier oder Schlagzeug die Band besser zusammenhalten könnten als irgendein anderes Soloinstrument. Apropos Duke Ellington: Ich erzählte ihm einen Witz über die Klarinette – und der Kerl lachte sich darüber halbtot. Plötzlich waren wir Freunde. Der andere, der übrigens The Flannel genannt wird, wurde langsam sauer, und da sagte Blabbermouth zu ihm, er könne seinetwegen Schluß machen, denn er – Blabbermouth – würde schon auf mich aufpassen. Später rief The Big Man dann an.«

»Ich war dabei«, sagte Bond. »So schlimm klang es gar nicht.«

»Blabbermouth saß ziemlich in der Klemme, wanderte aufgeregt hin und her und redete dabei dauernd vor sich hin. Unvermittelt zog er mir eines mit seinem Totschläger über, und ich war weg. Erst vor dem Bellevue Hospital kam ich wieder zu mir, das war gegen halb vier. Blabbermouth entschuldigte sich hinten und vorne und sagte, das wäre das mindeste gewesen, was er hätte tun müssen. Ich glaube es ihm ohne weiteres. Er bat mich auch noch, ihn nicht zu verraten; er würde nachher sagen, daß er mich halbtot geschlagen abgeliefert hätte. Selbstverständlich versprach ich ihm, dichtzuhalten und irgendeine grausliche Geschichte zu erzählen. Wir trennten uns ausgesprochen freundschaftlich. Auf der Unfallstation wurde ich dann ein bißchen verarztet und fuhr anschließend nach Hause. Über Sie habe ich mir mittlerweile verdammte Sorgen gemacht, aber dann ging plötzlich das Telefon – Polizei und FBI hintereinander. Anscheinend hat The Big Man sich bitter darüber beschwert, daß irgendein idiotischer Engländer sich heute früh in The Boneyard wie ein Wilder aufgeführt, drei seiner Leute – zwei Chauffeure und einen Kellner – niedergeschossen, einen seiner Wagen gestohlen hätte und dann abgehauen wäre, wobei er Hut und Mantel in der Garderobe zurückgelassen hätte. The Big Man verlangte also, daß etwas geschähe. Natürlich habe ich den Leuten sofort einiges angedeutet, aber die sind völlig aus dem Häuschen, und wir müssen hier sofort verschwinden. Die Morgenzeitungen werden noch nichts bringen, aber nachmittags wird es natürlich groß herauskommen; außerdem haben Funk und Fernsehen bereits Wind bekommen. Abgesehen davon wird Mr. Big jetzt wie eine wildgewordene Hornisse hinter Ihnen her sein. Jedenfalls habe ich mir bereits einiges ausgedacht. Aber jetzt erzählen Sie erst mal. Menschenskind, bin ich froh, Ihre Stimme zu hören.«

Bond gab einen sehr genauen Bericht über das, was er erlebt hatte. Er vergaß nichts. Als er damit fertig war, pfiff Leiter leise vor sich hin:

»Junge, Junge!« sagte er anerkennend. »Da haben Sie allerdings ein paar ziemliche Steine in Mr. Bigs Getriebe geschmissen. Aber Glück haben Sie trotzdem gehabt. Diese Dame Solitaire scheint Ihnen tatsächlich das Leben gerettet zu haben. Glauben Sie, daß wir sie irgendwie einspannen können?«

»Vielleicht – wenn wir irgendeine Verbindung zu ihr bekommen«, sagte Bond. »Ich bin allerdings überzeugt, daß er sie fest in seinen Klauen hat.«

»Darüber müssen wir später noch ausführlich sprechen«, sagte Leiter. »Jetzt haben wir andere Sorgen. Ich mache erst einmal Schluß und rufe in ein paar Minuten wieder an. Zuerst werde ich Ihnen den Polizeiarzt schicken; er dürfte in ungefähr einer Viertelstunde bei Ihnen auftauchen. Dann werde ich persönlich mit dem Commissioner reden und einige Ansichten der Polizei geradebiegen. Sobald sie den Wagen haben, werden sie sich schon etwas beruhigen. Der FBI muß sich dann um die Reporter kümmern, damit unsere Namen nicht genannt werden und auch dieses Geschwätz mit dem Engländer wegbleibt. Sonst werden wir es noch erleben, daß der britische Botschafter aus dem Bett geholt wird und vor der Gesellschaft zur Förderung der farbigen Bevölkerung aufmarschieren muß.« Leiter schien vor sich hin zu lachen. »Und dann reden Sie am besten mit Ihrem Chef in London. Drüben ist es jetzt halb elf. Sie werden ein bißchen Protektion gut gebrauchen können. Die Sache mit dem CIA kann ich erledigen, aber der FBI wird sich nachher wohl unangenehm bemerkbar machen. Außerdem brauchen Sie noch ein paar Sachen zum Anziehen. Ich werde auch das regeln. Aber bleiben Sie jetzt wach – wenn wir tot sind, können wir lange genug schlafen. Also bis gleich.«

Leiter hatte den Hörer aufgelegt. Bond lächelte vor sich hin. Leiters fröhliche Stimme und das Bewußtsein, daß alles geregelt wurde, hatten seine Erschöpfung und die gräßlichen Eindrücke weggewischt.

Er nahm den Hörer wieder ab und sprach mit der Übersee-Vermittlung. Zehn Minuten würde es dauern, hieß es.

Bond ging in das Schlafzimmer, und irgendwie gelang es ihm, sich auszuziehen. Zuerst duschte er sehr heiß und anschließend eiskalt. Er rasierte sich, und schließlich hatte er sich sogar ein sauberes Hemd und seine Hose angezogen. Dann schob er ein gefülltes Magazin in die Beretta, wickelte den Colt in das schmutzige Hemd und legte ihn in den Koffer. Er war mit dem Verpacken seiner Sachen noch nicht fertig, als das Telefon läutete.

Er lauschte dem Singen und Zirpen in der Leitung, den Stimmen weitentfernter Sprecher, den bruchstückhaften Funksprüchen von Flugzeugen und Schiffen, und plötzlich wurde es still. Er sah das große graue Gebäude am Regents Park vor sich, dazu die große Telefonzentrale, die vielen Teetassen und dann das Mädchen: »Hier Universal Export.« Das war die Nummer, die Bond angegeben hatte, eine der Deckadressen, die im Notfall von Agenten, die sich im Ausland befanden und über eine öffentliche Leitung sprachen, angerufen werden konnte. Das Mädchen würde dann der Aufsicht Bescheid sagen, die das Gespräch annehmen würde.

»Ihre Anmeldung«, sagte die Übersee-Vermittlung. »Bitte sprechen. New York ruft London.«

Bond hörte die ruhige englische Stimme. »Universal Export – wer ist bitte am Apparat?«

»Kann ich den Verwaltungsdirektor sprechen«, sagte Bond. »Hier ist sein Neffe James, ich rufe aus New York an.«

»Einen Augenblick, bitte.« Bond wußte, daß jetzt Miss Monneypennys Apparat läutete, daß sie auf den Knopf der Sprechanlage drücken und sagen würde: »Ein Gespräch aus New York, Sir. Ich glaube, es ist 007.« – »Stellen Sie es durch«, würde M sagen.

»Ja?« sagte die kalte Stimme, die Bond liebte und der er jederzeit gehorchte.

»Hier ist James, Sir«, sagte Bond. »Es ist möglich, daß ich bei einer etwas schwierigen Verhandlung Ihre Hilfe brauchen werde.«

»Erzählen Sie«, sagte die Stimme.

»Ich war heute nacht bei unserem Hauptkunden«, sagte Bond. »Während meines Besuches erkrankten drei seiner besten Leute.«

»Schwer?« fragte die Stimme.

»Hoffnungslos, Sir«, sagte Bond. »Hier herrscht nämlich eine Art Grippeepidemie.«

»Hoffentlich haben Sie sich nicht angesteckt?«

»Nur leicht, Sir«, sagte Bond. »Nicht weiter schlimm. Genaueres steht in meinem nächsten Brief. Die Schwierigkeit ist für mich, daß das hiesige Büro wegen dieser Grippeepidemie der Ansicht ist, ich sollte umgehend abreisen.« Bond mußte fast lachen, als er sich Ms Grinsen vorstellte. »Ich werde also mit Felicia heute noch fahren.«

»Mit wem?« fragte M.

»Mit Felicia.« Bond buchstabierte den Namen. »Das ist meine neue Sekretärin aus Washington.«

»Ach so!«

»Ich werde also die Firma in San Pedro besuchen, die Sie mir nannten.«

»Keine schlechte Idee.«

»Es ist allerdings möglich, daß das hiesige Büro vielleicht andere Pläne hat, und deshalb wäre ich dankbar, wenn Sie meine Absichten unterstützten.«

»Ich verstehe vollkommen«, sagte M. »Wie sieht es geschäftlich aus?«

»Ziemlich aussichtsreich, Sir. Aber die Verhandlungen sind schwierig. Ich werde Felicia den Bericht heute noch diktieren.«

»Gut«, sagte M. »Sonst noch etwas?«

»Nein, Sir – das wäre alles. Und ich danke für Ihre Unterstützung.«

»Das geht in Ordnung. Und bleiben Sie gesund. Auf Wiedersehen.«

»Auf Wiedersehen, Sir.«

Bond legte den Hörer auf. Er grinste. Er konnte sich direkt vorstellen, wie M jetzt den Chef des Stabes zu sich rief. »007 ist mit dem FBI bereits aneinandergeraten. Der Idiot ist gestern abend nach Harlem gefahren und hat drei von Mr. Bigs Leuten umgelegt. Er selbst wurde auch dabei verletzt, aber anscheinend nicht schwer. Jetzt muß er mit

Leiter, dem CIA-Mann, aus New York verschwinden. Er will nach St. Petersburg. Sagen Sie A und C Bescheid. Wahrscheinlich wird Washington uns in Kürze in den Ohren liegen. Sagen Sie dann nur, ich hätte vollstes Verständnis, daß 007 jedoch meines Vertrauens sicher und ich überzeugt sei, daß er in Notwehr gehandelt hätte. Es würde nicht wieder vorkommen und so weiter. Ist das klar?« Bond grinste wieder, als er an Damons Wut bei der Vorstellung dachte, Washington zu einem Zeitpunkt Honig um den Bart streichen zu müssen, zu dem genügend andere angloamerikanische Differenzen zu glätten waren.

Das Telefon läutete. Es war Leiter.

»Hören Sie zu«, sagte er. »Alles hat sich einigermaßen wieder beruhigt. Die drei waren anscheinend ein ziemlich übles Trio: Tee-Hee Johnson, Sam Miami und ein Mann mit Namen McThing. Alle drei wurden wegen verschiedener Vergehen gesucht. Der FBI gibt Ihnen jetzt Rückendeckung – natürlich nicht sehr gern; die Polizei dagegen spielt immer noch verrückt. Der Boss des FBI hat meinen Chef bereits gebeten, Sie nach Hause zu schicken – direkt aus dem Bett hat er ihn geholt, wenn's beliebt, und meiner Ansicht nach aus bloßer Eifersucht. Aber auch das ist bereits geregelt. Jedenfalls müssen wir zwei heute noch verschwinden. Zusammen können wir nicht fahren, so daß Sie den Zug nehmen und ich das Flugzeug. Notieren Sie sich bitte.«

Bond klemmte den Hörer gegen seine Schulter und griff nach Papier und Bleistift.

»Pennsylvania Station, Bahnsteig 14, Abfahrt zehn Uhr dreißig: ›The Silver Phantom‹, Fernexpreß nach St. Petersburg über Washington, Jacksonville und Tampa. Ein Abteil habe ich für Sie auch bestellt – sehr luxuriös: Wagen 245, Abteil H. Fahrkarte hat der Schaffner, ist auf den Namen Bryce ausgestellt. Sie brauchen nur direkt auf den Bahnsteig zu gehen, dann sofort in Ihr Abteil. Schließen Sie sich ein, bis der Zug abgefahren ist. Meine Maschine geht in einer Stunde; Sie sind von jetzt ab also allein. Sollte irgend etwas sein, rufen Sie Dexter an, aber wundern Sie sich nicht, wenn er Ihnen den Kopf abreißt. Ihr Zug kommt morgen gegen Mittag an. Nehmen Sie sich dann ein Taxi, und fahren Sie zum Everglades Cabanas, Gulf Boulevard West, am Sunset Beach. Das ist die Gegend, in der alle großen Hotels stehen, und sie nennt sich Treasure Island; ein Damm bildet die Verbindung mit St. Petersburg. Die Taxifahrer wissen schon Bescheid. Ich werde dort auf Sie warten. Sind Sie mitgekommen? Und passen Sie um Himmels willen auf. Das ist mein Ernst. The Big Man wird alles versuchen, um Sie irgendwo zu erwischen; aber wenn Sie von der Polizei zum Zug begleitet würden, wüßte er sofort Bescheid. Nehmen Sie ein Taxi, und machen Sie sich möglichst unsichtbar. Ich schicke Ihnen noch einen neuen Hut und einen braunen Regenmantel. Die Hotelrechnung wird von uns erledigt. Das wär's. Noch eine Frage?«

»Alles klar«, sagte Bond. »Ich habe übrigens mit M gesprochen, und er wird sich mit Washington in Verbindung setzen, falls irgend etwas ist. Passen Sie aber auch auf sich auf«, fügte er noch hinzu. »Sie stehen nach mir als zweiter auf der Liste. Bis morgen also.«

»Ich werde schon aufpassen«, sagte Leiter. »Gute Reise.«

Es war halb sieben. Bond zog die Vorhänge im Wohnzimmer zurück und beobachtete, wie die Dämmerung langsam über die Stadt hinwegzog. In den Straßenschluchten war es immer noch finster, aber die Spitzen der großen Betontürme waren breits rosa gefärbt, und die Sonne spiegelte sich in immer tiefer gelegenen Fensterreihen, als würden die Lampen stockwerkweise angeschaltet.

Der Polizeiarzt erschien, blieb eine sehr schmerhafte Viertelstunde und verschwand dann wieder.

»Ein sauberer Bruch«, hatte er gesagt. »In ein paar Tagen ist alles vorbei. Wie sind Sie denn dazu gekommen?«

»Eingeklemmt, in eine Tür«, sagte Bond.

»Vor Türen sollten Sie sich in acht nehmen«, meinte der Arzt. »Das sind gefährliche Dinger. Man sollte sie gesetzlich verbieten. Seien Sie froh, daß Sie sich nicht den Hals eingeklemmt haben.«

Als er wieder gegangen war, packte Bond seine restlichen Sachen in den Koffer. Er überlegte gerade, ob es noch zu früh war, um das Frühstück zu bestellen, als das Telefon läutete.

Bond erwartete, eine barsche Stimme zu hören, die im Auftrag der Polizei oder des FBI anrief. Statt dessen fragte eine Mädchenstimme leise und drängend nach Mr. Bond.

»Wer ist bitte am Apparat?« fragte Bond, um Zeit zu gewinnen. Die Antwort kannte er bereits.

»Ich weiß, daß Sie selbst am Apparat sind«, sagte die Stimme, und Bond merkte, daß der Mund ganz dicht an die Sprechmuschel gehalten wurde. »Hier ist Solitaire.« Der Name war fast gehaucht.

Bond wartete. Er versuchte mit allen Sinnen, sich die Szene am anderen Ende der Leitung vorzustellen. War sie allein? Telefonierte sie in ihrer Dummheit vielleicht von einem Hausapparat mit mehreren Nebenanschlüssen, an denen eine Reihe von Zuhörern klemmte und gespannt auf jedes Wort lauschte? Oder war nur noch Mr. Big im Zimmer, der sie aufmerksam beobachtete und Bleistift und Papier bereit hielt, um ihr sofort die nächste Frage aufschreiben zu können?

»Hören Sie«, sagte die Stimme. »Ich muß schnell machen. Sie müssen mir vertrauen. Ich telefoniere von einem Drugstore aus, muß aber gleich wieder zurück. Bitte glauben Sie mir.«

Bond hatte sein Taschentuch herausgeholt und über die Muschel gelegt. »Was kann ich Mr. Bond ausrichten, wenn ich ihn erreiche?«

»Oh – Sie verdammter Mensch!« sagte das Mädchen, und es klang, als wäre es tatsächlich leicht hysterisch. »Ich schwöre bei meiner Mutter, bei meinen ungeborenen Kindern. Ich muß hier weg, und Sie auch. Sie müssen mich mitnehmen. Ich will Ihnen auch helfen. Ich kenne viele seiner Geheimnisse. Aber es muß gleich sein. Ich riskiere mein Leben, weil ich mit Ihnen telefoniere.« Vor Erbitterung und wahnsinniger Angst schluchzte sie auf. »Um Gottes willen – vertrauen Sie mir. Sie müssen es, Sie müssen!«

Bond schwieg immer noch, aber seine Gedanken arbeiteten fieberhaft.

»Hören Sie«, sagte die Stimme, dieses Mal jedoch niedergeschlagen, beinahe hoffnungslos. »Wenn Sie mich nicht mitnehmen, bringe ich mich um. Nehmen Sie mich mit? Oder wollen Sie zu meinem Mörder werden?«

Wenn diese Szene gespielt war, machte sie es fast zu gut. Es war zwar ein unverzeihliches Risiko, aber Bond nahm es auf sich. Mit leiser Stimme sprach er jetzt unmittelbar in die Muschel.

»Wenn Sie ein doppeltes Spiel treiben, Solitaire, werde ich Sie schon finden und eigenhändig umbringen – und wenn es das Letzte ist, was ich in meinem Leben noch tun kann. Haben Sie Bleistift und Papier?«

»Einen Augenblick«, sagte das Mädchen aufgeregt. »Ja?«

Wenn der Anruf geplant war, überlegte Bond, hätte sie wohl alles vorher bereitgelegt.

»Seien Sie pünktlich um zehn Uhr zwanzig am Pennsylvania Station, ›The Silver Phantom‹ nach ...« Er zögerte. »... nach Washington. Wagen 245, Abteil H. Sagen Sie dem Schaffner, Sie wären Mrs. Bryce. Falls ich noch nicht dort sein sollte, gehen Sie sofort in das Abteil und warten Sie dort auf mich. Haben Sie verstanden?«

»Ja«, sagte das Mädchen, »und ich danke Ihnen, ich danke Ihnen wirklich.«

»Sorgen Sie dafür, daß Sie nicht erkannt werden«, sagte Bond. »Binden Sie sich einen Schleier oder sonst irgend etwas vor.«

»Natürlich«, sagte das Mädchen. »Bestimmt. Das tue ich ganz bestimmt. Ich muß jetzt Schluß machen.« Der Hörer wurde aufgelegt.

Bond starrte seinen Hörer einen Augenblick an und legte ihn dann auf die Gabel. »Na schön«, sagte er laut. »Jetzt bin ich gespannt.«

Er stand auf und reckte sich. Dann trat er an das Fenster und blickte hinaus, ohne etwas zu sehen. Seine Gedanken wirbelten durcheinander. Schließlich zuckte er gleichmütig mit den Schultern, ging zum Telefon zurück und nahm den Hörer ab. Er sah auf seine Uhr. Es war sieben Uhr dreißig.

»Zimmerkellner, guten Morgen.«

»Ich möchte gern mein Frühstück haben«, sagte Bond. »Eine doppelte Portion Ananassaft, Cornflakes mit Sahne, Rühreier mit Schinken, eine doppelte Portion Espresso sowie Toast und Marmelade.«

»Sehr wohl, Sir.« Die Bestellung wurde wiederholt. »Kommt sofort, Sir.«

»Danke.«

Bond grinste vor sich hin. »Der zum Tode Verurteilte frühstückte reichlich!« Er setzte sich an das Fenster und starrte in den klaren Himmel, in die Zukunft.

In Harlem saß The Whisper vor der großen Schalttafel und sprach wieder mit der Stadt. Er gab Bonds Beschreibung an alle Augen durch. »Sämtliche Bahnhöfe und Züge, sämtliche Flugplätze, Fifth Avenue und den Ausgang des St. Regis in der 55th Street. Mr. Big meint, daß die größte Wahrscheinlichkeit auf den Autobahnen besteht. Sofort durchgeben. Sämtliche Bahnhöfe und Züge, sämtliche Flugplätze ...«

10

Den Kragen des neuen Regenmantels bis zu den Ohren hochgeklappt, verließ Bond das Hotel unbemerkt durch den Eingang des St. Regis Drugstore in der 55th Street, der eine Verbindungstür zum Hotel hatte.

Er wartete im Eingang und war mit einem Satz neben einem langsam vorüberfahrenden Taxi, hakte mit dem Daumen seiner linken Hand hinter den Türgriff und warf seinen leichten Koffer in den Wagen. Die Taxe bremste kaum. Der Neger mit der Sammelbüchse für die farbigen Veteranen des Koreakrieges und sein Kollege, der unter der Motorhaube seines geparkten Wagens herumbastelte, gingen weiter ihrer Aufgabe nach, bis sie später von einem Mann abberufen wurden, der an ihnen vorüberfuhr und dreimal kurz und einmal lang hupte.

Bond wurde jedoch sofort erkannt, als er das Taxi an der Vorfahrt der Pennsylvania Station verließ. Ein herumlungernder Neger mit einem Weidenkorb ging mit schnellen Schritten zu einer Telefonzelle. Es war zehn Uhr fünfzehn.

Bis zur Abfahrt waren es noch genau fünfzehn Minuten, und trotzdem meldete sich einer der Speisewagenkellner plötzlich noch krank und wurde sofort von einem Mann ersetzt, der telefonisch genaue Instruktionen bekommen hatte. Der Oberkellner war zwar überzeugt, daß an der Geschichte irgend etwas faul wäre, aber der Neue wechselte nur ein paar Worte mit ihm, und im nächsten Augenblick verdrehte der Oberkellner die Augen, verstummte und berührte heimlich das Amulett, das er an einer Schnur um den Hals trug.

Bond war schnell durch die Bahnhofshalle mit dem Glasdach auf den Bahnsteig 14 gegangen.

Dort stand sein Zug: vierhundert Meter silberne Wagen im Dunst des Untergrundbahnhofes. Ganz vorn hämmerten die beiden Dieselmotoren, die den Strom für den elektrischen Antrieb erzeugten, geschäftig vor sich hin. Im Licht der kahlen Lampen glänzte das rote und goldene Band – die Farben der Seaboard Railroad – auf den Leibern der stromlinienförmigen Lokomotiven. Der Lokomotivführer und sein Mechaniker, die den Zug die erste Etappe der Strecke von über dreihundert Kilometern fahren würden, saßen lässig in der fleckenlosen Aluminiumkabine, dreieinhalb Meter über den Schienen, beobachteten die verschiedenen Armaturen und waren zur Abfahrt bereit.

In der großen Betonhöhle unter der Stadt war es völlig ruhig, und jedes Geräusch hallte weithin.

Nur wenige Passagiere saßen in den Wagen. In Newark, Philadelphia, Baltimore und Washington würde wahrscheinlich eine Menge zusteigen. Bond ging noch etwa hundert Meter weiter, und jeder seiner Schritte hallte auf dem leeren Bahnsteig, bis er den Wagen 245 ziemlich am Ende des Zuges gefunden hatte. Der Schlafwagenschaffner stand vor dem Eingang. Er trug eine Brille. Sein schwarzes Gesicht sah gelangweilt, wenn auch freundlich aus. Unterhalb der Wagenfenster stand in großen braunen und goldenen Buchstaben »Richmond, Fredericksburg and Potomac« und darunter »Bellesylvania«, der Name des Pullman-Wagens. Eine dünne Dampfwolke kam zischend aus dem Anschluß der Dampfheizung in der Nähe der Tür.

»Abteil H«, sagte Bond.

»Mr. Bryce? Yassuh. Missus Bryce ist gerade eingestiegen. Bitte den Gang hinunter.«

Bond betrat den Wagen und bog in den eintönig olivgrünen Gang. Der Läufer war sehr dick. Wie in allen amerikanischen Zügen roch es nach abgestandenem Zigarrenrauch. An der Wand hing eine kleine Tafel mit der Aufschrift: »Brauchen Sie ein zweites Kissen? Rufen Sie bitte, wenn Sie einen besonderen Wunsch haben, den Wagenschaffner. Sein Name ist ...« Und darunter war eine Karte eingeschoben: »Samuel D. Baldwin.«

Bonds Abteil lag jenseits der Wagenmitte. Im Abteil E saß ein solide aussehendes amerikanisches Ehepaar, während die übrigen Abteile leer waren. Die Tür des Abteils H war geschlossen. Als Bond auf die Klinke drückte, merkte er, daß sie abgeschlossen war.

»Wer ist da?« fragte eine Mädchenstimme ängstlich.

»Ich bin's«, sagte Bond.

Die Tür wurde geöffnet. Bond betrat das Abteil, stellte seinen Koffer ab und drehte den Türschlüssel wieder um.

Sie trug ein schwarzes Kostüm. Ein weitmaschiger Schleier fiel von der Krempe eines kleinen schwarzen Strohhutes herab. Die eine behandschuhte Hand lag auf ihrer Kehle, und durch den Schleier hindurch konnte Bond sehen, daß ihr Gesicht blaß war und ihre Augen angstvoll weit aufgerissen waren. Sie wirkte sehr französisch und ausgesprochen bezaubernd.

»Gott sei Dank«, sagte sie.

Bond überflog den Raum mit einem Blick. Dann öffnete er die Tür zum Waschraum und blickte hinein; er war leer.

Auf dem Bahnsteig rief eine Stimme: »Einsteigen!« Es klirrte, als der Schaffner die eiserne Klapptreppe einzog und die Tür schloß, und dann rollte der Zug langsam an. Eintönig bimmelte eine Glocke, als sie an den automatischen Signalen vorüberkamen. Die Räder liefen rasselnd über ein paar Weichen, und dann steigerte sich das Tempo. Was ihnen auch bevorstehen mochte – jetzt waren sie jedenfalls unterwegs.

»Welchen Platz möchten Sie haben?« fragte Bond.

»Das ist mir völlig egal«, sagte sie verängstigt. »Welchen möchten Sie?«

Mit einem Schulterzucken setzte Bond sich mit dem Rücken zur Lokomotive. Er saß an sich lieber in Fahrtrichtung.

Nervös setzte sie sich ihm gegenüber. Sie befanden sich immer noch in dem langen Tunnel, durch den die Züge nach Philadelphia die Stadt verlassen.

Sie nahm den Hut ab, löste den Schleier von der Krempe und legte beides neben sich auf den Sitz. Dann zog sie ein paar Haarnadeln aus dem am Hinterkopf hochgesteckten Haar und schüttelte den Kopf, so daß die dichten schwarzen Strähnen ihr wieder auf die Schultern fielen. Ihre Augen hatten dunkle Schatten, und Bond kam zu dem Schluß, daß auch sie in der vergangenen Nacht nicht geschlafen hatte.

Zwischen ihnen stand ein Tisch. Plötzlich griff sie nach seiner rechten Hand und zog sie zu sich heran. Mit beiden Händen hielt sie sie fest, und dann beugte sie sich vor und küßte sie. Bond krauste die Stirn und versuchte, seine Hand wegzuziehen, aber für einen Augenblick hielt sie sie ganz fest.

Sie hob den Kopf und sah ihn offen an. »Danke«, sagte sie. »Danke, daß Sie mir vertraut haben. Es war für Sie nicht einfach.« Dann ließ sie seine Hand los und lehnte sich zurück.

»Ich bin froh, daß ich es getan habe«, sagte Bond unbeholfen, und seine Gedanken versuchten, in das Geheimnis dieser Frau einzudringen. Er griff in die Tasche und zog Zigaretten und Feuerzeug heraus. Es war ein neues Päckchen Chesterfield, und mit der rechten Hand versuchte er, das Zellophan aufzureißen.

Sie griff nach dem Päckchen, schlitzte es mit dem Daumennagel auf, nahm eine Zigarette heraus, zündete sie an und gab sie ihm. Bond sah ihr lächelnd in die Augen und spürte den leisen Geschmack ihres Lippenstiftes.

»Ich rauche ungefähr drei Päckchen pro Tag«, sagte er. »Sie werden also zu tun haben.«

»Ich helfe Ihnen nur bei den neuen Päckchen«, sagte sie. »Sie brauchen keine Angst zu haben, daß ich Sie auf der ganzen Fahrt bis nach St. Petersburg bemuttern werde.«

Bonds Augen verengten sich, und das Lächeln war aus ihnen gewichen.

»Glaubten Sie etwa, ich dächte, Sie führen nur bis Washington?« sagte sie. »Heute früh am Telefon haben Sie zu lange gezögert. Außerdem war Mr. Big überzeugt, daß Sie nach Florida fahren würden. Ich habe gehört, daß er seinen Leuten Bescheid sagte. Er hatte auch ein Ferngespräch mit einem Mann, der The Robber heißt. Dieser Mann soll den Flugplatz von Tampa und die Bahnhöfe beobachten lassen. Vielleicht sollten wir lieber vorher aussteigen, in Tarpon Springs oder einem der kleinen Bahnhöfe. Hat man Sie vorhin gesehen?«

»Nicht daß ich wüßte«, sagte Bond. Seine Augen blickten sie wieder offen an. »Und Sie? Hatten Sie irgendwelche Schwierigkeiten?«

»Ich habe heute meine Gesangstunde. Er versucht, mich zu einer großen Sängerin zu machen. Ich soll dann in The Boneyard auftreten. Einer seiner Leute fuhr mich wie üblich zu meiner Lehrerin und sollte mich gegen Mittag wieder abholen. Niemandem fiel es auf, daß ich schon so früh hinfuhr. Ich frühstücke nämlich oft mit meiner Lehrerin zusammen, um von Mr. Big fortzukommen, dem ich sonst bei allen Mahlzeiten Gesellschaft leisten muß.« Sie blickte auf ihre Uhr. Zynisch stellte Bond fest, daß es eine sehr kostbare Uhr war — seiner

Ansicht nach Platin, mit Brillanten besetzt. »In ungefähr einer Stunde wird man es merken. Ich wartete, bis der Wagen wieder abgefahren war, verließ dann das Haus wieder und rief Sie an. Dann fuhr ich mit einem Taxi in die City. In einem Drugstore besorgte ich mir eine Zahnbürste und noch ein paar andere Sachen. Sonst habe ich nichts mitgenommen, abgesehen von meinem Schmuck und dem Geld, das ich vor ihm versteckt hatte. Es müssen rund fünftausend Dollar sein. Finanziell falle ich Ihnen also nicht zur Last.« Sie lächelte. »Ich habe immer geglaubt, daß es eines Tages so kommen würde.« Sie deutete zum Fenster hinaus. »Sie haben mir ein neues Leben geschenkt. Fast ein Jahr lang war ich mit ihm und seinen Negergangstern zusammengesperrt. Jetzt fühle ich mich wie im Himmel.«

Der Zug brauste gerade durch die verwilderten und unfruchtbaren Ebenen und Sümpfe zwischen New York und Trenton. Es war kein reizvoller Anblick, sondern erinnerte Bond an einige Abschnitte der Transsibirien-Bahn, mit der er vor dem Krieg gefahren war — bis auf die vereinzelten riesigen Reklametafeln für eine Broadway-Vorstellung sowie die hin und wieder auftauchenden Sammelplätze für Alteisen und alte Autos.

»Ich hoffe, daß ich noch einen etwas angenehmeren Aufenthaltsort für Sie finden werde«, sagte er lächelnd. »Aber danken brauchen Sie mir nicht. Wir sind jetzt quitt. Sie haben mir gestern abend das Leben gerettet.« Er blickte sie neugierig an. »Das heißt, wenn Sie wirklich das Zweite Gesicht haben.«

»Doch«, sagte sie, »das habe ich. Oder zumindest etwas Ähnliches. Ich kann oft sehen, was irgendwann geschehen wird, besonders bei anderen Menschen. Natürlich schmücke ich es immer etwas aus, und als ich mir damals in Haiti damit mein Geld verdiente, war es sehr einfach, daraus eine gute Kabarettnummer zu machen. Die Leute dort unten stehen völlig unter dem Einfluß von Voodoo oder irgendeinem Aberglauben, und deswegen waren sie überzeugt, daß ich eine Zauberin bin. Aber das eine kann ich ehrlich sagen: Als ich Sie in dem Zimmer sitzen sah, wußte ich sofort, daß Sie geschickt worden waren, um mich zu befreien.« Sie wurde rot. »Ich habe eine ganze Menge gesehen.«

»Was denn, zum Beispiel?«

»Das weiß ich jetzt nicht mehr«, sagte sie, und ihr Blick war unruhig. »Irgend etwas. Wir werden es schon merken. Aber einfach wird es nicht sein«, fügte sie ernsthaft hinzu, »sondern gefährlich. Für uns beide.« Sie verstummte einen Augenblick. »Passen Sie bitte gut auf uns auf!«

»Ich werde mein Bestes tun«, sagte Bond. »Das erste ist, daß wir beide den versäumten Schlaf nachholen. Ich werde uns jetzt etwas zu trinken und ein paar Sandwiches bestellen, und dann kann der Schaffner die Betten herunterklappen. Sie brauchen sich keine Gedanken zu machen«, fügte er noch hinzu, als er ihren abweisenden Blick bemerkte. »Wir sind nun einmal zusammengesperrt, müssen die nächsten vierundzwanzig Stunden in einem gemeinsamen Schlafraum verbringen, und deshalb hat es keinen Sinn, jetzt empfindlich zu sein. Sie sind jetzt jedenfalls Mrs. Bryce« – er grinste –»und müssen sich auch so verhalten. Wenigstens bis zu einem gewissen Punkt«, fügte er hinzu.

Sie lachte, wobei ihre Augen ihn forschend ansahen, erwiderte aber nichts, sondern drückte nur auf den Klingelknopf unter dem Fenster.

Der Zugschaffner erschien im gleichen Augenblick wie der Wagenschaffner. Bond bestellte Whisky, Sandwiches mit Huhn und koffeinfreien Kaffee, damit sie nachher ungestört schlafen konnten.

»Sie müssen noch eine Karte lösen, Mr. Bryce«, sagte der Zugschaffner.

»Das habe ich ganz vergessen«, sagte Bond. Solitaire schien nach ihrer Handtasche greifen zu wollen. »Laß nur, Darling«, sagte Bond und holte seine Brieftasche hervor. »Du hast wohl ganz vergessen, daß du mir vorhin das ganze Geld zur Verwahrung gegeben hast.«

»Die Lady wird wahrscheinlich sowieso noch eine Menge für Sommerkleider brauchen«, sagte der Zugschaffner. »St. Petersburg ist ein teures Pflaster. Und heiß ist es dort unten! Waren Sie schon mal in Florida?«

»Wir fahren jedes Jahr um diese Zeit hin«, sagte Bond.

»Dann wünsche ich Ihnen eine angenehme Reise«, sagte der Schaffner.

Als die Tür sich hinter ihm geschlossen hatte, lachte Solitaire vergnügt auf.

»Sie können mich nicht in Verwirrung bringen«, sagte sie. »Wenn Sie einmal nicht aufpassen, werde ich mir schon etwas ganz Furchtbares ausdenken. Als erstes werde ich mich jetzt etwas zurechtmachen.« Sie deutete auf die Tür neben Bond. »Ich muß gräßlich aussehen.«

»Bitte sehr, Darling«, sagte Bond lachend, als sie verschwand.

Bond blickte aus dem Fenster und auf die hübschen Holzhäuser, die schnell vorüberzogen und anzeigten, daß sie sich Trenton näherten. Er liebte das Fahren mit der Eisenbahn und freute sich auf die vor ihm liegende Reise.

Der Zug wurde langsamer. Er rollte an Abstellgleisen vorbei, auf denen lange Reihen von leeren Güterwagen mit Namen aus allen Teilen des Landes standen: »Lackawanna«, »Chesapeake und Ohio«, »Lehigh Valley«, »Seaboard Fruit Express« und »Acheson, Topeka und Santa Fe« – alles Namen, in denen die Romantik der amerikanischen Eisenbahnen verborgen lag.

Und die britische Eisenbahn? überlegte Bond. Er seufzte und beschäftigte sich lieber mit dem bevorstehenden Abenteuer.

Wie es auch ausgehen mochte – er hatte sich entschlossen, sich Solitaires anzunehmen oder, was seiner kühlen Art besser entsprach, sie für seine Pläne einzuspannen. Eine lange Reihe von Fragen wartete auf eine Antwort, aber jetzt war nicht der richtige Augenblick, diese Fragen zu stellen. Unmittelbar betraf ihn lediglich die Tatsache, daß Mr. Big einen schweren Schlag eingesteckt hatte, und zwar ausgerechnet an seiner empfindlichsten Stelle: in seiner Eitelkeit.

Und was das Mädchen selbst anging, war Bond der Ansicht, daß es sicher sehr lustig sein würde, wenn sie beide ihren Spaß miteinander haben würden, und er war sehr froh, daß sie bereits zu einer Art Kameradschaft und sogar Vertrautheit gefunden hatten.

Ob es wirklich stimmte, was The Big Man gesagt hatte: daß sie mit Männern nichts zu tun haben wollte? Bond bezweifelte es. Sie schien durchaus in der Lage zu sein, Liebe und Verlangen zu empfinden. Jedenfalls wußte er, daß sie dadurch nicht an ihn gefesselt war. Er hatte den Wunsch, daß sie sich wieder ihm gegenüber hinsetzte, so daß er sie anschauen, mit ihr spielen und sie mit der Zeit kennenlernen würde. Solitaire – der Name war reizend. Kein Wunder, daß man sie in den dürftigen Nachtklubs von Port-au-Prince so genannt hatte. Selbst in ihrem jetzigen Verhalten, in dem doch eine gewisse Andeutung von Wärme lag, konnte man ihre Zurückhaltung und etwas Geheimnisvolles spüren. Es ließ an eine einsame Kindheit denken, auf irgendeiner großen, langsam verfallenden Plantage, an das Herrenhaus, in dem jeder Schritt lange nachhallte und das so verkommen war, daß es mit der Zeit von den tropischen Pflanzen wieder überwuchert wurde. Dann starben die Eltern, und der Besitz wurde verkauft; übrig blieben die Anhänglichkeit einer Dienerin und das zweideutige Leben in einer Wohnung in der Hauptstadt, ihre Schönheit, die ihr einziges Kapital war, und die schäbigen Stellenangebote als Gouvernante, Gesellschafterin oder Sekretärin, was im Grunde nur auf ehrbar getarnte Prostitution hinauslief. Schließlich die zweifelhaften, unbekannten Schritte in die Welt des Vergnügens, das allabendliche Auftreten im Nachtklub mit der mysteriösen Vorführung, durch die viele Menschen in einer von der Magie beherrschten Umgebung von ihr abgestoßen wurden und sie zu einem Menschen gestempelt wurde, den man fürchten mußte. Und dann eines Abends der riesige Mann mit dem grauen Gesicht, der allein an einem Tisch sitzt, das Versprechen, sie am Broadway unterzubringen, die Chance eines völlig neuen Lebens, die Möglichkeit, der Hitze, dem Schmutz und der Einsamkeit zu entkommen.

Unvermittelt wandte Bond sich vom Fenster ab. Ein romantisches Bild – vielleicht, aber so ähnlich mußte es trotzdem gewesen sein.

Er hörte, daß die Tür geöffnet wurde. Das Mädchen kam zurück und setzte sich wieder auf den gegenüberliegenden Platz. Sie sah frisch und munter aus und blickte ihn aufmerksam an.

»Sie haben über mich nachgedacht«, sagte sie. »Ich spüre es. Machen Sie sich keine Sorgen – es gibt keine bösen Überraschungen. Eines Tages werde ich Ihnen alles erzählen; wenn wir Zeit dazu haben. Jetzt möchte ich die Vergangenheit vergessen. Ich will Ihnen nur meinen richtigen Namen nennen. Ich heiße Simone Latrelle, aber sie können mich auch anders nennen. Ich bin achtundzwanzig Jahre alt. Und heute bin ich glücklich. Ich liebe diesen kleinen Raum. Und ich habe Hunger und bin müde. In welchem Bett wollen Sie schlafen?«

Bond mußte über diese Frage lächeln. Er überlegte.

»Es ist zwar nicht sehr galant«, sagte er, »aber ich glaube, daß ich mich am besten in das untere lege. Ich komme schneller hoch – falls es nötig sein sollte. Sie brauchen sich aber keine Sorgen zu machen«, fügte er schnell hinzu, als er ihr Stirnrunzeln sah. »Mr. Big scheint einen weitreichenden Arm zu haben – besonders innerhalb der Negerwelt. Und dazu gehört nun einmal die Eisenbahn. Sind Sie einverstanden?«

»Selbstverständlich«, sagte sie. »Ich wollte es schon selbst vorschlagen. Und mit Ihrer armen Hand können Sie sowieso nicht nach oben klettern.«

Das Essen wurde ihnen von einem etwas zerstreuten Kellner des Speisewagens serviert, der sehr darauf bedacht war, die Rechnung sofort zu kassieren und wieder in den Speisewagen zu kommen.

Als Bond später nach dem Wagenschaffner klingelte, schien dieser ebenfalls bedrückt zu sein; außerdem vermied er es möglichst, Bond anzusehen. Zu dem Aufschlagen der Betten brauchte er ungewöhnlich viel Zeit, und außerdem schien der Raum für drei Personen seiner Ansicht nach zu klein zu sein.

Schließlich nahm er wohl seinen ganzen Mut zusammen.

»Vielleicht kann Mrs. Bryce sich solange nebenan hinsetzen, bis ich fertig bin«, sagte er und blickte über Bonds Kopf hinweg an die Wand. »Nebenan das Abteil bleibt bis St. Petersburg leer.« Er zog einen Schlüssel aus der Tasche und schloß die Verbindungstür auf, Ohne Bonds Antwort abzuwarten.

Auf Bonds Handbewegung hin folgte Solitaire dieser Andeutung. Er hörte, daß sie die Gangtür des Abteils abschloß. Der Neger zog die Verbindungstür hinter sich zu.

Bond wartete noch einen Augenblick. Er suchte nach dem Namen des Negers.

»Haben Sie etwas, Baldwin?« fragte er dann.

Erleichtert drehte der Mann sich um und blickte ihn offen an.

»Jawohl, Mr. Bryce. Yassuh.« Nachdem die Hemmung überwunden war, sprudelten seine Worte nur so heraus. »Eigentlich sollte ich es wohl nicht sagen, Mr. Bryce, aber auf dieser Reise wird es vielleicht einigen Ärger geben. Im Zug sitzt ein Feind von Ihnen, Mr. Bryce. Yassuh. Ich habe Sachen gehört, die mir gar nicht gefallen, wirklich nicht. Ich habe deswegen auch schon Ärger gehabt. Aber Sie sollten lieber immer gut aufpassen, Mr. Bryce. Irgendwer hat ein Auge auf Sie, und mir gefällt der Mann gar nicht. Nossuh. Nehmen Sie lieber diese Dinger.« Er griff in seine Tasche und holte zwei Holzkeile hervor, mit denen die Fenster festgeklemmt werden. »Schieben Sie diese Dinger einfach unter die Tür«, sagte er. »Mehr kann ich dabei nicht tun. Sonst schneidet man mir den Hals durch. Aber ich habe auch keine Lust, daß die Gäste meines Wagens belästigt werden. Nossuh.«

Bond nahm die Holzkeile an sich. »Aber ...«

»Mehr kann ich Ihnen leider nicht helfen, Sah«, sagte der Neger entschlossen, die Hand bereits auf der Türklinke. »Wenn Sie Abendbrot haben wollen, brauchen Sie nur nach mir zu klingeln. Ich hole es Ihnen dann schon. Und lassen Sie lieber keinen anderen rein.«

Seine Hand nahm die Zwanzig-Dollar-Note. Er knüllte sie zusammen und steckte sie in die Tasche.

»Ich will gern tun, was ich kann, Sah«, sagte er. »Aber die Kerle legen mich um, wenn ich nicht aufpasse. Und das tue ich.« Er verließ das Abteil und zog die Tür gleich hinter sich zu.

Bond überlegte einen Augenblick; dann öffnete er die Verbindungstür. Solitaire las.

»Das wäre erledigt«, sagte er. »Es hat ziemlich lange gedauert. Er wollte mir schließlich auch noch seine ganze Lebensgeschichte erzählen. Ich kann übrigens gleich hierbleiben, bis Sie sich hingelegt haben. Rufen Sie mich, wenn Sie fertig sind.«

Er setzte sich an der Tür auf den Platz, auf dem sie gesessen hatte, und blickte auf die öden Vorstädte Philadelphias hinaus, die dem eleganten Zug ihre Narben zeigten, als wären sie Bettler.

Es hatte keinen Sinn, ihr schon vorher Angst zu machen. Aber die neue Bedrohung war doch schneller gekommen, als er erwartet hatte, und für sie war die Gefahr genauso groß wie für ihn, wenn der Beobachter im Zug erst einmal herausbekommen hatte, wer sie wirklich war.

Sie rief, und er kehrte wieder in das Abteil zurück.

Der Raum war dunkel bis auf die Leselampe ihres Bettes.

»Schlafen Sie gut«, sagte sie.

Bond zog das Jackett aus. Geräuschlos schob er die Keile unter beide Türen. Dann legte er sich vorsichtig in das bequeme Bett, und zwar auf die rechte Seite, und ohne einen Gedanken an die Zukunft fiel er, eingewiegt von dem sanften Galopp der Räder, in einen tiefen Schlaf.

Wenige Wagen weiter saß ein Negerkellner im ausgestorbenen Speisewagen und las noch einmal den Text durch, den er auf ein Telegrammformular geschrieben hatte. Und dann wartete er auf den zehnminutigen Aufenthalt in Philadelphia.

11

Durch den strahlenden Nachmittag donnerte der Luxuszug nach Süden. Pennsylvania und Maryland blieben zurück. Dann kam der lange Aufenthalt in Washington, bei dem Bond durch seine Träume die Warnglocken der rangierenden Lokomotiven sowie die leise Stimme des Ansagers aus den Lautsprechern hörte. Dann kamen sie nach Virginia. Hier – nur fünf Stunden von dem frostigen Atem New Yorks entfernt – war die Luft bereits milder und duftete nach Frühling.

Und die vereinzelten Gruppen von Negern, die von der Feldarbeit nach Hause gingen, hörten vielleicht das ferne Grummeln auf den vibrierenden silbernen Schienensträngen, und vielleicht zog einer seine Uhr aus der Tasche, blicke auf die Zeiger und sagte: »Da kommt der ›Phantom‹ schon. Sechs Uhr. Meine Uhr geht also richtig.« Und wenig später kam das Dröhnen der Dieselmotoren schnell näher, die erleuchteten Wagen huschten vorüber und verschwanden in Richtung North Carolina.

Sie erwachten gegen sieben Uhr durch das Bimmeln der Warnglocke an einem schienengleichen Übergang, als der Zug gerade die weiten Felder hinter sich ließ und sich durch die Vororte von Raleigh wand. Bond zog die Keile unter den Türen weg, bevor er das Licht andrehte und nach dem Schaffner läutete.

Er bestellte trockene Martinis, und als die beiden kleinen Portions=

flaschen zusammen mit den Gläsern und den Eisstückchen vor ihnen standen, wirkten sie so verloren, daß er gleich noch vier weitere kommen ließ.

Anschließend stritten sie sich über das Abendbrot und einigten sich dann auf Rühreier mit Schinken und gebratenen Würstchen, einen Salat und jenen einheimischen Camembert, der eine der größten und angenehmsten Überraschungen amerikanischer Speisekarten darstellt.

Es war gegen neun Uhr, als Baldwin das Geschirr wieder abräumte. Er fragte, ob sie noch etwas wünschten.

Bond hatte sich verschiedenes überlegt. »Wann kommen wir nach Jacksonville?« fragte er.

»Morgen früh gegen fünf, Sah.«

»Hat der Bahnsteig zufällig eine Unterführung?«

»Yassuh. Der Wagen hält direkt daneben.«

»Können Sie die Tür schnell aufbekommen und die Treppe hinunterlassen?«

Der Neger lächelte. »Yassuh, das geht leicht.«

Bond steckte ihm eine Zehn-Dollar-Note zu. »Falls wir uns bei der Ankunft in St. Petersburg verpassen sollten«, sagte er.

Der Neger grinste. »Sehr freundlich, Sah. Gute Nacht, Sah. Gute Nacht, Mam.«

Dann verließ er das Abteil und machte die Tür hinter sich zu.

Bond stand auf und schob die Keile fest unter die beiden Türen.

»Ach so«, sagte Solitaire. »So ist das also.«

»Ja«, sagte Bond. »Leider.« Er erzählte ihr, daß Baldwin ihn gewarnt hätte.

»Überraschen tut es mich nicht«, sagte das Mädchen, als er fertig war. »Man hat Sie sicher gesehen, als Sie den Bahnhof betraten. Er hat nämlich eine richtige Organisation von Spionen, die ›Augen‹ genannt werden, und wenn sie eingeschaltet wird, ist es fast unmöglich, unbeobachtet zu bleiben. Wissen möchte ich nur, wer vom Zugpersonal zu seinen Leuten gehört. Sie können überzeugt sein, daß es ein Neger ist — entweder ein Wagenschaffner oder ein Kellner vom Speisewagen. Immer gelingt es ihm, die Leute genau das tun zu lassen, was er will.«

»Den Eindruck habe ich auch«, sagte Bond. »Aber wie funktioniert das Ganze? Wie macht er es?«

Sie blickte aus dem Fenster in den Tunnel der Finsternis, durch den der erleuchtete Zug hindurchdonnerte. Dann sah sie über den Tisch hinweg in die kalten, graublauen Augen des englischen Agenten. Und sie dachte: Wie kann ich es einem Menschen erklären, der einen scharfen Verstand und so viel Vernunft besitzt, der in geheizten Häusern, mit Anzügen und Schuhen groß geworden ist und immer nur erleuchtete Straßen gekannt hat? Wie kann man es einem Menschen erklären, der nicht ganz dicht an dem geheimnisvollen Herzen der Tropen gelebt hat, ihrem Zorn auf Gnade oder Ungnade ausgeliefert; der noch nie das Geheimnis der Trommeln erlebt und selbst noch nie die schnelle Wirkung der Magie und die tödliche Drohung der Magie gesehen hat? Was weiß er denn schon von der unerklärlichen Starre, die einen Menschen plötzlich überfällt, von Gedankenübertragung und von dem sechsten Sinn der Fische, Vögel und Neger, von der todbringenden Bedeutung einer weißen Kükenfeder, eines kreuzweise auf die Straße gelegten Stockes oder eines kleinen, mit Knochen und Kräutern gefüllten Beutels?

Ein Schauder überlief sie, und der gespenstische Mantel dunkler Erinnerungen hüllte sie ein. Vor allem erinnerte sie sich jener Szene, zu der das schwarze Kinderfräulein sie mitgenommen hatte. »Es tut gar nicht weh, Missy. Das ist eine gute und kräftige Juju, und das genügt für den ganzen Rest des Lebens.« Und dann der ekelhafte alte Mann und das abscheuliche Getränk, das er ihr gegeben hatte; und das Kinderfräulein hatte ihr den Kopf festgehalten, bis sie auch den letzten Tropfen getrunken hatte, und eine Woche lang hatte sie nachts wach gelegen und geschrien. Und das Kinderfräulein hatte sich langsam schon Sorgen gemacht, und dann – ganz plötzlich – hatte sie wieder schlafen können, bis sie, Wochen später, etwas Hartes im Kopfkissen gespürt und herausgeholt hatte: einen schmutzigen kleinen Beutel mit Unrat. Sie hatte ihn einfach aus dem Fenster geworfen, aber am nächsten Morgen konnte sie ihn nicht finden. Sie hatte jedoch auch weiterhin gut geschlafen und genau gewußt, daß das Kinderfräulein den Beutel gefunden und ihn irgendwo unter den Fußbodenbrettern versteckt hatte.

Jahre später hatte sie Genaueres über dieses Voodoo-Getränk erfahren. Es bestand aus Rum, Schießpulver, Erde von einem Grab und Menschenblut. Beinahe erbrach sie sich, als sie den Geschmack wieder im Munde spürte.

Was konnte dieser Mann denn schon von diesen Dingen wissen – und davon, daß auch sie in gewisser Weise an diese Dinge glaubte?

Sie blickte auf und sah, daß Bonds Augen fragend auf sie gerichtet waren.

»Sie glauben, daß ich es nicht verstehen werde«, sagte er. »Und bis zu einem gewissen Punkt haben Sie damit auch recht. Ich weiß jedoch, was Angst bei den Menschen ausrichten kann, und ich weiß, daß Angst durch viele Dinge hervorgerufen werden kann. Ich habe eine Reihe von Büchern über Voodoo gelesen, und ich bin überzeugt, daß es gewisse Auswirkungen gibt. Ich glaube jedoch nicht, daß es bei mir irgendeine Wirkung haben kann, weil ich mich schon als Kind nicht mehr vor der Dunkelheit fürchtete und weil ich kein gutes Medium für Suggestion oder Hypnose bin. Sie brauchen also nicht zu befürchten, daß ich Sie auslachen werde. Die Wissenschaftler und Ärzte, die ganze Bücher über Voodoo geschrieben haben, lachen auch nicht darüber.«

Solitaire lächelte. »Also gut«, sagte sie. »Dann brauche ich nur zu sagen, daß jeder glaubt, The Big Man sei der Zombie des Fürsten Samedi. Zombies allein sind schon sehr böse; sie sind zum Leben erweckte Leichen und gehorchen den Befehlen jener Person, von der sie beherrscht werden. Fürst Samedi ist der entsetzlichste Geist des gesamten Voodooismus. Er ist der Geist der Finsternis und des Todes. Wenn also Fürst Samedi seinen eigenen Zombie beherrscht, ist das eine ganz entsetzliche Situation. Sie wissen, wie Mr. Big aussieht: Er ist riesig, hat eine graue Hautfarbe und verfügt über große psychische Kräfte. Für einen Neger ist es also nicht schwer, davon überzeugt zu sein, daß er ein Zombie ist — und zwar ein sehr böser. Der Schritt zum Fürsten Samedi ist einfach: Mr. Big unterstützt diese Vorstellung dadurch, daß der Fetisch des Fürsten Samedi neben ihm steht. Sie haben ihn doch selbst in seinem Zimmer gesehen.«

Sie verstummte. Dann sprach sie, beinahe atemlos, weiter. »Und ich kann Ihnen versichern, daß die Wirkung groß ist und daß es kaum einen Neger gibt, der nicht fest davon überzeugt ist. Jeder Neger, der die Geschichte einmal gehört und ihn einmal gesehen hat, tritt ihm voller Ehrfurcht und mit unendlicher Scheu gegenüber. Und die Neger haben völlig recht«, fügte sie noch hinzu. »Das würden Sie selbst sagen, wenn Sie wüßten, wie er mit jenen umgeht, die ihm nicht bedingungslos und blind gehorchen — wenn Sie wüßten, auf welche Weise diese Leute gefoltert und umgebracht werden.«

»Was hat aber Moskau damit zu tun?« fragte Bond. »Stimmt es, daß er ein Agent von *Smersch* ist?«

»Ich weiß nicht, was *Smersch* sein soll«, sagte das Mädchen. »Ich weiß jedoch, daß er für die Russen arbeitet; wenigstens habe ich gehört, wie er mit Russen gesprochen hat, die ihn von Zeit zu Zeit aufsuchen. Manchmal hat er mich zu diesen Unterredungen geholt und mich später gefragt, was ich von seinen Besuchern hielte. Im allgemeinen schien es mir, daß sie die Wahrheit sagten, obgleich ich nie verstehen konnte, was sie gesagt hatten. Aber vergessen Sie nie, daß ich ihn erst seit einem Jahr kenne und daß er phantastisch geheimnisvoll ist. Wenn er Moskau wirklich dient, hat es einen der mächtigsten Männer Amerikas für sich gewonnen. Er kann fast alles herausbekommen, was er wissen will, und wenn es ihm einmal nicht gelingt, muß irgend jemand sterben.«

»Warum geht nicht einer hin und legt ihn um?« fragte Bond.

»Man kann ihn nicht umbringen«, sagte sie. »Er ist doch bereits tot. Er ist ein Zombie.«

»Ach so«, sagte Bond nachdenklich. »Das ist allerdings eine sehr praktische Einrichtung. Würden Sie es vielleicht irgendwann versuchen?«

Sie blickte zuerst aus dem Fenster und sah ihn dann wieder an.

»Wenn es keine andere Möglichkeit mehr für mich gäbe«, gab sie schließlich widerwillig zu. »Aber vergessen Sie nicht, daß ich aus Haiti stamme. Mein Verstand sagt mir, daß ich ihn töten könnte, aber« — sie machte eine ratlose Handbewegung — »aber mein Instinkt sagt mir, daß es unmöglich ist.« Sie lächelte. »Jetzt halten Sie mich sicherlich für hoffnungslos dumm«, sagte sie.

Bond überlegte. »Nach allem, was ich darüber gelesen habe, tue ich es nicht«, gab er dann zu. Er streckte seine Hand aus und legte sie auf ihre. »Wenn es einmal soweit ist«, sagte er lächelnd, »werde ich ein Kreuz in die Kugel ritzen. Früher hat so etwas immer gewirkt.«

Sie sah ihn nachdenklich an. »Wenn jemand es tun kann, dann sind Sie es«, sagte sie. »Als Quittung für das, was er Ihnen antat, haben Sie ihn in der vergangenen Nacht schwer getroffen.« Sie griff nach seiner Hand und drückte sie. »Und jetzt müssen Sie mir sagen, was ich tun soll.«

»Ins Bett gehen«, erwiderte Bond. Er blickte auf seine Uhr; es war genau zehn Uhr. »Wir müssen jetzt möglichst viel schlafen. In Jacksonville steigen wir aus, und wenn wir Glück haben, merkt es niemand. Wir werden dann schon eine andere Möglichkeit zum Weiterkommen finden.«

Sie erhoben sich und standen sich in dem leise schwankenden Abteil gegenüber.

Plötzlich zog Bond sie mit seinem rechten Arm heran. Ihre Arme legten sich um seinen Hals, und sie küßten sich leidenschaftlich. Er schob sie gegen die schwankende Wand des Abteils, und sie nahm sein Gesicht zwischen ihre Hände und sah es ernsthaft an. Ihre Augen funkelten. Dann preßte sie ihre Lippen wieder auf seinen Mund und küßte ihn wild.

Bond verfluchte seine verletzte Hand. Aber dann nahm sie ihre Arme wieder herunter und stieß ihn zurück.

»Ich habe immer gehofft, eines Tages einen Mann so küssen zu können«, sagte sie. »Und als ich dich zum erstenmal sah, wußte ich sofort, daß du es sein würdest.«

Ihre Arme hingen schlaff an ihren Seiten herunter. Bereitwillig und erwartungsvoll stand sie vor ihm.

»Du bist sehr schön«, sagte Bond. »Und du küßt wunderbarer als alle Mädchen, die ich bisher kennenlernte.« Er blickte auf den Verband seiner linken Hand hinunter. »Verdammt«, sagte er, »aber damit kann ich dich weder festhalten noch dich lieben. Es tut zu weh. Aber auch dafür wird Mr. Big zahlen müssen.«

Sie lachte.

Sie holte ein Taschentuch aus ihrer Handtasche und wischte ihm den Lippenstift vom Mund. Dann strich sie ihm die Haare aus der Stirn und küßte ihn noch einmal leicht und zärtlich.

»Mir ist es so lieber«, sagte sie. »Heute hast du doch nur anderes im Kopf.«

Der Zug warf ihn gegen sie.

Er legte seine Hand auf ihre linke Brust und küßte ihre weiße Kehle, dann auch ihren Mund.

Er spürte das Blut langsamer pulsieren. Er nahm ihre Hand und zog sie in die Mitte des leise schwankenden Raumes.

Er lächelte. »Vielleicht hast du recht«, sagte er. »Wenn die Zeit kommt, möchte ich mit dir allein sein und ungeheuer viel Zeit für dich haben. In diesem Zug sitzt mindestens einer, der unsere Nacht vermutlich stören wird. Und außerdem müssen wir schon um vier Uhr aufstehen. Es ist wirklich nicht der passende Augenblick, dich zu lieben. Geh also jetzt lieber zu Bett; ich komme nachher noch zu dir hinauf und gebe dir einen Gutenachtkuß.«

Sie küßten sich noch einmal; dann trat er einen Schritt zurück.

»Jetzt wollen wir einmal sehen, ob wir nebenan Gesellschaft haben«, sagte er.

Vorsichtig zog er den Keil unter der Verbindungstür weg und drehte langsam den Schlüssel um. Er zog die Beretta aus dem Halfter, legte den Sicherungsflügel um und forderte sie mit einer Handbewegung auf, die Tür so zu öffnen, daß sie von ihr verdeckt war. Dann machte er ihr ein Zeichen, und sie riß die Tür auf. Höhnisch gähnte das leere Abteil ihnen entgegen.

Bond sah sie lächelnd an und zuckte die Schultern.

»Ruf mich, wenn du fertig bist«, sagte er, ging in das Nebenabteil und zog die Verbindungstür hinter sich zu.

Die Gangtür war abgeschlossen. Der Raum glich ihrem Abteil. Bond sah ihn sich aus verschiedenen Gründen genau an. In der Decke befand sich nur die Öffnung der Klimaanlage, und Bond, der keine Möglichkeit außer acht ließ, kam zu dem Schluß, daß die Verwendung von Giftgas ausschied; sie würde auch die übrigen Gäste des Wagens treffen. Damit blieben nur die Abflußrohre des Waschraums, und da man an sie nur herankam, wenn man sich an der Unterseite des Wagens befand, kam dafür nur ein wagemuter und erfahrener Akrobat in Frage. An der Wand zum Gang befanden sich keine Lüftungsschlitze.

Bond zuckte die Schultern. Sollte etwas passieren, konnte es nur durch die Tür geschehen. Er brauchte also nur wach zu bleiben.

Solitaire rief nach ihm. Der Raum duftete nach Balmains »Vent Vert«. Sie hatte sich auf einen Ellbogen gestützt und blickte von dem oberen Bett zu ihm herunter.

Die Bettdecke hatte sie bis über die Schulter hochgezogen. Bond vermutete, daß sie nackt war. Das schwarze Haar fiel in einem Wasserfall herunter. Da nur die Leselampe ihres Bettes brannte, lag ihr Gesicht im Dunkeln. Bond kletterte die kleine Aluminiumleiter hoch und beugte sich über sie. Sie streckte den Arm nach ihm aus, und in diesem Augenblick fiel die Decke von ihrer Schulter.

»Verdammtes Biest«, sagte Bond. »Du ...«

Sie legte ihre Hand auf seinen Mund.

»›Allumeuse‹ ist ein netteres Wort dafür«, sagte sie. »Mir macht es riesigen Spaß, einen so kräftigen und schweigsamen Mann necken zu können. Du brennst mit einer so ärgerlichen Flamme. Es ist das einzige Spiel, das ich mit dir spielen kann – und lange werde ich es sowieso nicht mehr können. Wie lange wird es wohl dauern, bis deine Hand wieder heil ist?«

Bond biß in die weiche Hand, die auf seinem Mund lag. Sie schrie leise auf.

»Nicht mehr lange«, sagte er. »Und wenn du dieses Spiel noch weitertreibst, wirst du eines Tages viel zu spät merken, daß du wie ein Schmetterling bereits aufgespießt bist.«

Sie legte ihre Arme um ihn, und sie küßten sich lange und leidenschaftlich.

Schließlich sank sie auf ihre Kissen zurück.

»Beeile dich, damit du schnell wieder gesund wirst«, sagte sie. »Das Spiel macht mir jetzt schon keinen Spaß mehr.«

Bond kletterte wieder hinunter und zog den Vorhang vor ihr Bett. »Versuche jetzt zu schlafen«, sagte er. »Wir haben morgen einen anstrengenden Tag vor uns.«

Sie murmelte irgend etwas, und er hörte, daß sie sich auf die Seite legte. Dann knipste sie das Licht aus.

Bond vergewisserte sich, daß die Keile fest unter den Türen steckten. Dann zog er das Jackett aus, band die Krawatte ab, knöpfte den Kragen auf und legte sich auf das untere Bett. Er knipste seine Leselampe aus, dachte an Solitaire und lauschte dem ununterbrochenen Galopp der Wagenräder, den vielen leisen Lauten des Raumes, dem gedämpften Rasseln, Quietschen und Knarren des Holzes, die nachts in einem Zug so einschläfernd wirken.

Es war elf Uhr, und der Zug befand sich auf der langen Strecke zwischen Columbia und Savannah im Staats Georgia. Bis Jacksonville waren es noch rund sechs Stunden – sechs Stunden Dunkelheit, in denen The Big Man seinen Agenten bestimmt genaue Instruktionen geben würde, während der gesamte Zug schlief und der Mann die Korridore ungestört benutzen konnte.

Der lange Zug wand sich durch die Dunkelheit, schlang die unzähligen Kilometer durch die leeren Ebenen in sich hinein, und das wütende Dröhnen seiner viertönigen Signalanlage wehte über die Savanne, während der lange Lichtstrahl des einzigen Scheinwerfers den schwarzen Vorhang der Nacht durchtrennte.

Bond knipste seine Lampe wieder an und las eine Weile, aber seine Gedanken waren viel zu unruhig; bald gab er es daher wieder auf und drehte das Licht aus. Statt dessen dachte er an Solitaire, an die Zukunft, an das immer näherrückende Unternehmen in Jacksonville und in St. Petersburg sowie an sein Wiedersehen mit Leiter.

Sehr viel später – es mochte gegen ein Uhr sein – döste er vor sich hin, als ein leises metallisches Knacken dicht neben seinem Kopf ihn aufschreckte und seine Hand die Pistole packte.

Irgend jemand war an der Gangtür und drückte vorsichtig die Klinke hinunter.

Bond war im gleichen Augenblick aus dem Bett gesprungen, ohne das geringste Geräusch zu machen, und schlich auf bloßen Füßen zu der Tür zum Nebenabteil, zog leise den Keil weg, schob ebenso leise den Riegel zur Seite und öffnete die Tür. Er durchquerte das Abteil und begann, die Gangtür dieses Abteils zu öffnen.

Nur mit einem durchdringenden, lauten Klicken ließ sich der Riegel zurückschieben. Bond riß die Tür auf und sprang auf den Korridor hinaus, sah jedoch nur noch eine rennende Gestalt, die bereits das vordere Ende des Wagens erreicht hatte.

Wenn er beide Hände frei gehabt hätte, wäre es ihm möglich gewesen, hinter dem Mann herzuschießen; um jedoch die Tür öffnen zu können, hatte er die Pistole in den Bund seiner Hose stecken müssen. Bond wußte, daß es vergeblich sein würde, den Mann zu verfolgen. Es gab zu viele leere Abteile, in die der Mann verschwinden und die Tür leise hinter sich schließen konnte. An das alles hatte Bond schon vorher gedacht. Er wußte, daß seine einzige Chance darin lag, den anderen zu überraschen und ihn entweder sofort niederzuschießen oder niederzuschlagen.

Er ging zur Tür des Abteils H; ein winziger Papierstreifen lugte unter der Tür hervor.

Auf dem Rückweg in sein eigenes Abteil verrammelte er die Türen wieder. Leise knipste er seine Leselampe an. Solitaire schlief immer noch fest. Der übrige Teil des Papiers, ein einfacher Bogen, ragte unter der Gangtür hervor. Er hob ihn auf und setzte sich auf die Bettkante.

Es war ein Bogen billiges liniiertes Schreibpapier, bedeckt mit unregelmäßigen Zeilen, die mit roter Tinte und in Blockbuchstaben geschrieben waren. Bond faßte das Papier vorsichtig an, obgleich er nicht viel Hoffnung hatte, daß man irgendwelche Fingerabdrücke darauf entdecken würde; diese Leute achteten selbst auf solche Sachen. Und dann fing er an zu lesen.

O Zauberin, schlage mich nicht,
Verschone mich. Sein ist der Leib.
Der göttliche Trommler sagt, daß –
Wenn er sich mit der Dämmerung erhebt –
Er seine Trommeln am Morgen für DICH ertönen läßt.
Ganz früh, ganz früh, ganz früh, ganz früh.
O Zauberin, die die Kinder der Menschen schlägt, bevor sie noch völlig gereift sind,
O Zauberin, die die Kinder der Menschen schlägt, bevor sie noch völlig gereift sind,
Der göttliche Trommler sagt, daß –
Wenn er sich mit der Dämmerung erhebt –
Er seine Trommeln am Morgen für DICH ertönen läßt.
Ganz früh, ganz früh, ganz früh, ganz früh.
Wir meinen DICH,
Und DU wirst es verstehen.

Bond legte sich wieder auf sein Bett und dachte nach. Dann faltete er den Bogen zusammen und steckte ihn in seine Brieftasche.

Er lag auf dem Rücken und sah nichts von seiner Umgebung, sondern wartete auf den Tagesanbruch.

12

Es war gegen fünf Uhr morgens, als sie in Jacksonville in der Unterführung verschwanden.

Es war noch dunkel, und der menschenleere Bahnsteig des großen Knotenbahnhofs von Florida war nur spärlich erleuchtet. Die Unterführung war nur wenige Meter von dem Wagen 245 entfernt gewesen, und auch an den Fenstern des Zuges war niemand zu sehen gewesen. Bond hatte dem Schaffner gesagt, die Tür ihres Abteils wieder abzuschließen und die Vorhänge vorgezogen zu lassen, so daß immerhin eine Möglichkeit bestand, so lange unbehelligt zu bleiben, bis der Zug in St. Petersburg einlief.

Durch die Unterführung kamen sie in die Schalterhalle. Bond vergewisserte sich, daß der nächste Schnellzug nach St. Petersburg – er trug den Namen »Silver Meteor« und war das Gegenstück zum »Phantom« – gegen neun Uhr abfuhr, und ließ zwei Plätze reservieren. Dann hakte er Solitaire unter, und schließlich traten sie aus dem Bahnhof auf die warme, immer noch dunkle Straße hinaus.

Sie hatten die Wahl zwischen zwei oder drei Lokalen, die die ganze Nacht hindurch geöffnet waren, und gingen durch eine Pendeltür, über der grelle Neonröhren verkündeten, daß das Essen hier ganz ausgezeichnet sei. Es war eine der üblichen, anspruchslosen Abfütterungsstellen: zwei müde Kellnerinnen hinter einer verchromten Theke, die mit Zigaretten, Süßigkeiten, Tüten und Zeitschriften beladen war. An der Wand hinter der Theke befanden sich eine große Kaffeemaschine sowie mehrere Gasflammen. Eine Tür mit der Aufschrift »Erfrischungsraum« enthüllte ihre gräßlichen Geheimnisse, und daneben befand sich die Tür mit der Aufschrift »Privat« – wahrscheinlich der rückwärtige Ausgang. Eine Gruppe von Männern in Overalls, die an einem der vielleicht zehn oder zwölf nicht gerade sauberen Tische saß, blickte kurz auf, als sie hereinkamen, und setzte dann die gedämpfte Unterhaltung fort. Bond nahm an, daß es die Ablösung für die Diesellokomotiven war.

Rechts vom Eingang lagen vier enge Nischen, und in eine setzten sich Bond und Solitaire. Gelangweilt überflogen sie die mit Flecken bedeckte Speisekarte.

Nach einiger Zeit kam eine der Kellnerinnen herangeschlendert, lehnte sich gegen die Trennwand und betrachtete Solitaire vom Kopf bis zu den Füßen.

»Zweimal Orangensaft, Kaffee und Rühreier«, bestellte Bond.

Die Kellnerin nickte müde. Ihre Schuhe scharrten träge über den Boden, als sie wieder verschwand.

»Die Rühreier werden bestimmt mit Milch verlängert«, sagte Bond. »Aber gekochte Eier kann man in Amerika nicht essen. Sie sehen einfach ekelhaft aus – ohne Schale und in einer Tasse zerrührt, wie es hier üblich ist. Der Himmel weiß, woher diese Sitte stammt. Und schlechter Kaffee ist in Amerika das Entsetzlichste, was man sich vorstellen kann, entsetzlicher noch als in England. Mit dem Orangensaft können sie hoffentlich nicht viel anstellen. Schließlich sind wir jetzt in Florida.« Plötzlich deprimierte ihn der Gedanke, volle vier Stunden in dieser schmutzigen und abstoßenden Umgebung warten zu müssen.

»Heutzutage verdient man in Amerika sein Geld sehr leicht«, sagte Solitaire. »Und das geht immer auf Kosten der Kunden. Jeder will nur möglichst schnell kassieren und dann seine Ruhe haben. Warte ab, bis wir an die Küste kommen. Um diese Jahreszeit ist Florida ein einziges Gaunernest. An der Ostküste rupft man die Millionäre, dort, wohin wir jetzt fahren, tut man dasselbe mit dem kleinen Mann. Es geschieht ihm natürlich ganz recht. Er läßt sich dort nämlich nieder, um zu sterben – und mitnehmen kann er dann doch nichts mehr.«

»Um Himmels willen«, sagte Bond, »an welchen Ort werden wir verschlagen?«

»In St. Petersburg ist jeder beinahe schon tot«, erklärte Solitaire. »Die Stadt ist nichts anderes als ein riesiger Friedhof. Wenn der Bankangestellte oder der Postbeamte oder der Eisenbahnschaffner sechzig Jahre alt geworden ist, nimmt er seine Pension oder seine Rente und zieht nach St. Petersburg, um bis zu seinem Tode noch ein paar Jahre in der Sonne sitzen zu können. Nicht umsonst nennt man St. Petersburg auch die Stadt des Sonnenscheins. Das Wetter ist dort so schön, daß die dortige Abendzeitung – The Independent – an jedem Tag kostenlos abgegeben wird, an dem die Sonne bei Redaktionsschluß nicht geschienen hat. Es kommt nur drei- oder viermal im Jahr vor und ist zugleich eine großartige Reklame. Abends um neun geht alles zu Bett, und tagsüber spielen die alten Leute Shuffleboard oder Bridge. Außerdem gibt es auch zwei Baseball-Mannschaften, von deren Mitgliedern keines unter fünfundsiebzig ist! Ferner wird gelegentlich noch gekegelt, aber die meiste Zeit sitzen die Leute, eng zusammengequetscht, in Gruppen auf den Bänken, die in Reihen an den Nebenstraßen stehen. Sie tun einfach nichts anderes, als dort zu sitzen, zu klatschen und vor sich hin zu dösen. Es ist ein entsetzlicher Anblick – diese vielen alten Leute, mit Brillen auf der Nase und einem Hörgerät im Ohr und den Mund voller falscher Zähne.«

»Das klingt ziemlich gräßlich«, sagte Bond. »Aber warum hat sich Mr. Big ausgerechnet diese Stadt als Operationsbasis ausgesucht?«

»Für ihn kann es doch nichts Besseres geben«, entgegnete Solitaire ernsthaft. »Verbrechen kommen dort praktisch nicht vor, abgesehen von kleinen Betrügereien beim Bridge oder Canasta. Daher gibt es auch nur sehr wenige Polizisten. Die Küstenwache hat zwar eine ziemlich große Station, beschäftigt sich jedoch hauptsächlich mit dem Schmuggel zwischen Tampa und Cuba sowie mit der Schwammfischerei, soweit sie in den Schonzeiten durchgeführt wird. Ich weiß übrigens auch gar nicht, was Mr. Big dort tut; ich weiß nur, daß einer seiner wichtigen Agenten, ›The Robber‹, dort sitzt. Wahrscheinlich hat es irgend etwas mit Cuba zu tun«, fügte sie noch hinzu, »und wahrscheinlich auch irgendwie mit dem Kommunismus. Ich glaube, daß Cuba von Harlem aus dirigiert wird und daß die roten Agenten von dort aus in alle Teile des Karibischen Meeres eingeschleust werden.

Jedenfalls ist St. Petersburg wahrscheinlich die unschuldigste Stadt in ganz Amerika. Es gibt dort zwar auch ein Entziehungsheim für Trinker, aber bestimmt geht es auch dort sehr merkwürdig zu.« Sie lachte. »Ich glaube nicht, daß man den Patienten auch nur das geringste antut. Dir wird es dort sicher großartig gefallen.« Sie sah Bond boshaft lächelnd an. »Vielleicht möchtest du dort gleich für den Rest deines Lebens bleiben und auch zu den Oldstern, den alten Knaben, gehören. Das ist nämlich dort unten das Stichwort: Oldster!«

»Der Himmel bewahre mich davor!« sagte Bond inbrünstig. »In St. Petersburg scheint es so ähnlich zuzugehen wie in Bournemouth in England oder im französischen Torquay – nur noch tausendmal schlimmer. Hoffentlich müssen wir uns nicht eines Tages mit The Robber und dessen Freunden herumschießen, weil wir dann anschließend ein paar Hundert dieser Oldsters mit Herzschlag zum Friedhof bringen müßten. Aber gibt es denn dort gar keine jungen Leute?«

»O doch«, sagte Solitaire lachend, »genügend. Zum Beispiel jene Einwohner, die den Oldsters das Geld abnehmen, denen die Motels und Campingplätze gehören. Du kannst zum Beispiel eine Menge Geld verdienen, wenn du ein Bingo-Turnier aufziehst. Ich gehe dann als Schlepper und hole die Leute von der Straße herein. Lieber Mr. Bond!« Sie griff über den Tisch und drückte seine Hand. »Würdest du dich bitte mit mir in St. Petersburg niederlassen und in Ehren dort alt werden?«

Bond lehnte sich zurück und betrachtete sie kritisch. »Zuerst möchte ich mit dir lange Zeit hindurch ein zügelloses Leben führen«, sagte er dann und grinste. »Dazu eigne ich mich wahrscheinlich sehr viel besser. Das einzige, was mir an St. Petersburg gefällt, ist, daß man dort bereits um neun ins Bett geht.«

Ihre Augen lächelten ihn an. Sie zog ihre Hand zurück, weil das

Frühstück gebracht wurde. »Gut«, sagte sie. »Du gehst um neun ins Bett, und ich verschwinde durch die Hintertür und versuche, mit den vielgeliebten Baseballspielern anzubändeln.«

Das Frühstück war genauso schlecht, wie Bond es vorhergesagt hatte.

Als sie bezahlt hatten, gingen sie langsam zum Bahnhofswartesaal hinüber.

Die Sonne war aufgegangen, und in breiten Strahlen, in denen der Staub wirbelte, fiel ihr Licht in den großen leeren Raum. Sie setzten sich in eine Ecke, und bis zur Ankunft des »Silver Meteor« fragte Bond sie nach allem aus, was sie über The Big Man und seine Unternehmen wußte.

Hin und wieder notierte er sich ein Datum oder einen Namen, aber sonst konnte sie ihm nur wenig Neues sagen. Sie hatte in einem eigenen Apartment gewohnt, das in Harlem im gleichen Block lag wie das von Mr. Big, und dort war sie während des ganzen letzten Jahres wie eine Gefangene gehalten worden. Als »Gesellschafterinnen« hatte sie zwei kräftige Negerinnen gehabt, und ohne Begleitung durfte sie das Haus nie verlassen.

Von Zeit zu Zeit hatte Mr. Big sie in jenes Zimmer mitgenommen, in dem auch Bond gewesen war. Dort mußte sie immer sagen, ob irgendein Mann oder irgendeine Frau – die Betreffenden waren immer auf dem Sessel festgebunden gewesen – lüge oder nicht. Ihre Antworten hatten sich immer danach gerichtet, ob die verschiedenen Leute gut oder böse zu sein schienen. Sie wußte, daß ihre Antwort häufig das Todesurteil bedeutete, aber jenen Menschen gegenüber, die ihrer Ansicht nach böse waren, empfand sie völlige Gleichgültigkeit. Nur in den seltensten Fällen waren es Weiße gewesen.

Bond machte sich verschiedene Notizen. Das, was sie ihm erzählte, rundete das Bild eines sehr mächtigen, sehr aktiven, unbarmherzigen und grausamen Mannes ab, der ein riesiges Netz von Unternehmungen leitete.

Über die Sache mit den Goldmünzen wußte sie nur, daß sie verschiedene Male irgendwelche Menschen fragen mußte, wie viele sie verkauft und wieviel Geld sie dafür bekommen hätten. Sehr oft wären beide Angaben erlogen gewesen.

Bond war sehr darauf bedacht, ihr nicht zu verraten, was er wußte oder auch nur vermutete. Seine wachsende Zuneigung zu Solitaire und sein Verlangen gehörten in ein Abteil, von dem keine Verbindungstür in sein berufliches Leben führte.

Pünktlich lief der »Silver Meteor« ein, und sowohl Bond als auch Solitaire waren erleichtert, wieder im Zug zu sitzen und die deprimierende Welt des großen Knotenbahnhofes endlich hinter sich lassen zu können.

Der Zug donnerte durch Florida, durch die Wälder und Sümpfe und durch die kilometerlangen Plantagen mit Zitronen und Orangen.

Wenn Bond auf die finster schweigenden, ausgedörrten Wälder hinaussah, konnte er sich nicht vorstellen, daß dort etwas anderes leben konnte als Fledermäuse und Skorpione, Warzenkröten und Vogelspinnen.

Nachdem sie Mittag gegessen hatten, brauste der Zug plötzlich unmittelbar am Golf von Mexiko entlang, durch Mangrovensümpfe und Palmenhaine, an endlosen Reihen von Motels und Campingplätzen vorbei, und Bond witterte den Duft des anderen Florida – des Florida der Reklame, des Landes der »Miss Orangenblüte«.

In Clearwater, dem letzten Bahnhof vor St. Petersburg, verließen sie den Zug. Bond nahm eine Taxe und gab die Adresse auf Treasure Island an, wohin sie etwa eine halbe Stunde brauchen würden. Es war zwei Uhr, und die Sonne brannte von einem wolkenlosen Himmel herunter. Solitaire bestand darauf, Hut und Schleier abzusetzen. »Ich ersticke sonst«, sagte sie. »Und außerdem kennt mich hier kaum eine Menschenseele.«

Ein großer Neger mit pockennarbigem Gesicht wurde in dem Augenblick mit seinem Wagen aufgehalten, in dem sie an der Kreuzung der Park Street mit der Central Avenue anhalten mußten; von dieser Kreuzung führt die Avenue über den langen Treasure-Island-Damm durch das seichte Wasser der Boca Ciega Bay.

Als der Neger Solitaires Profil erkannte, blieb ihm der Mund offenstehen. Er fuhr seinen Wagen an den Bürgersteig und verschwand in einem Drugstore. Dort wählte er eine Nummer in St. Petersburg.

»Hier ist Poxy«, sagte er aufgeregt. »Ich muß Robber sprechen – sofort. Bist du da, Robber? Paß auf, The Big Man muß in der Stadt sein. Was – du hast gerade mit ihm telefoniert in New York? Aber ich hab doch das Mädchen gesehen, in einem Taxi aus Clearwater, von der Stassen Company. Fuhr über den Damm. Klar – ganz deutlich. Ehrenwort. Stand doch genau daneben. Mit einem Mann zusammen, blauer Anzug, grauer Stetson. Hat anscheinend eine Narbe auf der Backe. Was soll ich? Hinterherfahren? Ich hatte doch keine Ahnung, daß The Big Man nicht hier ist. Ich habe doch bloß angerufen, um dich danach zu fragen. Gut, gut. Ich warte hier, bis die Taxe wieder zurückkommt. Gut, dann fahr ich eben nach Clearwater und frage da. Also reg dich bloß nicht auf. Ich habe schließlich nichts getan.«

Der Mann, der den Namen The Robber hatte, sprach fünf Minuten später mit New York. Wegen Bond hatte man ihn gewarnt. Er konnte jedoch nicht begreifen, was Solitaire mit der Geschichte zu tun hatte. Als er mit The Big Man gesprochen hatte, wußte er es zwar immer noch nicht, aber die Instruktionen, die er bekommen hatte, waren klar.

Er legte den Hörer auf und trommelte eine Zeitlang mit den Fingern auf die Tischplatte. Zehntausend Dollar sprangen dabei heraus. Er brauchte dazu zwei Leute – blieben immer noch achttausend für ihn. Er fuhr sich mit der Zunge über die Lippen und wählte die Nummer einer Kneipe in Tampa.

Vor den Everglades, einer Gruppe hübscher, weiß- und gelbgestrichener Holzhäuser, bezahlte Bond das Taxi. Die Häuser umstanden an drei Seiten ein Viereck von Bahamagras, von dem aus man nur knapp fünfzig Meter bis hinunter zum weißen Strand und damit zum Meer zu gehen brauchte. Spiegelglatt erstreckte sich der Golf von Mexiko bis zum Horizont, in dessen Flimmern das Wasser in den wolkenlosen Himmel überging.

Nach London, nach New York und nach Jacksonville war es hier einfach hinreißend schön.

Bond ging durch eine Tür mit der Aufschrift »Office«, gefolgt von Solitaire. Er drückte auf den Knopf einer Klingel, neben der sich ein kleines Schild befand: »Managerin: Mrs. Stuyvesant«. Gleich darauf erschien ein verhutzeltes altes Weib mit blaugetöntem Haar und verzog ihren geschminkten Mund zu einem Lächeln. »Ja?«

»Ist Mr. Leiter hier?«

»Gewiß – und Sie sind Mr. Bryce, nicht wahr? Cabana Nummer eins, ganz unten am Strand. Mr. Leiter erwartet Sie schon seit dem Mittagessen. Und ...?« Sie deutete mit ihrem funkelnden Kneifer auf Solitaire.

»Meine Frau, Mrs. Bryce.«

»Ach so«, sagte Mrs. Stuyvesant und machte ein ungläubiges Gesicht. »Wenn Sie sich bitte gleich eintragen wollen. Sie und Mrs. Bryce werden sich nach der langen Reise sicher erst erfrischen wollen. Die volle Adresse, bitte. Danke schön.«

Sie öffnete die Tür und begleitete die beiden über den Betonweg zu dem letzten Häuschen der linken Reihe. Sie klopfte, und Leiter erschien. Bond hatte mit einer herzlichen Begrüßung gerechnet, aber Leiter schien nur sprachlos zu sein, ihn auf einmal vor sich zu sehen. Sein Mund blieb offen stehen. Und der strohfarbene Haarschopf, der an den Wurzeln noch dunkle Spuren aufwies, ähnelte eher einem Heuhaufen.

»Ich glaube, Sie kennen meine Frau noch gar nicht«, sagte Bond.

»Nein, nein — das heißt: natürlich. Wie geht es Ihnen?«

Er schien vollständig verblüfft zu sein. Ohne sich um Solitaire zu kümmern, zerrte er Bond beinahe in das Häuschen. Im letzten Augenblick erinnerte er sich des Mädchens, griff mit der anderen Hand nach ihr, zog sie ebenfalls herein und knallte die Tür mit einem Tritt zu. Und Mrs. Stuyvesants Wünsche für einen angenehmen Aufenthalt wurden mittendrin abgeschnitten.

Leiter konnte sich immer noch nicht fassen. Wortlos stand er vor ihnen und starrte abwechselnd bald den einen, dann den anderen an. Bond ließ seinen Koffer auf den Fußboden der kleinen Diele fallen. Die Diele hatte zwei Türen. Er stieß die eine auf und ließ Solitaire vorausgehen. Sie befanden sich in einem kleinen Wohnraum, der die ganze Breite des Häuschens einnahm und dessen Fenster zum Strand hinauszeigte. Er war entzückend eingerichtet: Bambussessel mit buntbezogenen Schaumgummikissen, Matten aus Palmblättern auf dem Fußboden, und an jeder der taubenblau gestrichenen Wände hing in einem Bambusrahmen ein Farbdruck mit tropischen Blumen. Der tonnenförmige Tisch war ebenfalls aus Bambus und hatte eine Glasplatte. Auf dieser Platte standen eine Blumenvase und ein weißes Telefon. In der rechten Ecke führte eine Tür direkt zum Strand hinaus. Weiße Jalousien aus Plastik waren halb heruntergezogen, um vor dem gleißenden Flimmern des Sandes zu schützen.

Bond und Solitaire setzten sich. Bond zündete sich eine Zigarette an und warf Zigarettenpäckchen wie Feuerzeug auf den Tisch.

Plötzlich läutete das Telefon. Leiter erwachte aus seinem Trancezustand, kam von der Tür herüber und nahm den Hörer ab.

»Am Apparat«, sagte er. »Geben Sie mir den Leutnant. Sind Sie am Apparat? Er ist da. Gerade eben angekommen. Nein — völlig in Ordnung.« Er lauschte eine Weile angespannt und wandte sich dann an Bond. »Wo sind Sie aus dem Phantom gestiegen?« fragte er. Bond sagte es ihm. »Jacksonville«, sagte Leiter in das Telefon. »Das kann man wohl behaupten. Bestimmt. Ich werde mir die Einzelheiten erzählen lassen und rufe dann wieder zurück. Können Sie der Mordkommission Bescheid sagen? Ich wäre Ihnen sehr dankbar. Und New York. Herzlichen Dank, Leutnant. Orlando 9000 — gut. Nochmals vielen Dank.« Er legte den Hörer auf. Dann wischte er sich die Stirn ab und setzte sich Bond gegenüber.

Plötzlich blickte er Solitaire an und grinste schuldbewußt. »Sie sind vermutlich Solitaire«, sagte er. »Ich bitte um Entschuldigung für den unhöflichen Empfang. Aber heute ist alles verrückt! Zum zweitenmal innerhalb von vierundzwanzig Stunden habe ich nicht mehr damit gerechnet, diesen Knaben jemals wiederzusehen.« Er wandte sich wieder an Bond. »Also?« fragte er.

»Nichts«, erwiderte Bond. »Solitaire ist jetzt auf unserer Seite.«

»Das ist ein Ding«, sagte Leiter. »Aber die Zeitungen haben Sie wohl noch nicht gelesen, und Radio haben Sie wohl auch nicht gehört, oder? Dann werde ich Ihnen erst einmal die Schlagzeilen wiederholen. Der Phantom wurde kurz hinter Jacksonville angehalten – genau: zwischen Waldo und Ocala. Ihr Abteil wurde mit Maschinenpistolen durchsiebt und anschließend in die Luft gejagt. Getötet wurde dabei lediglich der Wagenschaffner, der sich zu dieser Zeit im Gang befand. Darauf gab es ein riesiges Durcheinander. Wer sind die Täter? Wer ist Mr. Bryce, und wer ist Mrs. Bryce? Wo sind die beiden? Natürlich waren wir überzeugt, daß man Sie erwischt hatte. Die Polizei von Orlando hatte den Fall übernommen; sie ging den verkauften Karten bis New York nach und stellte fest, daß der FBI sie besorgt hatte. Dann kam alles zu mir, und ich hatte das Gefühl, mitten unter einer Steinlawine zu sitzen. Und schließlich kommen Sie hier anstolziert, ein entzückendes Mädchen am Arm, und sehen so glücklich aus wie ein Filmstar.«

Leiter fing schallend an zu lachen. »Menschenskind! Sie hätten Washington vorhin hören sollen. Anscheinend war jeder überzeugt, daß ich den verdammten Zug mit Handgranaten beschmissen hätte!«

Er nahm sich eine von Bonds Zigaretten und zündete sie an.

»Das also ist das Wesentliche«, sagte er. »Aber jetzt erzählen Sie mal, wie die Sache bei Ihnen weiterging.«

Bond beschrieb in allen Einzelheiten, was geschehen war, nachdem er vom St. Regis aus mit Leiter telefoniert hatte. Als er zu der Nacht im Zug kam, holte er das Stück Papier aus der Brieftasche und schob es über den Tisch.

Leiter pfiff leise durch die Zähne. »Voodoo«, sagte er. »Wahrscheinlich war es so geplant, daß dieser Zettel bei den Leichen gefunden werden sollte: Ritualmord durch die Freunde jener Männer, die Sie in Harlem umlegten. So sollte es dann vermutlich aussehen. Damit wäre The Big Man aus der ganzen Geschichte herausgehalten worden. Diese Burschen denken tatsächlich an alles. Um den Kerl, den sie auf dem Zug eingesetzt hatten, werden wir uns auch einmal kümmern. Wahrscheinlich gehörte er zum Personal des Speisewagens und hatte auch die Geschichte mit Ihrem Abteil arrangiert. Aber jetzt erzählen Sie erst mal zu Ende. Dann werde ich Ihnen berichten, wie die Sache ablief.«

»Zeigen Sie doch mal«, sagte Solitaire. Sie griff nach dem Papier. »Ja«, sagte sie dann ruhig. »Das ist eine Ouanga, ein Voodoo-Fetisch. Es ist die Anrufung des Trommelzauberers und wird von dem afrikanischen Aschanti-Stamm verwendet, wenn irgend jemand getötet werden soll. Ähnliches ist auch in Haiti üblich.« Sie gab Bond den Zettel zurück. »Es war ein Glück, daß du ihn mir nicht gezeigt hast«, sagte sie ernsthaft. »Ich würde jetzt noch hysterische Anfälle haben.«

»Ich habe mich nicht allzusehr darum gekümmert«, sagte Bond. »Ich hatte nur sofort das Gefühl, daß es nichts Gutes bedeuten konnte. Ein Glück, daß wir in Jacksonville ausgestiegen sind. Aber der arme Baldwin. Wir schulden ihm eine ganze Menge.«

Dann erzählte er, wie der Rest der Reise verlaufen war.

»Hat man Sie gesehen, als Sie den Zug verließen?« fragte Leiter.

»Das nehme ich nicht an«, sagte Bond. »Aber trotzdem wird es besser sein, Solitaire versteckt zu halten, bis wir hier wieder weg können. Ich dachte mir, daß sie morgen nach Jamaika hinüberfliegt. Bis zu unserer Ankunft wird man sich dann dort um sie kümmern.«

»Einverstanden«, sagte Leiter. »Wir setzen sie einfach in Tampa in eine Chartermaschine. Morgen gegen Mittag fliegt sie nach Miami, und dann kann sie eine der Nachmittagsmaschinen nehmen — KLM oder Pan American. Zum Abendbrot ist sie dann da. Heute ist es schon zu spät, um noch irgend etwas zu unternehmen.«

»Bist du damit einverstanden?« fragte Bond.

Solitaire starrte aus dem Fenster. Ihre Augen hatten wieder den gedankenverlorenen Ausdruck, den Bond bereits kannte.

Plötzlich fing sie an zu zittern.

Ihre Augen blickten Bond an. Sie streckte eine Hand aus und berührte seinen Arm.

»Ja«, sagte sie. Sie zögerte. »Doch, ich glaube schon.«

13

Solitaire stand auf.

»Ich möchte mir jetzt gern die Hände waschen«, sagte sie. »Außerdem habt ihr beide bestimmt eine Menge miteinander zu besprechen.«

»Ist das die Möglichkeit«, sagte Leiter und sprang auf. »Daß ich nicht vorher daran gedacht habe. Sie müssen doch todmüde sein! Sie wohnen in Bonds Zimmer, und Bond kann bei mir schlafen.«

Solitaire folgte ihm in die kleine Diele, und Bond hörte, wie Leiter die Aufteilung der Zimmer erklärte.

Wenig später kam Leiter zurück, unterm Arm eine Flasche Haig and Haig, in der Hand eine Schüssel mit Eisstückchen.

»Jetzt hatte ich doch tatsächlich meine gute Erziehung vergessen«, sagte er. »Aber einen anständigen Schluck werden wir beide jetzt vertragen können. Neben dem Bad befindet sich eine kleine Küche, und ich habe inzwischen alles besorgt, was wir wahrscheinlich brauchen werden.«

In langen Zügen tranken sie die Gläser aus.

»So, und jetzt berichten Sie, wie die Sache ablief«, sagte Bond und lehnte sich zurück. »Allem Anschein nach war das Unternehmen großartig durchgeführt.«

»Das kann man wohl sagen«, gab Leiter zu, »bis auf die nicht vorhandenen Leichen.«

Er legte die Füße auf den Tisch und zündete sich eine Zigarette an.

»Der Zug fuhr gegen fünf von Jacksonville ab«, begann er dann seinen Bericht. »Durch Waldo kam er gegen sechs. Kurz hinter Waldo – und hier muß ich mich auf Vermutungen verlassen – ging Mr. Bigs Mann in Ihren Wagen, schloß das Nachbarabteil auf und hängte ein weißes Handtuch zwischen Vorhang und Fensterscheibe. Er muß auf den verschiedenen Bahnhöfen unheimlich oft telefoniert haben, und dieses Handtuch bedeutete: Das Fenster rechts vom Handtuch ist es.

Zwischen Waldo und Ocala ist die Strecke ziemlich gerade«, fuhr Leiter dann fort, »und führt durch Wälder und Sümpfe. Unmittelbar neben den Schienen verläuft die Bundesstraße. Etwa zwanzig Minuten hinter Waldo geht – rumms! – unter der Diesellokomotive das Notsignal, eine kleine Sprengladung, hoch. Der Lokomotivführer geht auf sechzig Kilometer herunter. Rumms! und dann noch einmal: rumms! Drei hintereinander! Notsignal – sofort halten! Er stoppt den Zug und wundert sich maßlos. Vor ihm eine schnurgerade Strecke, das letzte Signal stand auf Grün, und nichts zu sehen. Es ist gegen Viertel nach sechs, und langsam wird es hell. Auf der Bundesstraße steht eine Limousine, natürlich irgendwo geklaut, grau, vielleicht ein Buick, ohne Scheinwerfer, aber mit laufendem Motor. Drei Männer steigen aus, Farbige, vermutlich Neger. Langsam kommen sie auf dem Grasstreifen zwischen Straße und Eisenbahnstrecke heran. Zwei haben Maschinenpistolen im Arm, der dritte, mittlere, hält etwas in der Hand. Nach zwanzig Metern bleiben sie neben Wagen 245 stehen. Die Männer mit den Maschinenpistolen jagen ein ganzes Magazin durch Ihr Fenster, daß es nur so scheppert. Der mittlere schmeißt die Handgranate in das Abteil, und dann rennen alle drei zum Auto zurück, springen hinein – und im gleichen Augenblick geht die Handgranate, die einen Zwei-Sekunden-Zünder hat, hoch. Das ganze Abteil H ist nur noch ein einziges Durcheinander und das Ehepaar Bryce demnach wahrscheinlich nur noch Hackfleisch, wie Ihr armer Baldwin, der auf den Gang gestürzt und zum Abteil H gekrochen war, als er die drei Männer herankommen sah. Verletzte gibt es sonst nicht, dafür Schocks am laufenden Band und hysterische Anfälle. Das Auto braust mit ziemlichem Tempo ab und wird später sichergestellt. Im übrigen herrscht Grabesstille, unterbrochen nur von vereinzelten Schreien. Großes Hin- und Hergerenne. Schließlich schleicht der Zug im Schneckentempo nach Ocala, wo der Wagen 245 abgehängt wird. Drei Stunden später bekommt der Zug die Erlaubnis zur Weiterfahrt – Vorhang.

Zweiter Akt: Leiter sitzt einsam in seinem Häuschen und hofft flehentlich, daß er zu seinem Freund James Bond nie auch nur ein unfreundliches Wort gesagt hat. Außerdem machte er sich Gedanken, in welcher Form sich ein gewisser Mr. Hoover besagten Leiter wohl zum Abendbrot servieren lassen wird. Vorhang.«

Bond lachte laut. »Muß das eine Organisation sein!« sagte er. »Ich bin überzeugt, daß auch nicht die kleinste Spur zu finden ist und daß jeder notfalls ein wunderschönes Alibi vorweisen kann. Ein Mordskerl! Scheint tatsächlich die Finger überall zu haben – ein Beweis, was man mit einer Demokratie trotz Habeas-Corpus-Akte, Menschenrechten und ähnlichen Sachen anstellen kann. Ich bin vielleicht froh, daß wir in England mit solchen Burschen nichts zu tun haben. Unsere Holzknüppel würden solchen Exemplaren nicht das geringste ausmachen. Immerhin bin ich ihm jetzt zum drittenmal entwischt«, schloß er. »Langsam wird die Sache brenzlig.«

»Ja«, sagte Leiter nachdenklich. »Bevor Sie hier auftauchten, konnte man die bisherigen Versager dieses Mr. Big am Daumen abzählen – jetzt hat er bereits drei hintereinander erlebt. Gefallen wird es ihm wahrscheinlich nicht. Aber wir müssen ihm die Hölle einheizen, bevor er sich davon erholt hat, und dann sofort verschwinden. Ich will Ihnen auch gleich sagen, wie ich es mir denke. Es besteht kein Zweifel daran, daß das Gold von hier aus in die Staaten hineingepumpt wird. Wir haben die ›Secatur‹ mehr als einmal überwacht und immer wieder festgestellt, daß sie von Jamaika aus direkt nach St. Petersburg fährt und am Kai dieser Angelköder-Firma festmacht – Rubberus oder wie der Laden heißt.«

»Ourobouros«, sagte Bond. »Der Riesenwurm in der Mythologie. Ein passender Name für eine Firma, die mit Würmern und ähnlichem Viehzeug handelt.« Plötzlich durchzuckte ihn ein Gedanke. Mit der flachen Hand schlug er auf die gläserne Tischplatte. »Felix! Menschenskind! Ourobouros und The Robber – kapieren Sie nicht? Das ist Mr. Bigs Vertreter hier unten. Er muß es sein!«

Leiters Gesicht strahlte auf. »Ach du lieber Himmel!« sagte er.

»Klar ist er das. Dieser Grieche, dem die Firma angeblich gehört, dieser Mann in Tarpon Springs, der in den Berichten genannt wurde, die dieser Binswanger uns in New York zeigte – wahrscheinlich ist er nur ein Strohmann. Vielleicht ahnt er nicht einmal, was hier gespielt wird. Aber seinen Verwalter müssen wir uns vornehmen. The Robber. Völlig klar, daß er es ist.«

Leiter sprang auf.

»Los – kommen Sie. Wir fahren sofort hin und sehen uns den Laden einmal an. Ich wollte es sowieso vorschlagen, damit wir wissen, wo die ›Secatur‹ immer festmacht. Übrigens ist sie zur Zeit in Cuba«, fügte er hinzu, »in Havanna. Vor einer Woche ist sie ausgelaufen. Man hat das Schiff sowohl beim Einlaufen als auch beim Auslaufen gründlichst durchsucht; gefunden wurde natürlich nichts. Vielleicht hat sie doppelte Böden, und fast hätte man sämtliche Bodenplatten aufgerissen. Jedenfalls mußte sie vor dem Auslaufen in die Werft – erfolglos. Nicht das geringste, nicht der kleinste Hinweis, also auch nicht eine einzige Goldmünze. Trotzdem werden wir jetzt hingehen und ein bißchen herumschnüffeln. Vielleicht lernen wir sogar unseren neuen Freund persönlich kennen. Ich will nur noch schnell mit Orlando und mit Washington telefonieren und durchgeben, was wir bis jetzt herausbekommen haben. Sie sollen sehen, daß sie Mr. Bigs Mann vom Phantom erwischen. Wahrscheinlich wird es dazu schon zu spät sein. Und Sie kümmern sich ein bißchen um Solitaire; sagen Sie ihr, daß sie sich nicht rühren soll, bis wir wieder zurück sind. Schließen Sie sie sicherheitshalber ein. Zum Abendbrot fahren wir mit ihr nach Tampa. Dort gibt es nämlich das beste Restaurant, das man an der ganzen Küste finden kann – ein kubanisches, Los Novedades heißt es. Unterwegs halten wir am Flugplatz und reservieren ihr für morgen einen Flugplatz.«

Leiter zog sich das Telefon heran und meldete ein Ferngespräch an. Bond ließ ihn allein.

Zehn Minuten später waren sie bereits wieder unterwegs.

Solitaire hatte sich gesträubt, alleingelassen zu werden. Sie hatte sich an Bond geklammert. »Ich möchte von hier weg«, hatte sie gesagt und ihn angstvoll angesehen. »Ich habe das Gefühl . . .« Sie hatte den Satz nicht zu Ende gesprochen.

Bond hatte sie geküßt. »Schon gut«, hatte er gesagt. »In ungefähr einer Stunde sind wir wieder zurück. Hier kann dir wirklich nichts passieren. Und dann werde ich bei dir bleiben, bis du in der Maschine sitzt. Wir können über Nacht auch in Tampa bleiben, und sobald es dämmert, fährst du los.«

»Ja bitte«, hatte Solitaire angstvoll gesagt. »Das möchte ich gern.

Hier habe ich doch nur Angst. Ich spüre eine Gefahr.« Sie hatte ihre Arme um seinen Hals gelegt. »Glaube bitte nicht, daß ich hysterisch bin.« Sie hatte ihn geküßt. »Jetzt kannst du gehen. Ich wollte dich nur noch einmal ansehen. Aber komm schnell zurück.«

Leiter hatte in diesem Augenblick gerufen, und Bond hatte die Tür zu ihrem Zimmer hinter sich abgeschlossen.

Er war Leiter gefolgt, dessen Wagen auf dem Parkway stand, und dabei hatte er ein unsicheres Gefühl verspürt. Er konnte sich zwar nicht vorstellen, daß dem Mädchen an diesem friedlichen und friedvollen Ort irgend etwas passieren könnte oder daß The Big Man ihre zu den Everglades führende Spur gefunden hatte, denn auf Treasure Island gab es vielleicht hundert ganz ähnlicher Unternehmen. Er achtete jedoch die ungewöhnliche Macht ihrer Intuitionen, und ihre Aufgeregtheit beunruhigte ihn.

Der Anblick von Leiters Wagen wischte diese Überlegungen fort.

Bond hatte eine Vorliebe für schnelle Autos, und er fuhr sie mit Leidenschaft. Die meisten amerikanischen Wagen ließen ihn kalt; es fehlten ihnen jegliche Persönlichkeit und die Merkmale der individuellen Handwerkskunst, die europäische Wagen besitzen. Sie waren lediglich »Fahrzeuge«, einander ähnlich in Form und Farbe bis zum Klang der Hupe. Sie waren so gebaut, daß ihr Besitzer sie bereits nach einem Jahr gegen das neueste Modell eintauschte. Mit dem Wegfall der Gangschaltung, den verschiedenen Servo-Hilfen und der gummiweichen Federung war die Freude am Fahren verschwunden. Jede Anstrengung war dem Fahrer genommen, und dadurch war auch der enge Kontakt mit dem Motor und der Straße aufgehoben, der vom europäischen Fahrer ein gewisses Maß an Geschicklichkeit und Konzentration erfordert. Für Bond waren die amerikanischen Wagen nichts anderes als stromlinienförmige Fortbewegungsmittel, die man lässig mit einer Hand steuerte, während das Radio mit voller Lautstärke dröhnte und die automatisch betätigten Seitenfenster geschlossen waren, damit es nicht zog.

Leiter fuhr jedoch einen alten Cord – einen der wenigen amerikanischen Wagen mit Persönlichkeit, und es bereitete Bond ein ausgesprochenes Vergnügen, sich in die niedrige Karosserie zu klemmen, das deutliche Einrasten der einzelnen Gänge zu spüren und den männlichen Ton des weiten Auspuffs zu hören. Rund fünfzehn Jahre mußte das Modell jetzt alt sein, und trotzdem gehörte es zu den modernst aussehenden Wagen der Welt.

Sie bogen auf die Fahrbahn des Dammes ein und überquerten die weite, spiegelglatte Wasserfläche, die zwischen der schmalen Insel und jener Halbinsel liegt, auf der sich St. Petersburg ausbreitet.

Als sie langsam über die Central Avenue rollten – quer durch die Stadt in Richtung des Yachthafens, des Haupthafens und der großen Hotels –, bekam Bond einen flüchtigen Eindruck von jener Atmosphäre, die diese Stadt zum Altersheim der Vereinigten Staaten macht. Die Menschen auf den Bürgersteigen hatten durchweg weißes Haar, das heißt weiß oder blau getönt, und der berühmte Sidewalk Davenports, den Solitaire bereits beschrieben hatte, war voller alter Leute, die wie die Stare auf dem Londoner Trafalgar Square auf Bänken aufgereiht nebeneinander hockten.

Bond war mehr als entsetzt. »Sehen Sie bloß zu, daß wir weiterkommen«, sagte er ächzend. »Das hat mit Nächstenliebe wirklich nichts mehr zu tun.«

Sie kamen dann wieder an die Küste und bogen nach rechts, bis sie auf den Hafen der Wasserflugzeuge und die Station der Küstenwache stießen. Hier waren keine alten Leute mehr zu erblicken. Hier herrschte das normale Leben eines Hafens mit Kais, Lagerhäusern, einem Bootshändler, einigen umgedrehten Booten, trocknenden Netzen, dem Kreischen der Möwen und dem beinahe stinkigen Geruch der Bucht.

»Wir wollen jetzt lieber aussteigen und zu Fuß weitergehen«, sagte Leiter. »The Robber sitzt im nächsten Block.«

Sie ließen den Wagen am Kai stehen und schlenderten hinter einem Holzlager sowie an einigen Öltanks entlang. Dann bogen sie nach links und kamen wieder ans Wasser.

Die Seitenstraße endete vor einem kleinen, von Wind und Wetter ausgedörrten Holzpier, der auf seinen muschelbewachsenen Pfählen etwa sechs Meter in die Bucht hinausragte. Unmittelbar daneben lag ein langes, flaches Lagerhaus aus Wellblech. Quer über die Doppeltür hinweg stand dort in schwarzen Buchstaben auf weißem Grund: »Ouroubouros Inc.« In der einen Türhälfte befand sich eine kleinere Tür mit der Aufschrift: »Privat – Zutritt verboten.«

Vor dieser Tür saß auf einem Küchenhocker ein Mann, den Rücken gegen das Wellblech gelehnt. Er reinigte ein Gewehr; Bond hielt es für eine Remington-Büchse. Der Mann kaute auf einem Zahnstocher herum, und auf seinem Hinterkopf saß eine zerknautschte Baseball-Mütze. Er trug ein fleckiges weißes Unterhemd, das die dichten schwarzen Haarbüschel seiner Achselhöhlen freiließ, eine ebenfalls völlig zerdrückte weiße Leinenhose und Segeltuchschuhe mit Gummisohlen. Der Mann etwa vierzig Jahre alt, und sein Gesicht war genauso rissig und vernarbt wie die Stützpfosten des kleinen Piers. Es war ein hageres, verschlagenes Gesicht mit schmalen, blutleeren Lippen. Die Gesichtsfarbe war braun wie Tabak, wenn auch mit einem gelblichen Unterton. Der ganze Mann wirkte brutal und eiskalt – wie der Bösewicht in einem Film von Pokerspielern und Goldminen.

Bond und Leiter gingen an ihm vorüber zum Pier. Er sah nicht von seiner Büchse auf, als sie an ihm vorüberkamen, aber Bond spürte, daß seine Blicke ihnen folgten.

»Wenn das nicht The Robber selbst ist, muß es ein naher Verwandter von ihm sein«, sagte Leiter.

Grau und mit einem blaßgelben Kopf hockte ein Pelikan auf einem der Stützpfeiler am Ende des Piers. Er ließ die beiden Männer ziemlich nahe herankommen, bis er widerwillig mit ein paar schweren Flügelschlägen aufflog. Die beiden Männer waren stehengeblieben und beobachteten, wie der Vogel knapp über die Wasserfläche dahinglitt. Plötzlich plumpste er in das Wasser, und der lange Schnabel fuhr in die Tiefe, um dann wieder mit einem kleinen Fisch herauszukommen, den der Vogel mürrisch verschluckte. Dann flog er wieder auf und suchte weiter nach Beute; und dabei flog er gegen die Sonne, so daß kein Fisch durch seinen Schatten gewarnt wurde. Als Bond und Leiter sich umdrehten, um wieder zurückzugehen, gab der Vogel die Fischerei auf und segelte auf seinen alten Platz. Mit schlagenden Schwingen ließ er sich auf dem Pfosten nieder und nahm die nachdenkliche Betrachtung dieses Spätnachmittags wieder auf.

Der Mann war immer noch über seine Büche gebeugt und wischte das Schloß mit einem öligen Lappen ab.

»Guten Tag«, sagte Leiter. »Sind Sie der Verwalter hier?«

»Ja«, sagte der Mann, ohne aufzublicken.

»Ich überlege nämlich, ob ich mein Boot vielleicht hier festmachen könnte. Der Hafen ist ziemlich voll.«

»Nein.«

Leiter holte seine Brieftasche hervor. »Und daran würden zwanzig Dollar auch nichts ändern?«

»Nein.« Der Mann räusperte sich gewaltig und spie dann genau zwischen Bond und Leiter.

»Heh!« sagte Leiter. »Sie sollten sich bessere Manieren angewöhnen.«

Der Mann überlegte. Er blickte aus seinen kleinen, eng zusammenstehenden Augen zu Leiter auf.

»Wie heißt das Boot?«

»Sybil«, sagte Leiter.

»So'n Boot ist nicht im Hafen«, sagte der Mann. Mit einem Klicken schnappte das Schloß seiner Büchse ein, die völlig absichtslos auf seinem Schoß lag und deren Mündung auf den Zugang zum Lagerhaus zeigte.

»Dann müssen Sie blind sein«, sagte Leiter. »Seit einer Woche liegt das Boot schon hier: zwanzig Meter lang, zwei Schrauben, Dieselmotoren, weiß, mit einem grünen Sonnensegel, ausgerüstet für Hochseefischerei.«

Die Mündung der Büchse fing an, einen flachen Bogen zu beschreiben. Die linke Hand des Mannes lag am Abzug, die rechte umfaßte den Lauf unmittelbar vor dem Abzugbügel und hielt ihn fest.

Die beiden standen unbeweglich.

Lässig saß der Mann auf seinem Hocker, blickte versonnen auf seine Hände und lehnte den Rücken immer noch gegen die kleine Tür.

Die Mündung wanderte langsam weiter, zuerst über Leiters und dann über Bonds Magen. Die beiden Männer standen starr wie Standbilder und wagten nicht einmal, eine Hand zu rühren. Dann lag die Büchse wieder ruhig; ihre Mündung zeigte jetzt auf die Bucht hinaus. The Robber blickte kurz auf, kniff die Augen leicht zusammen und drückte ab. Der Pelikan stieß einen leisen Schrei aus, und dann hörten sie, wie sein schwerer Körper auf das Wasser klatschte. Das Echo des Schusses dröhnte über den Hafen.

»Was soll dieser verdammte Unsinn?« fragte Bond wütend.

»Kleine Zielübung«, sagte der Mann und lud die Büchse durch.

»Diesen Burschen sollte man anzeigen«, sagte Leiter.

»Ihr wollt wohl ein Verfahren wegen Hausfriedensbruch an den Hals haben?« fragte The Robber, stand langsam auf und klemmte sich die Büchse unter den Arm. »Das hier ist ein Privatgrundstück. Und jetzt verschwindet!« Er spie die Worte beinahe aus. Dann drehte er sich um, zog den Hocker beiseite, schloß die kleine Tür auf und sah die beiden noch einmal an. »Ihr habt Pistolen bei euch«, sagte er. »Ich rieche so was nämlich. Und wenn ihr hier noch einmal aufkreuzt, kann ich immer sagen, es wäre Notwehr gewesen. Ihr verdammten Schnüffler hängt mir nämlich langsam zum Halse raus. Sybil – so was Dämliches!« Voller Verachtung verschwand er im Lagerhaus und knallte die Tür hinter sich zu, so daß der ganze Rahmen wackelte.

Sie sahen sich an. Leiter grinste reumütig und zuckte die Schultern. »Eins zu null für The Robber«, sagte er.

Sie wanderten wieder durch die staubige Seitenstraße. Die Sonne ging langsam unter, und das Wasser der Bucht war blutigrot. Als sie wieder auf der Hauptstraße standen, drehte Bond sich um. Über der Tür des Lagerhauses brannte eine helle Bogenlampe, und auf dem Zugang lagen unzählige Schattenstreifen.

»Von vorn hat es keinen Sinn«, sagte Bond. »Aber es gibt kein Lagerhaus, das nur einen einzigen Zugang hat.«

»Genau das habe ich mir auch gedacht«, sagte Leiter. »Wir wollen es uns für den nächsten Besuch merken.«

Sie setzten sich in den Wagen und fuhren langsam zurück. Während der Fahrt stellte Leiter eine Reihe Fragen über Solitaire. Schließlich sagte er ganz beiläufig: »Übrigens hoffe ich, daß Sie mit meiner Aufteilung der Zimmer einverstanden sind.«

»Restlos«, sagte Bond vergnügt.

»Schön«, sagte Leiter. »Mir fiel nur eben ein, daß ihr beide vielleicht gern zusammensein möchtet.«

»Das ist sehr zartfühlend ausgedrückt«, sagte Bond.

»Irgendwie mußte ich das Kind beim Namen nennen«, sagte Leiter. »Vergessen Sie nicht, daß die Wände dieser Hütten ziemlich dünn sind. Ich zum Beispiel brauche meine Ohren zum Hören – und nicht, um sie mit Lippenstift zu beschmieren!«

Bond suchte nach seinem Taschentuch. »Sie verdammter Schnüffler«, sagte er wütend.

Leiter beobachtete Bond, der sich das Ohr abwischte, aus den Augenwinkeln.

»Was machen Sie da eigentlich?« fragte er unschuldig. »Ich habe mit keinem Wort angedeutet, daß Ihre Ohren etwa unnatürlich rot wären. Jedenfalls ...« Er legte sehr viel Wohlwollen in dieses Wort.

»Wenn Sie sich heute abend tot in Ihrem Bett wiederfinden sollten«, sagte Bond lachend, »wissen Sie wenigstens, wer es war.«

Sie neckten sich immer noch, als sie vor The Everglades vorfuhren, und lachten laut, als die grimmige Mrs. Stuyvesant ihnen auf dem Rasen entgegenkam.

»Verzeihen Sie, Mr. Leiter«, sagte sie, »aber leider kann ich nicht erlauben, daß meine Gäste eigene Musikgeräte aufstellen. Ich muß dafür sorgen, daß meine übrigen Gäste nicht den ganzen Tag gestört werden.«

Verblüfft blickten sie die Frau an. »Entschuldigen Sie, Mrs. Stuyvesant, aber ich verstehe nicht ganz«, sagte Leiter.

»Na – das riesige Radio, das Sie sich kommen ließen«, sagte Mrs. Stuyvesant. »Die Männer sind mit der Kiste kaum durch die Tür gekommen!«

14

Das Mädchen hatte sich kaum gewehrt.

Als Leiter und Bond die Frau einfach stehenließen und zu ihrer Hütte rannten, sahen sie, daß das Zimmer unberührt und das Bett kaum in Unordnung war.

Das Türschloß war mit einem Ruck eines schweren Brecheisens herausgebrochen worden, und dann hatten die beiden Männer, Pistolen in den Händen, wohl auch schon im Zimmer gestanden.

»Los, Lady. Ziehen Sie sich an. Aber machen Sie keine Dummheiten, sonst blasen wir Ihnen ein bißchen frische Luft in den Bauch.«

Dann mußten sie sie geknebelt oder zusammengeschlagen, sie in die Kiste gesteckt und den Deckel festgenagelt haben. Hinter der Hütte waren an der Stelle, an der der Lieferwagen gestanden hatte, deutlich Reifenspuren zu sehen. Und die kleine Diele wurde von einem riesigen altmodischen Radiogerät beinahe blockiert. Gebraucht hatte es bestimmt noch keine fünfzig Dollar gekostet.

Bond konnte sich den Ausdruck blinden Entsetzens auf Solitaires Gesicht vorstellen, als stünde sie jetzt vor ihm. Er verfluchte sich, weil er sie allein gelassen hatte. Er konnte sich nicht vorstellen, wie man so schnell auf ihre Spur gekommen war; es war aber wieder ein Beispiel für die Organisation, die The Big Man zur Verfügung stand.

Leiter telefonierte bereits mit dem FBI-Headquarters in Tampa. »Flugplätze, Bahnhöfe und die Highways«, sagte er gerade. »Die entsprechenden Befehle werden Sie bekommen, sobald ich mit Washington gesprochen habe. Ich garantiere Ihnen, daß dieser Fall mit Vorrang behandelt werden wird. Vielen Dank – sehr freundlich. Ich komme vorbei.«

Er legte auf. »Gott sei Dank machen sie mit«, sagte er zu Bond, der auf das Meer hinausstarrte und dessen Augen einen harten Ausdruck hatten. »Sie schicken ein paar Leute los und versuchen, das Netz soweit wie möglich zu spannen. Ich werde jetzt mit Washington und New York telefonieren; versuchen Sie inzwischen, soviel wie möglich aus diesem alten Schlachtroß herauszuquetschen: genaue Zeit, Beschreibung und so weiter. Tun Sie aber lieber so, als handele es sich um einen Einbruch und als wäre Solitaire mit den Kerlen abgehauen. Das wird die Dame kapieren, und damit bleibt die Geschichte im Rahmen der Dinge, die in einem Hotel nun einmal vorkommen. Sagen Sie ihr auch, daß die Polizei bereits unterwegs wäre und daß wir ihr keine schuld an der Sache gäben. Sie wird bestimmt einen Skandal vermeiden wollen – sagen Sie ihr, daß es auch in unserem Interesse ist.«

Bond nickte. Und mit den Kerlen abgehauen? Möglich war auch das. Aber irgendwie glaubte er es nicht. Er ging noch einmal in Solitaires Zimmer und durchsuchte es genau. Er roch ihr Parfüm, dieses »Vent Vert«, das ihn an ihre gemeinsame Reise erinnerte. Hut und Schleier lagen im Schrank, und ihre Toilettensachen lagen auf der Glasplatte im Badezimmer. Dann fand er ihre Handtasche und wußte, daß es richtig gewesen war, ihr zu trauen; die Tasche lag nämlich unter dem Bett, und er merkte, daß sie sie mit dem Fuß hinuntergestoßen hatte, als sie aufgestanden war, bedroht von den auf sie gerichteten Pistolen. Er schüttete den Inhalt der Handtasche auf das Bett und tastete das Futter ab. Dann holte er ein kleines Messer aus der Hosentasche und trennte ein paar Nahtstiche auf. Die fünftausend Dollar, die zum Vorschein kamen, steckte er in seine Brieftasche; bei ihm waren sie sicher. Wenn Mr. Big Solitaire umbringen würde, würde er das Geld dazu nehmen, um sie zu rächen. Das Taschenfutter brachte er, soweit es ging, wieder in Ordnung, tat den Inhalt wieder hinein und schob die Tasche unter das Bett.

Dann ging er zum Büro hinüber.

Als sie mit der Routinearbeit fertig waren, schlug es acht. Sie tranken noch ein Glas zusammen und gingen dann in den allgemeinen Speiseraum, in dem die wenigen übrigen Gäste gerade mit dem Abendbrot fertig waren. Alle blickten ihnen neugierig und etwas furchtsam entgegen. Was hatten diese beiden ziemlich gefährlich aussehenden jungen Männer hier zu suchen? Wo war die Frau, die mit ihnen zusammen gekommen war? Wessen Frau war sie eigentlich? Was hatten die merkwürdigen Ereignisse dieses Abends zu bedeuten? Die arme Mrs. Stuyvesant lief ziemlich verstört hin und her. Wußten die beiden denn nicht, daß um sieben Uhr zu Abend gegessen wurde? Das Küchenpersonal machte sich bestimmt schon zum Weggehen fertig! Ganz recht geschah ihnen, wenn das Essen bereits kalt war. Schließlich muß man auch auf seine Mitmenschen Rücksicht nehmen. Mrs. Stuyvesant hatte gesagt, daß die beiden von der Regierung in Washington wären — schön, aber was sollte das heißen?

Nach übereinstimmender Ansicht waren die beiden ausgesprochene Störenfriede, mit denen die sorgfältig ausgesuchten Gäste von The Everglades nichts zu tun zu haben wünschten.

Bond und Leiter bekamen einen Tisch zugewiesen, der direkt neben dem Kücheneingang stand. Die Speisekarte war ein Gemisch aus pompösem Englisch und schlechtem Französisch, hinter denen sich Tomatensaft, Kochfisch in einer weißen Soße, ein Stückchen tiefgekühlter Truthahn mit einem Klecks Preiselbeeren sowie ein Berg Zitronenspeise mit Schlagsahne-Ersatz versteckten. Verdrossen leerten sie ihre Teller, während die alten Ehepaare den Speisesaal nacheinander verließen und die Tischlampen nacheinander verlöschten. Fingerschalen, in denen ein Hibiskusblatt schwamm, waren das erfreulichste an dieser Mahlzeit.

Bond hatte schweigend gegessen, und als sie fertig waren, machte Leiter einen Versuch, vergnügt zu sein. »Kommen Sie, wir werden uns jetzt betrinken«, sagte er. »Das ist das schlechte Ende eines noch schlechteren Tages. Oder wollen Sie mit den alten Leutchen lieber Bingo spielen? Irgendwo findet heute abend ein großes Turnier statt.«

Bond zuckte mit den Schultern, und dann gingen sie in das Wohnzimmer ihrer Hütte zurück, blieben dort eine Weile sitzen, trinkend und auf den Strand hinausstarrend, der kalkweiß im Mondlicht lag, vor dem endlosen, dunklen Meer.

Als Bond genug getrunken hatte, um seine Gedanken zu ersäufen, sagte er »Gute Nacht« und verschwand in Solitaires Zimmer, das jetzt sein Schlafzimmer war. Er deckte sich mit der Decke zu, unter der auch ihr Körper gelegen hatte, und bevor er einschlief, überlegte er die nächsten Schritte. Sobald es hell würde, wollte er sich ein bißchen um The Robber kümmern und die Wahrheit aus ihm herausquetschen. Wegen seiner Gedanken an Solitaire war er zwar nicht dazu gekommen, die Sache mit Leiter zu besprechen, aber trotzdem war er überzeugt, daß The Robber seine Hand bei der Entführung des Mädchens mit im Spiel gehabt haben mußte. Bond dachte an die kleinen grausamen Augen des Mannes und an die blassen dünnen Lippen. Dann dachte er an den mageren Hals, der dem eines Puters ähnelte, und seine Armmuskeln spannten sich. Schließlich war er sich klar, was er zu tun hatte, entspannte sich und schlief sofort ein.

Er schlief bis acht Uhr. Als er auf seine Uhr blickte, fluchte er. Er brauste sich kurz ab und hielt die geöffneten Augen in die scharfen Wasserstrahlen, bis sie schmerzten. Dann band er sich ein Handtuch um die Hüften und ging in Leiters Zimmer hinüber. Die Jalousien waren zwar noch heruntergelassen, aber trotzdem war es hell genug, um zu sehen, daß das Bett unberührt war.

Er lächelte, weil er glaubte, daß Leiter die Flasche Whisky allein leergetrunken und anschließend auf der Wohnzimmercouch eingeschlafen war. Er ging hinüber. Das Zimmer war leer. Die Flasche stand, immer noch halbvoll, auf dem Tisch, und der Aschbecher hatte die vielen Zigarettenstummel nicht mehr fassen können.

Bond trat an das Fenster, zog die Jalousien hoch und öffnete es. Flüchtig sah er, daß es ein herrlicher Morgen war, bevor er sich wieder umwandte.

Dann erblickte er den Umschlag. Er lag auf einem Sessel, der unmittelbar vor der Tür stand, durch die Bond das Zimmer betreten hatte. Er nahm ihn in die Hand und riß ihn auf. Er enthielt nur einen Zettel mit einer Bleistiftnotiz.

Hatte zuviel zu überlegen und habe keine Lust, schlafen zu gehen. Werde mir das Lagerhaus genauer ansehen, auch wenn es ein bißchen zeitig dazu ist. Komisch, daß dieser Kunstschütze dort saß, während S. geschnappt wurde. Als hätte er gewußt, daß wir in der Stadt waren, und wollte uns Scherereien machen, falls die Sache schiefgegangen wäre. Wenn ich bis zehn nicht zurück bin, rufen Sie die Polizei an – Tampa 88. Felix.

Bond überlegte nicht lange. Während er sich rasierte und anzog, bestellte er das Frühstück – Kaffee und Brötchen und außerdem ein Taxi. In kaum mehr als zehn Minuten war er mit allem fertig. Und als er gerade die Hütte verlassen wollte, hörte er das Läuten des Telefons, das im Wohnzimmer stand. Er rannte zurück.

»Mister Bryce? Hier ist das Mound Park Hospital«, sagte eine Stimme. »Unfallstation, Doktor Roberts. Bei uns wurde ein Mr. Leiter eingeliefert, der nach Ihnen fragt. Könnten Sie vielleicht sofort herkommen?«

»Ach du lieber Himmel!« sagte Bond, und Angst überkam ihn. »Was ist denn mit ihm los? Ist es sehr schlimm?«

»Sorgen brauchen Sie sich nicht zu machen«, sagte die Stimme. »Ein Autounfall, leichte Gehirnerschütterung. Können Sie herkommen? Er scheint Ihnen etwas sagen zu wollen.«

»Natürlich«, erwiderte Bond erleichtert. »Ich komme sofort.«

Was da nur wieder los sein mochte, überlegte er, als er mit schnellen Schritten den Rasen überquerte. Andererseits war er froh, daß nichts Schlimmeres passiert war.

Als Bonds Taxi über den Treasure Island Causeway rollte, kam ihnen ein Krankenwagen entgegen, dessen Glocke unentwegt schrillte. Noch ein Unfall, dachte Bond, ein Unglück kommt eben selten allein. Über die Central Avenue durchquerten sie St. Petersburg und bogen dann nach rechts in die gleiche Straße ab, in die Leiter gestern eingebogen war. Bonds Mißtrauen schien bekräftigt zu werden, als er merkte, daß das Hospital nur ein paar Straßen von der Ourobouros Inc. entfernt war.

Bond bezahlte das Taxi und rannte die Treppe des eindrucksvollen Gebäudes hoch. In der weiten Eingangshalle stand der Schreibtisch der Auskunft, hinter dem eine hübsche Krankenschwester saß und die Anzeigen der »St. Petersburg Times« studierte.

»Dr. Roberts?« fragte Bond.

»Wen, bitte?« fragte das Mädchen und blickte ihn mißbilligend an.

»Dr. Roberts, von der Unfallstation«, sagte Bond ungeduldig. »Ich soll zu einem Patienten kommen – Leiter heißt er, Felix Leiter. Wurde heute morgen eingeliefert.«

»Einen Dr. Roberts haben wir nicht«, sagte das Mädchen. Sie ging mit dem Finger eine auf dem Tisch liegende Liste durch. »Und einen Patienten Leiter auch nicht. Aber einen Moment – ich kann die Station noch einmal anrufen. Wie war Ihr Name, bitte?«

»Bryce«, sagte Bond. »John Bryce.« Er fing an zu schwitzen, obgleich es in der Halle ausgesprochen kühl war. Er wischte seine feuchten Hände an der Hose ab und versuchte, gegen seine panische Angst anzukämpfen. Die Person wußte bestimmt nur nicht Bescheid! Viel zu hübsch war sie für eine Schwester. Sollten diese Leute doch eine fähigere Person hier hinsetzen. Er knirschte mit den Zähnen, während sie vergnügt telefonierte.

Dann legte sie den Hörer auf. »Es tut mir leid, Mr. Bryce. Es muß ein Irrtum sein. Heute nacht ist bei uns niemand eingeliefert worden, und uns ist weder ein Dr. Roberts noch ein Mr. Leiter bekannt. Sind Sie sicher, daß Sie nicht im falschen Krankenhaus sind?«

Bond drehte sich um, ohne zu antworten. Und er wischte sich den Schweiß von der Stirn, als er zum Ausgang ging.

Das Mädchen schnitt ihm ein Gesicht und griff wieder nach der Zeitung.

Zum Glück hielt an der Treppe gerade ein Taxi, aus dem ein paar Leute ausstiegen. Bond stieg ein und befahl dem Fahrer, ihn schnell zu The Everglades zu bringen. Er wußte nur, daß Leiter erwischt worden war und daß man ihn aus dem Häuschen gelockt hatte. Den Zusammenhang begriff er zwar nicht; dafür wußte er, daß Leiter und ihm plötzlich alles mißglückte und daß die Initiative wieder bei Mr. Big und dessen Leuten lag.

Mrs. Stuyvesant lief ihm entgegen, als sie ihn aus dem Taxi steigen sah.

»Ihr armer Freund«, sagte sie ohne jedes Mitgefühl. »Er sollte sich wirklich etwas mehr vorsehen.«

»Sicher, Mrs. Stuyvesant. Was ist denn mit ihm?« fragte Bond ungeduldig.

»Der Krankenwagen kam, kurz nachdem sie weggefahren waren.« Die Augen der Frau funkelten erregt. »Anscheinend hatte Mr. Leiter mit seinem Wagen einen Unfall gehabt. Auf einer Bahre mußten sie ihn in das Häuschen tragen. Ein reizender Neger kümmerte sich um alles. Er meinte, daß Mr. Leiter bald wieder ganz in Ordnung sein würde, daß man ihn jetzt jedoch auf keinen Fall stören dürfe. Der arme Junge. Das ganze Gesicht war verbunden. Die Männer sagten, sie hätten es ihm bequem gemacht, und der Arzt würde später nach ihm sehen. Wenn ich irgendwie ...«

Bond hatte genug gehört. Er raste quer über den Rasen zu der Hütte und stürmte in Leiters Zimmer.

Auf Leiters Bett lag eine menschliche Gestalt. Sie war zugedeckt. Die dünne Decke über dem Kopf schien sich nicht zu bewegen.

Bond biß die Zähne zusammen, als er sich über das Bett beugte. War das eben nicht eine winzige Bewegung gewesen?

Bond zog die Decke vom Gesicht. Es war gar kein Gesicht; es war nur eine Kugel, die über und über mit schmutzigen Mullbinden umwickelt war, und ähnelte eher einem Wespennest.

Vorsichtig zog er die Decke weiter herunter: immer neue Mullbinden, grob um den Körper gewickelt, und an einigen Stellen sickerte bereits Blut durch; dann ein Sack, der über den unteren Teil des Körpers gezogen war — auch er blutbefleckt.

Zwischen den Mullbinden steckte an der Stelle, an der sich der Mund befinden mußte, ein Zettel. Bond zog ihn heraus und beugte sich hinunter. Auf der Haut spürte er einen ganz schwachen Atem. Er riß den Telefonhörer von der Gabel. Es dauerte mehrere Minuten, bis man ihn in Tampa verstand; dann endlich begriff man dort das Drängen in seiner Stimme: In zwanzig Minuten würden sie bei ihm sein.

Er legte den Hörer wieder auf und blickte unsicher auf das Stück Papier, das er in der Hand hielt. Es war ein Fetzen weißen Packpapiers. In großen Druckbuchstaben war darauf geschrieben:

ER WAR NICHT DAMIT EINVERSTANDEN,
AUFGEFRESSEN ZU WERDEN

Und darunter stand noch in Klammern:

(PS. WIR HABEN NOCH EIN PAAR
EBENSO GUTE SPÄSSE AUF LAGER)

Mit den Bewegungen eines Schlafwandlers legte Bond den Zettel auf den Nachttisch. Dann sah er wieder den auf dem Bett liegenden Körper an. Er wagte kaum, ihn zu berühren, weil er Angst hatte, daß der kaum spürbare, flatternde Atem dann aufhören würde. Aber er mußte noch etwas wissen. Ganz vorsichtig zogen seine Finger die Binden auseinander, die den Kopf verdeckten. Schließlich sah er ein paar Haarsträhnen. Sie waren naß, und er steckte seine Finger in den Mund. Sie schmeckten salzig. Er zog die Haarsträhnen heraus und sah sie genau an. Auch der letzte Zweifel war beseitigt.

Er sah wieder den strohblonden Schopf vor sich, der immer etwas unordentlich auf der rechten Seite in die Stirn gehangen hatte, oberhalb des rechten grauen und humorvoll blickenden Auges; und darunter war das hagere, einem Habicht ähnliche Gesicht des Texaners gewesen; jenes Mannes, mit dem er so viele Abenteuer gemeinsam erlebt hatte. Einen Augenblick dachte er daran, wie dieser Mann ausgesehen hatte. Dann schob er die Haarsträhnen wieder unter die Mullbinden, setzte sich auf die Kante des andere Bettes, beobachtete still den bewußtlosen Freund, fragte sich besorgt, ob er noch gerettet werden konnte.

Als die beiden Kriminalbeamten und der Polizeiarzt kamen, berichtete er, was er wußte, mit ruhiger, eintöniger Stimme. Nach dem, was Bond bereits am Telefon gesagt hatte, war ein Streifenwagen bereits zum Lagerhaus geschickt worden, und jetzt warteten sie auf dessen Bericht, während der Arzt sich im Nebenzimmer an die Arbeit machte.

Er war auch vor ihnen fertig. Er kam in das Wohnzimmer und sah besorgt aus. Bond sprang auf. Der Arzt ließ sich in einen Sessel fallen und blickte zu ihm auf.

»Ich glaube, daß er am Leben bleiben wird«, sagte er. »Aber es steht fünfzig zu fünfzig. Der arme Kerl ist böse zugerichtet: Der eine Arm und ein Bein sind schwer verletzt. Das Gesicht ist ziemlich mitgenommen, wenn auch nur oberflächlich. Verdammt noch mal, wenn ich nur wüßte, woher die Verletzungen stammen. Meiner Meinung nach kann ihn nur ein Tier oder ein großer Fisch so zugerichtet haben. Genaueres werden wir aber wissen, wenn ich ihn im Krankenhaus habe. Dann werden wir schon irgendwelche Gebißspuren finden. Der Krankenwagen müßte eigentlich jeden Augenblick kommen.«

Sie warteten und schwiegen bedrückt. Verschiedentlich läutete das Telefon; Washington und New York riefen an, und die Polizei von St. Petersburg wollte wissen, was, zum Teufel, in dem Lagerhaus los wäre. Sie bekam den Befehl, sich aus dieser Geschichte herauszuhalten — es wäre eine Angelegenheit der Bundespolizei. Schließlich rief der Führer des Streifenwagens, ein Leutnant, von einer Telefonzelle aus an.

Sie hatten das Lagerhaus von The Robber gründlich durchsucht: nichts als Bassins mit Fischen sowie Kisten mit Korallen und Muscheln. The Robber und die beiden Männer, die die Pumpen sowie den Wassererhitzer bedienten, wären in Gewahrsam genommen und eine ganze Stunde lang unter Druck gesetzt worden. Ihre Alibis wären sofort nachgeprüft worden, wären jedoch so solide wie das Empire State Building. The Robber hätte wütend nach seinem Rechtsanwalt verlangt, und anschließend wären die drei automatisch wieder freigelassen worden. Anklage wäre nicht erhoben, da die dazu notwendigen Beweise fehlten. Überall verliefen die Spuren im Sande – abgesehen allein von Leiters Wagen, der auf der anderen Seite des Yachtbeckens gefunden worden wäre, etwa eineinhalb Kilometer vom Lagerhaus entfernt. Fingerabdrücke hätte man in Unmengen gefunden, aber keine, die zu den drei Männern paßten. Noch irgendwelche Vorschläge?

»Lassen wir es dabei«, sagte der ältere Beamte, der im Wohnzimmer saß und sich als Captain Franks vorgestellt hatte. »Ich komme nachher selber hin. Washington sagt, wir müßten diese Kerle finden – koste es, was es wolle. Zwei leitende Leute fliegen heute nacht noch her. Außerdem müssen wir jetzt auch die Polizei einschalten, aber nur die hiesige. Die anderen geht die Geschichte nichts an. Bis nachher also.«

Es war drei Uhr. Der Krankenwagen der Polizei kam und fuhr dann mit dem Polizeiarzt und dem verletzten, dem Tode nahen Leiter wieder fort. Auch die beiden Beamten gingen fort. Sie versprachen, in Verbindung zu bleiben. Sie wollten jedoch unbedingt wissen, was Bond jetzt vorhätte. Bond wich aus und sagte, er müßte erst mit Washington sprechen. Ob er inzwischen Leiters Wagen haben könnte. Doch – er würde hergebracht, sobald er nicht mehr benötigt würde.

Als alle gegangen waren, saß Bond gedankenverloren in seinem Sessel. In der gut ausgestatteten kleinen Küche hatten sie belegte Brote gemacht; Bond aß sie auf und trank dazu ein Glas Whisky ohne Soda.

Das Telefon läutete: Ferngespräch. Bond merkte, daß der Chef von Leiters Abteilung des CIA am Apparat war. Kernpunkt der Unterhaltung war, daß man sehr froh wäre, wenn Bond sofort nach Jamaika führe. Man war sehr höflich. Man hatte auch schon mit London gesprochen, und London war einverstanden. Welche Zeit sollte man London für Bonds Ankunft in Jamaika angeben?

Bond wußte, daß am nächsten Tag eine Maschine über Nassau nach Jamaika ging. Er sagte, daß er diese Maschine nehmen würde. Noch etwas? Ach ja, sagte CIA. Der Gentleman aus Harlem und dessen Freundin wären nachts nach Havanna auf Cuba geflogen, mit einer privaten Chartermaschine von einem Platz an der Ostküste, Vero Beach. Papiere wären in Ordnung gewesen, und die Chartergesellschaft hätte zu den ganz kleinen gehört, um die sich der FBI bei der Überwachung der Flugplätze nicht gekümmert hätte. Die Ankunft wäre von dem CIA=Mann in Cuba mitgeteilt worden. Ja — sehr schade. Jawohl, die *Secatur* läge noch dort. Der Zeitpunkt ihres Auslaufens wäre noch nicht bekannt. Jaja, eine böse Geschichte mit Leiter. Ein großartiger Mann. Hoffentlich würde er es schaffen. Bond würde dann also morgen nach Jamaika fliegen? Sehr schön! Leider, leider, daß alles so überstürzt ginge.

Bond überlegte eine Zeitlang. Dann nahm er den Telefonhörer ab und sprach kurz mit einem Angestellten des Eastern Garden Aquarium in Miami und ließ sich von ihm über den Ankauf eines lebenden Hais für eine künstliche Lagune beraten.

»Die einzige Möglichkeit, die mir bekannt ist, liegt ganz in Ihrer Nähe, Mr. Bryce«, sagte die hilfsbereite Stimme. »Es ist die Firma Ourobouros. Dort gibt es Haie, auch große. Die Firma steht in Verbindung mit ausländischen Zoologischen Gärten und so weiter. Jawohl, Tigerhaie, weiße Haie und sogar Hammerhaie. Man wird Ihnen bestimmt helfen können. Allerdings brauchen die Tiere eine Menge Futter. Keine Ursache — es war mir ein Vergnügen, Ihnen behilflich sein zu können.«

Bond holte seine Pistole heraus, reinigte sie und wartete auf die Nacht.

15

Gegen sechs Uhr packte Bond seinen Koffer und bezahlte die Rechnung. Mrs. Stuyvesant war froh, ihn endlich loszuwerden. Seit dem letzten Hurrikan hatten The Everglades solche Aufregungen nicht mehr erlebt.

Leiters Wagen stand auf der Straße, und Bond fuhr mit ihm in die Stadt. Er war kurze Zeit in einem Metallwarengeschäft und kaufte verschiedenes ein. Dann verspeiste er das größte Steak — nicht ganz durchgebraten —, das er jemals gesehen hatte, mit Röstkartoffeln. Dazu trank er einen Viertelliter Old Grand=Dad und als Abschluß zwei Tassen starken Kaffee. Anschließend fühlte er sich etwas zuversichtlicher.

Er hatte sich bei allem Zeit gelassen, und inzwischen war es neun Uhr. Er studierte den Stadtplan von St. Petersburg, stieg wieder in den Wagen und fuhr auf einem weiten Umweg von Süden aus auf The Robbers Lagerhaus zu, stellte den Wagen direkt am Wasser ab und stieg aus.

Es war eine helle Mondnacht. Die Gebäude und die Lagerhäuser warfen gewaltige, tiefschwarze Schatten. Das ganze Viertel wirkte aus=

gestorben, und abgesehen von dem regelmäßigen Klatschen, mit dem die kleinen Wellen gegen die Mole leckten, sowie dem Gurgeln des Wassers unter den leeren Lagerhäusern war nicht ein Laut zu hören.

Die Mole war oben etwa einen Meter breit. Auf der Strecke von etwa hundert Metern, die Bond von dem langen schwarzen Umriß des Ourobouro-Lagerhauses trennten, lag die Mole im Schatten.

Bond kletterte hinauf und balancierte sorgfältig und lautlos zwischen den Gebäuden und dem Meer entlang. Als er sich dem Lagerhaus näherte, wurde ein ständiges, helles Jaulen immer lauter, und als er sich zu dem großen, zementierten Parkplatz, der hinter dem Lagerhaus lag, hinunterließ, war es ein gedämpftes Kreischen. Etwas Derartiges hatte Bond erwartet. Das Geräusch stammte von den Pumpen und von der Beheizungsanlage, die nötig war, um die Fische gesund durch die kühle Nacht zu bringen. Er hatte sich gleichfalls auf die Tatsache verlassen, daß der größte Teil des Daches aller Wahrscheinlichkeit nach aus Glas bestand, damit tagsüber das Sonnenlicht in das Gebäude eindringen konnte. Außerdem würde das Lagerhaus bestimmt eine Entlüftungsanlage besitzen.

In keinem Punkt wurde cr enttäuscht. Die gesamte Südwand des Lagerhauses bestand oberhalb des Fundamentes, das in Höhe seines Kopfes aufhörte, aus Glasscheiben, und durch die Scheiben konnte er das Mondlicht sehen, das durch das Glasdach hineindrang. Hoch über ihm und jenseits seiner Reichweite befanden sich breite Fenster, die weit offenstanden, um die Nachtluft hereinzulassen. Unten befand sich lediglich – wie Leiter und er bereits vermutet hatten – eine kleine Tür, die jedoch abgeschlossen und verriegelt war, und einige Drähte wiesen darauf hin, daß diese Tür vermutlich durch eine Alarmanlage gesichert war.

Bond interessierte sich nicht für die Tür. Seinem Gefühl folgend, hatte er das mitgenommen, was er brauchte, um sich durch Glasscheiben Eintritt zu verschaffen. Er sah sich um, weil er etwas brauchte, auf das er sich stellen konnte. In einem Land, in dem Unordnung und Gerümpel zum Bild der Landschaft gehören. fand er sofort, was er suchte. Es war ein ausrangierter Lastwagenre fen. Er rollte ihn an die Wand des Lagerhauses, ein ganzes Stück von der Tür entfernt, und zog die Schuhe aus.

Er legte Ziegelsteine unter den Reifen, damit er nicht wegrollte, und kletterte hoch. Das ununterbrochene Kreischen der Pumpen schützte ihn, und er machte sich sofort mit einem kleinen Glasschneider, den er zusammen mit einer Handvoll Kitt auf dem Weg zum Abendessen gekauft hatte, an die Arbeit. Als er die senkrechten Seiten einer Scheibe, die etwa einen Meter im Quadrat groß war, durchgeschnitten hatte, drückte er den Kitt gegen das Glas und benutzte ihn zum Festhalten der Scheibe. Dann fing er an, die horizontalen Seiten durchzuschneiden.

Bei seiner Arbeit blickte er durch die Scheibe in die vom Mond erleuchteten Gänge des riesigen Lagerhauses. Die endlosen Reihen der Becken standen auf Holzgestellen, getrennt durch schmale Durchgänge. Der Mittelgang war jedoch erheblich breiter. Unter den Holzgestellen sah Bond lange Becken und Gruben, die in den Boden eingelassen waren. Genau unter sich entdeckte er breite Regale, die mit Muscheln aller Größen vollgestopft waren. Die meisten der Wasserbecken waren dunkel, aber in einigen schimmerte das Licht einer elektrischen Lampe und beleuchtete die Fontänen winziger Luftblasen, die aus dem Sand und zwischen den Wasserpflanzen aufstiegen. Über jeder Reihe von Wasserbecken lief an der Decke ein leichter Flaschenzug entlang, und Bond nahm an, daß jedes Becken für sich angehoben und zum Ausgang gebracht werden konnte — entweder zum Versand oder um kranke Fische auszusortieren. Es war ein Blick in eine merkwürdige Welt und in ein merkwürdiges Geschäft. Bei dem Gedanken an die unzähligen Würmer, Aale und Fische, die dort unten unbeweglich in der Dunkelheit standen, an die Tausende von Kiemen, die sich lautlos bewegten, und an die vielen Antennen, die leise schwankten und die unmeßbaren Radarsignale an andere, vor sich hin dämmernde Nervenzentren weitergaben, empfand er ein seltsames Unbehagen.

Nach einer Viertelstunde peinlich genauer Arbeit knackte es leise, und mit Hilfe des angedrückten Kitts konnte er die Scheibe herausheben.

Er stieg von dem Reifen hinunter und stellte die Glasscheibe vorsichtig neben dem Reifen an die Wand. Dann schob er seine Schuhe in das Hemd. Da nur eine Hand zu gebrauchen war, konnten sie eine entscheidende Waffe sein. Er lauschte. Abgesehen von dem Jaulen der Pumpen war nichts zu hören. Er blickte zum Himmel hoch, um zu sehen, ob vielleicht ein paar Wolken zufällig vor dem Mond vorüberziehen würden, aber der Himmel blieb leer, angefüllt nur vom hellen Funkeln der Sterne. Bond stieg wieder auf den Reifen, und mit einer leichten Bewegung verschwand sein Oberkörper in der großen Öffnung, die er in die Glaswand geschnitten hatte.

Er griff mit den Händen nach dem Metallrahmen, der sich oberhalb seines Kopfes befand, winkelte die Beine an und zog sie an, bis er sie ebenfalls durch das Loch gebracht hatte, dann ließ er sich langsam hinunter, bis die Füße wenige Zentimeter über dem obersten Regal waren, das mit Muscheln belegt war. Er ließ sich weiter hinunter, bis er mit den Füßen, die nur in Socken steckten, die gewölbten Schalen fühlte, und schob sie vorsichtig auseinander, so daß das Regalbrett an einer Stelle frei war. Dann ließ er sich langsam mit seinem ganzen Gewicht auf das Brett sinken. Es hielt, und einen Augenblick später stand er bereits auf dem Fußboden und lauschte gespannt auf irgend=ein Geräusch, das nicht von den winselnden Pumpen kam.

Es war jedoch nichts zu hören. Er zog die Schuhe mit den Stahl=kappen aus dem Hemd, stellte sie auf das Regal und schlich leise über den Zementboden, eine winzige Taschenlampe in der Hand.

Er befand sich in der Abteilung mit den Aquarienfischen, und als er die Schilder studierte, sah er bunte Lichtstreifen, die aus den Tiefen der Becken kamen, und gelegentlich auch einen dieser lebenden Edel=steine, die plötzlich auftauchten und ihn kurz anstarrten, bevor er weiterging.

Es waren alle nur möglichen Fische: Schwertfische, Guppies, Schleier=fische und wie sie alle heißen, einschließlich jeder Spielart des exoti=schen Goldfisches. Auf dem Boden der Becken lagen, meistens mit einem feinen Maschendraht abgedeckt, flache Tabletts mit allen möglichen Ar=ten von Würmern und Fischköder, und eine Unzahl winziger Augen starrte in das Licht seiner Taschenlampe, deren Strahl nicht dicker als ein Bleistift war.

Es roch hier genauso fremdartig wie in einem Mangrovensumpf, und die Temperatur war weit höher als zwanzig Grad. Schon nach kurzer Zeit fing Bond an zu schwitzen und sich nach der klaren Nacht=luft zu sehnen.

Er war den Mittelgang entlanggeschlichen, bevor er jenen giftigen Fisch fand, den er suchte. Als er die Beschreibung dieses Fisches in den Polizeiakten des Hauptquartiers in New York gelesen hatte, hatte er sich vorgenommen, mehr über diesen Handelszweig dieser Firma heraus=zubekommen.

Hier waren die Becken kleiner, und im allgemeinen befand sich in jedem nur ein Fisch. Hier waren die Augen, die Bond träge anstarrten, kalt und verschleiert, und manchmal beleuchtete die Taschenlampe ein geblecktes Gebiß oder einen Rücken, dessen Stacheln sich langsam auf=richteten.

Auf jedem dieser Becken war mit Kreide ein merkwürdiger Toten=kopf aufgemalt; außerdem war an jedem ein Schild mit der Aufschrift VORSICHT oder GIFTIG angebracht.

Es waren mindestens hundert Becken der verschiedensten Größe, von den ganz großen mit den Zitterrochen bis zu den kleinen, in denen sich die Schlammfische des Stillen Ozeans befanden. Und dazwischen standen die riesigen Becken mit dem westindischen Skorpionfisch, an dessen Schwanzende sich ein Giftbeutel befindet und der mindestens so gefährlich ist wie eine Klapperschlange.

Bond kniff leicht die Augen zusammen, als er feststellte, daß die gefährlichen Becken beinahe bis zur Hälfte mit Schlamm oder Sand gefüllt waren.

Er blieb vor dem Becken stehen, in dem ein etwa fünfzehn Zentimeter langer Skorpionfisch herumschwamm. Er wußte einiges über die Gewohnheiten dieser todbringenden Art und deshalb auch, daß diese Fische nicht stechen, sondern daß ihr Gift nur durch Berührung wirkt.

Die Oberkante des Beckens lag in Hüfthöhe. Bond zog das kräftige Taschenmesser heraus, das er sich vorhin gekauft hatte, und klappte die längere Klinge auf. Dann beugte er sich über das Becken, nachdem er den rechten Ärmel hochgekrempelt hatte, und zielte mit dem Messer auf den höckerigen Kopf mit den Augen, die tief in den Höhlen saßen. Als seine Hand in das Wasser fuhr, waren die Stacheln dieses Untieres drohend aufgerichtet, und die bunten Streifen des Fisches wurden plötzlich schlammbraun.

Bond stieß blitzschnell zu. Mit dem Messer nagelte er den wulstigen Kopf auf dem Boden fest, während der Schwanz wild das Wasser peitschte; dann zog er den Fisch langsam zu sich heran und an der Glaswand nach oben. Er trat zur Seite und schleuderte ihn auf den Boden, auf dem er trotz des zerquetschten Kopfes weiter wild mit dem Schwanz schlug.

Bond beugte sich wieder über den Glasbehälter und wühlte seine Hand tief in den Sand und Schlamm.

Da waren sie! Sein Verdacht mit den giftigen Fischen war richtig gewesen. Seine Finger fühlten die dichten Reihen der Münzen, die tief im Schlamm eingebettet lagen. Sie lagen auf einem flachen Tablett. Er konnte die hölzernen Trennwände fühlen. Er holte eine Münze heraus, spülte sie und seine Hand in dem klaren Wasser an der Oberfläche ab. Dann leuchtete er sie mit der Taschenlampe an. Sie war ziemlich groß, ziemlich dick und aus Gold. Sie trug das spanische Wappen und den Kopf Philips II.

Bond betrachtete das Glasbecken und schätzte seine Maße ab. Allein in diesem Behälter mußten rund tausend Münzen versteckt sein, auf deren Existenz kein Zollbeamter jemals kommen würde. Ihr Wert betrug zwischen zehn- und zwanzigtausend Dollar, und bewacht wurden sie von einem einzigen, giftbewehrten Zerberus. Diese Münzen mußte die *Secatur* von ihrer letzten Fahrt, also vor einer Woche, mitgebracht haben. Hundert Behälter — schätzungsweise ein Wert von hundertfünfzigtausend Dollar. In Kürze würden die Lastwagen vorfahren, die Behälter würden verladen werden, und irgendwo würden dann Männer mit einer gummiüberzogenen Zange den todbringenden Fisch herausholen, die Goldmünzen waschen und sie in Beutel füllen. Diese Beutel würden dann zu irgendwelchen Agenten und die Münzen nach und nach auf den Markt gebracht, und über jede einzelne würde genau Buch geführt.

Es war ein Plan, der genau Mr. Bigs Philosophie entsprach: ausgesprochen wirksam, technisch brillant und fast narrensicher.

Bond war voller Bewunderung, als er sich auf den Boden hockte und dem Fisch das Messer in die Seite stach. Er ließ ihn wieder in das Becken fallen. Er hatte keinen Anlaß, dem Gegner zu zeigen, was er bereits wußte.

In dem Augenblick, in dem er sich umdrehte, geschah es, daß sämtliche Lampen des Lagerhauses angingen und eine Stimme sehr deutlich sagte: »Rühren Sie sich nicht vom Fleck – bleiben Sie, wo Sie sind!«

Als Bond sich mit einer Rolle unter das Becken fallen ließ, sah er für einen kurzen Augenblick die hagere Gestalt von The Robber, der etwa zwanzig Meter von ihm entfernt in der Nähe des Eingangs stand und ihn mit der Büchse anvisierte. Während Bond unter das Becken rollte, betete er, daß The Robber ihn verfehlen möchte und daß das in den Boden eingelassene Becken um Himmels willen zugedeckt sein möchte. Er hatte Glück: Es war mit einem Rahmen aus Maschendraht zugedeckt. Irgend etwas schnappte nach ihm, als er auf dem Maschendraht landete und im nächsten Gang wieder auf die Füße kam. Im gleichen Augenblick dröhnte der Schuß; das Glasbecken mit dem Skorpionfisch zersplitterte, und das Wasser strömte heraus.

Bond rannte zwischen den Behältern entlang zu dem einzigen Rückweg, der ihm verblieben war. Und als er gerade um die Ecke bog, kam der zweite Schuß, und genau neben seinem Ohr explodierte ein Behälter mit Engelfischen wie eine Bombe.

Er war jetzt in jenem Teil des Lagerhauses, in den er eingestiegen war, und The Robber stand im anderen, etwa fünfzig Schritt entfernt. Es war aussichtslos, zu dem Fenster mit der herausgeschnittenen Scheibe hochzuklettern, zumal es jenseits des Mittelgangs lag.

Bond blieb einen Augenblick stehen, um zu verschnaufen und zu überlegen. Er sah, daß die Reihe der Behälter ihn nur bis zu den Knien schützte und daß er in den schmalen Gängen deutlich zu sehen war. Aber stehenbleiben war – so oder so – völlig unmöglich. An diese Tatsache wurde er durch einen Schuß erinnert, der zwischen seinen Beinen hindurch in einen Berg Muscheln schlug, so daß die Splitter ihrer harten Schalen wie Wespen um seinen Kopf surrten. Er rannte nach rechts, und wieder fiel ein Schuß, der auf seine Beine gezielt war. Das Geschoß prallte jedoch vom Zementboden ab und peitschte in ein riesiges Bassin mit Hunderten von lebenden Muscheln, aus dem das Wasser sich auf den Fußboden ergoß. Mit riesigen Sätzen rannte Bond wieder zurück. Er hielt jetzt die Beretta in der Hand und schoß zweimal, als er mit einem Sprung über den Mittelgang setzte. Er sah, daß The Robber Deckung suchte, als der Behälter über ihm zersprang.

Bond grinste, als er einen Aufschrei hörte, der im Splittern des Glases und Rauschen des Wassers unterging.

Im gleichen Augenblick ließ er sich auf das eine Knie fallen und schoß zweimal auf die Beine seines Gegners, aber fünfzig Schritt waren für seine kleinkalibrige Pistole zu weit. Er hörte nur das Zersplittern eines Behälters, während der zweite Schuß in die eiserne Tür schlug.

Dann schoß The Robber wieder, und Bond blieb nichts anderes übrig, als hier und dort Deckung zu suchen und darauf zu warten, daß ein Schuß seine Beine traf. Hin und wieder schoß er zwar zurück, um The Robber auf Distanz zu halten, aber er wußte, daß er verloren hatte. Der andere schien Munition in Unmengen zu haben, während Bond nur noch zwei Schuß in der Pistole und einen Ersatzrahmen in der Tasche hatte.

Während er hin und her sprang und immer wieder auf irgendwelchen seltenen Fischen ausrutschte, die zappelnd auf dem Boden lagen, bückte er sich sogar nach den schweren Königin-Muscheln und anderen, um seinen Gegner damit zu bewerfen. Oft knallten sie sehr eindrucksvoll auf einen der Behälter, die in The Robbers Teil des Lagerhauses standen, und vergrößerten den wilden Lärm, den die Wellblechwände noch zurückwarfen. Aber sie waren völlig wirkungslos. Einen Augenblick dachte er daran, die Lampen auszuschießen, aber es waren mindestens zwanzig Stück, die in zwei Reihen an der Decke hingen.

Schließlich beschloß Bond, das Spiel aufzugeben. Er hatte noch einen Trumpf in der Hand, und auf jeden Fall war es besser, als sich in dieser mehr als mißlichen Lage zur Erschöpfung bringen zu lassen.

Als er an einer Reihe von Behältern entlanglief, bei der einer – ganz in seiner Nähe – zersplittert war, stieß er ihn zu Boden. Er war zur Hälfte immer noch voll von siamesischen Kampffischen, und es bereitete Bond ein besonderes Vergnügen, als das Glas mit seinem kostbaren Inhalt auf dem Betonboden in tausend Splitter zersprang. Das Holzgestell war dadurch frei geworden, und nachdem er mit wenigen Sätzen seine Schuhe vom Regal gerissen hatte, rannte er zu dem Ständer zurück und sprang hinauf.

Da er für The Robber nicht mehr zu sehen war, herrschte Stille, die nur von dem Jaulen der Pumpen, von dem tropfenden Wasser der zerschossenen Behälter und dem Klatschen der zappelnden Fische durchbrochen wurde.

»Heh!« rief The Robber voller Geduld. »Komm raus, oder ich schmeiße mit Handgranaten. Ich habe mir schon gedacht, daß du kommst, und habe genügend Munition.«

»Einverstanden«, erwiderte Bond hinter den vorgehaltenen Händen, »aber nur, weil du einen meiner Knöchel getroffen hast.«

»Ich schieße auch nicht mehr«, rief The Robber. »Schmeiß deine Pistole auf den Boden, nimm die Hände hoch und komm auf den Mittelgang. Wir müssen mal in aller Ruhe miteinander reden.«

»Anderes bleibt mir wohl nicht übrig«, sagte Bond, und seine Stimme klang, als hätte er jede Hoffnung aufgegeben. Klirrend fiel die Beretta zu Boden. Dann nahm er die Goldmünze aus seiner Tasche und umklammerte sie mit der verbundenen linken Hand.

Bond stöhnte auf, als er seine Füße auf den Boden setzte. Das linke Bein zog er nach, als er mühselig den Mittelgang entlanghumpelte, die Hände in Schulterhöhe erhoben. Auf halbem Wege blieb er stehen.

Langsam, leicht geduckt, die Büchse auf Bonds Magen gerichtet, kam The Robber näher. Bond freute sich, als er das durchgeschwitzte Hemd des anderen sah und daß er über dem linken Auge einen Schnitt hatte.

The Robber hielt sich an der linken Seite des Ganges. Als er etwa zehn Meter von Bond entfernt war, blieb er stehen, und der eine seiner Füße, die nur in Strümpfen steckten, stand auf einer kleinen Unebenheit des Betonbodens.

Er machte mit seiner Büchse eine Bewegung. »Höher«, sagte er grob.

Bond stöhnte und hob die Hände nur noch ein paar Zentimeter höher, so daß sie beinahe sein Gesicht verdeckten, als wollte er etwas abwehren.

Zwischen den Fingern hindurch sah er, daß The Robber mit den Zehen irgend etwas zur Seite schob, und zugleich hörte er ein leises Klirren, als wäre ein Schieber zurückgezogen worden. Bonds Augen funkelten hinter den vorgehaltenen Händen, und seine Backenmuskeln spannten sich. Jetzt wußte er, was mit Leiter passiert war.

The Robber kam näher; seine magere Gestalt verdeckte jetzt die Stelle, auf der er eben gestanden hatte.

»Menschenskind!« sagte Bond. »Ich muß mich hinsetzen. Mein Bein macht nicht mehr mit.«

The Robber blieb dicht vor ihm stehen. »Erst mußt du mir noch ein paar Fragen beantworten, mein Freund.« Er entblößte seine nikotingefärbten Zähne. »Dann kannst du dich meinetwegen hinlegen, und zwar für immer.« The Robber blickte ihn von oben bis unten an. Bond tat, als schwankte er; hinter dem niedergeschlagenen Ausdruck seines Gesichtes arbeitete jedoch das Gehirn und maß die Entfernung in Zentimetern.

»Dreckiger Hund«, sagte The Robber ...

In diesem Augenblick ließ Bond die Goldmünze fallen. Mit einem hellen Klingen schlug sie auf dem Betonfußboden auf und rollte davon.

In dem Bruchteil einer Sekunde, in dem der Blick des anderen abgelenkt war, trat Bond mit dem rechten Fuß zu, der in dem Schuh mit der Stahlkappe steckte. Fast hätte The Robber seine Büchse fallen lassen. Und im gleichen Augenblick, in dem The Robber abdrückte und die Kugel wirkungslos durch die Glasdecke schlug, duckte Bond sich, sprang auf den Mann zu und hieb beide Fäuste in dessen Magengrube.

Beide Hände trafen in eine weiche Masse und ließen The Robber vor Schmerz aufgrunzen. Ein greller Schmerz durchzuckte Bonds linke Hand, und er fuhr zusammen, als das Gewehr auf seinen Rücken niedersauste. Ohne auf seinen eigenen Schmerz zu achten, sprang Bond den anderen wieder an, schlug mit wirbelnden Fäusten auf ihn ein, zog den Kopf zwischen die Schultern und zwang den Mann, langsam zurückzuweichen. The Robber hatte Mühe, das Gleichgewicht zu behalten. Als Bond dies merkte, richtete er sich etwas auf und trat noch einmal zu. Die Stahlkappe des Schuhs traf die Kniescheibe von The Robber, der aufschrie und die Waffe fallen ließ. The Robber taumelte gerade vornüber, als ihn Bonds Aufwärtshaken erwischte und ein Stück zurückschleuderte.

The Robber landete in der Mitte des Ganges – unmittelbar neben jene Unebenheit, die, wie Bond jetzt sah, tatsächlich ein zurückgezogener Bolzen war.

Als der Körper auf dem Boden aufschlug, kippte ein Stück des Fußbodens um eine Mittelachse, und der Körper verschwand beinahe in der schwarzen Öffnung einer Falltür.

The Robber schrie vor Entsetzen gellend auf, als er spürte, daß der Boden unter seinem Gewicht nachgab, und seine Hände suchten verzweifelt nach einem Halt. Sie packten die Kante des Fußbodens und klammerten sich dort fest, während der Körper durch die Öffnung rutschte. Die Falltür aus Stahlbeton schwankte langsam um ihre Achse, bis sie in senkrechter Stellung stehenblieb und zu beiden Seiten eine schwarze Öffnung gähnte.

Bond schnappte nach Luft. Er stützte die Arme in die Hüfte und konnte wieder ruhiger atmen. Dann trat er an die Kante der rechten Öffnung und blickte hinunter.

Mit gebleckten Zähnen und angstvoll aufgerissenen Augen starrte das Gesicht des anderen ihn an.

Unter The Robber war nichts zu sehen. Bond hörte jedoch das leise Plätschern, mit dem Wasser gegen die Fundamente des Gebäudes leckte, und an der Seite, die auf die Bucht hinausführte, schimmerte Licht durch. Bond vermutete, daß der Zugang zur Bucht mit Gittern oder Maschendraht versperrt war.

Als The Robbers Stimme nur noch ein Winseln war, hörte Bond, daß sich unten irgend etwas bewegte, aufgeschreckt wahrscheinlich durch das Lampenlicht: vermutlich ein Hammerhai oder ein Tigerhai, die sehr viel schneller reagieren als die anderen.

»Hol mich raus, Freund, hol mich hier raus. Ich kann mich nicht mehr festhalten. Ich tu auch alles, was du willst. Ich sag auch alles.« The Robbers Stimme war das heisere Flüstern eines, der um sein Leben flehte.

»Was ist mit Solitaire?« Bond starrte in die wahnsinnigen Augen hinunter.

»Das war The Big Man. Er hat befohlen, sie zu holen. Zwei Männer aus Tampa taten es. Frag nach Butch und The Lifer – sitzen immer im Hinterzimmer der ›Oasis‹. Getan hat man ihr nichts. Hilf mir raus hier.«

»Und was war mit Leiter, dem Amerikaner?«

Das verzerrte Gesicht sah ihn flehend an. »Der hatte selbst schuld. Er war heute nacht hier, holte mich aus dem Bett. Sagte, das Lager stände in Flammen, hätte es gesehen, als er vorbeifuhr. Dann hat er mich hierher geschleppt, wollte alles durchsuchen. Dabei ist er durch die Klappe gefallen. Es war ein Unfall. Ich schwöre, daß er selbst schuld war. Wir haben ihn noch rausgezogen, bevor er fertig war. Er wird wieder gesund.«

Eiskalt blickte Bond auf die weißen Finger hinunter, die sich verzweifelt an die scharfe Kante des Betons klammerten. Er wußte genau, daß The Robber den Bolzen vorher zurückgezogen haben mußte und daß er Leiter irgendwie dazu gebracht hatte, auf die Falltür zu treten. Er konnte das triumphierende Auflachen des Mannes hören, als die Falltür nachgab, konnte das grausame Grinsen sehen, als dieser Mann den Zettel schrieb und ihn zwischen die Binden schob, nachdem sie den halb aufgefressenen Körper wieder herausgeholt hatten.

Für einen Augenblick packte ihn blinde Wut, aber noch ehe er handeln konnte, verloren die Finger den Halt, und aus der Tiefe kam ein kurzer Aufschrei. Etwas klatschte auf das Wasser, und dann war unten ein gewaltiger Aufruhr.

Vorsichtig ging Bond um die Öffnung herum und stieß gegen die senkrecht stehende Tür. Sie drehte sich leicht um ihre Mittelachse. Ein Schauder überlief ihn, und mit dem Fuß stieß er den Bolzen fest.

Bond hob die Goldmünze vom Fußboden auf und holte dann seine Beretta. Dann ging er zum Eingang und blickte auf die Trümmer des Kampffeldes zurück.

Nichts deutete darauf hin, daß das Geheimnis des Schatzes von ihm entdeckt worden war. Von dem Behälter mit dem Skorpionfisch war die obere Hälfte völlig zersplittert, und die Leute, die sie nachher fänden, waren sicher nicht überrascht, daß der Fisch tot war. Sie würden das, was von The Robber noch zu finden war, aus dem Haifischbecken holen und Mr. Big berichten, daß The Robber bei einer Schießerei den kürzeren gezogen habe und daß ein Schaden von etlichen tausend Dollar dabei entstanden sei, der beseitigt werden müßte, bevor die *Secatur* mit der nächsten Ladung käme. Wahrscheinlich würden sie ein paar von Bonds Patronenhülsen finden und daraus schließen, wer hier an der Arbeit gewesen war.

Verbissen strich er jede Vorstellung von dem Entsetzen, das sich unter dem Fußboden abgespielt hatte, aus seinen Gedanken. Er drehte das Licht aus und verließ das Lagerhaus durch den Eingang.

Zu einem kleinen Teil hatte er das, was man Solitaire und Leiter angetan hatte, gerächt.

16

Es war zwei Uhr morgens. Bond wendete den Wagen und fuhr durch die Stadt zur 4th Street, der Autostraße nach Tampa.

Über die vierbahnige Betonstraße bummelte er an der endlosen Kette von Motels, Campingplätzen und Geschäften entlang, in denen Strandmöbel, Muscheln und Gartenzwerge verkauft wurden.

Vor der »Gulf Winds Bar and Snacks« hielt er und bestellte sich einen doppelten Old Grand-Dad on the rocks. Während der Barmann eingoß, ging Bond in den Waschraum und säuberte sich. Der Verband an seiner linken Hand war beschmutzt, und in der Hand pochte es heftig. Die Schiene war bei dem Schlag in The Robbers Magengrube gebrochen. Aber daran konnte Bond jetzt nichts ändern. Vor Übermüdung und Anstrengung waren seine Augen rot unterlaufen. Er kehrte zur Bar zurück, trank den Whisky aus und bestellte einen neuen. Der Barmann sah wie ein College-Student aus, der sich während der Ferien sein Studiengeld verdiente. Er wollte sich mit Bond unterhalten, aber Bond war zu erschöpft. Er saß auf seinem Hocker, starrte in sein Glas, dachte an Leiter und an The Robber, die dem gierigen Hai zum Opfer gefallen waren.

Er zahlte, ging hinaus und fuhr dann über die Gandy Bridge, und die Luft wehte kühl gegen sein Gesicht. Am Ende der Brücke bog er nach rechts zum Flughafen ab und hielt an dem ersten Motel, in dem noch jemand wach zu sein schien.

Das Ehepaar — beide waren in mittleren Jahren —, dem das Motel gehörte, hörte noch eine Rumba-Sendung aus Cuba und hatte neben sich eine Flasche stehen. Bond erzählte den beiden, daß er auf der Fahrt von Saratoga nach Silver Springs wäre und eine Panne gehabt hätte. Es interessierte die beiden nicht. Sie freuten sich nur über seine zehn Dollar. Er fuhr seinen Wagen vor die Tür der Kabine 5. Der Mann schloß auf und knipste das Licht an. Das Zimmer hatte ein Doppelbett, eine Dusche, eine Kommode und zwei Stühle, alles in Weiß und Blau. Es sah sauber aus. Bond stellte seinen Koffer ab und sagte gute Nacht. Dann zog er sich aus und warf seine Kleidung achtlos auf einen Stuhl, brauste sich ab, putzte sich die Zähne, gurgelte mit einem scharfen Mundwasser und legte sich in das Bett.

Er fiel sofort in einen tiefen, traumlosen Schlaf. Seit seiner Ankunft in Amerika war dies die erste Nacht, in der er nicht damit rechnen mußte, am folgenden Tag wiederum gegen seine Sterne kämpfen zu müssen.

Gegen Mittag wachte er auf und ging anschließend zu einer Cafeteria, in der er etwas aß. Dann kehrte er in sein Zimmer zurück und schrieb für den FBI in Tampa einen ausführlichen Bericht. Er ließ jedoch jeden Hinweis auf das Gold in den Behältern mit giftigen Fischen aus, damit The Big Man seine Pläne in Jamaika nicht änderte. Diesen Punkt wollte er unbedingt noch endgültig klären. Bond wußte, daß der Schaden, den er der Organisation in Amerika zugefügt hatte, den Kern seines Auftrages nicht betraf: festzustellen, woher das Gold stammte, wie groß der Schatz war und diesen Mr. Big wenn möglich auszuschalten.

Er fuhr zum Flughafen und bestieg — nur wenige Minuten vor dem Abflug — die silberne, viermotorige Maschine. Leiters Wagen ließ er auf dem Parkplatz stehen, wie er in seinem Bericht angegeben hatte. Aber wahrscheinlich wäre es gar nicht nötig gewesen, dem FBI diese Absicht mitzuteilen, denn im Flughafengebäude fiel ihm ein Mann auf, der unnötigerweise einen Regenmantel trug und die Auslagen eines Souvenir-Geschäftes betrachtete, ohne etwas zu kaufen. Regenmäntel schienen überhaupt das Kennzeichen des FBI zu sein. Bond war überzeugt, daß man sehen wollte, ob er auch mit dieser Maschine abflöge. Bestimmt war der FBI froh, ihn nicht mehr zu sehen. Wo immer er in Amerika gewesen war, hatte er ein paar Leichen hinterlassen. Bevor er an Bord der Maschine ging, telefonierte er noch mit dem Krankenhaus von St. Petersburg. Hinterher wäre es ihm lieber gewesen, er hätte es nicht getan: Leiter war immer noch bewußtlos, und etwas Neues gab es nicht. Jawohl, man würde ihm sofort telegrafieren, wenn man Endgültiges wisse.

Es war abends gegen fünf Uhr, als sie über der Tampa Bay kreisten und dann Kurs nach Osten nahmen. Die Sonne stand tief am Horizont. Eine Düsenmaschine aus Pensacola fegte hoch über ihnen entlang und zog vier Kondensstreifen hinter sich her, die fast bewegungslos in der Luft hingen. In kurzer Zeit würde die Maschine ihre Ausbildungsrunde beendet haben und wieder zur Landung ansetzen. Bond war froh, auf dem Wege nach den sanften grünen Hängen Jamaikas zu sein und den großen und harten Kontinent des Dollarado hinter sich zu lassen.

Das Flugzeug überquerte Florida an der schmalsten Stelle und zog über die Dschungel und Sümpfe hinweg, in denen nichts auf menschliche Bewohner hindeutete. Die Positionslampen blinkten grün und rot in der zunehmenden Dämmerung. Wenig später waren sie über Miami mit den riesigen Güterbahnhöfen der Eastern Seaboard, deren Lebensadern von Neonlampen erhellt wurden. Jenseits des Hafens verschwand der State Highway Nr. 1 in der Nähe des Strandes in der goldenen Einfassung der Motels, Tankstellen und Fruchtsaftstände, um über Palm Beach und Daytona nach dem fünfhundert Kilometer entfernten Jacksonville zu führen. Bond dachte an das Frühstück, das er vor noch nicht einmal drei Tagen in Jacksonville zu sich genommen hatte, und an das, was seitdem geschehen war. Nach einer kurzen Zwischenlandung in Nassau würde er über Cuba hinwegfliegen, und vielleicht auch über das Versteck hinweg, in dem Mr. Big Solitaire gefangen hielt. Sie würde das Dröhnen der Maschine hören, und vielleicht würde ihr Instinkt sie zum Himmel hochblicken lassen und sie für einen kurzen Augenblick spüren, daß er in der Nähe war.

Bond überlegte, ob er sie wohl jemals wiedersehen und dann das erleben würde, was die Zukunft versprochen hatte. Aber das hatte Zeit, bis seine Arbeit erledigt war – es war der Preis am Ende eines gefährlichen Weges, der vor drei Wochen im Londoner Nebel begonnen hatte.

Nach einem Cocktail und einem frühen Abendessen kamen sie nach Nassau und blieben eine halbe Stunde auf der wohlhabendsten Insel der Welt, auf jenem schmalen Sandstreifen, auf dem Milliarden von englischen Pfunden unter den Canasta-Tischen liegen, auf dem ein keineswegs moderner Bungalow für fünfzigtausend Pfund Sterling den Besitzer wechselt.

Später verschwand auch dieser Flughafen hinter ihnen, und nach einiger Zeit tauchten unten die funkelnden, perlmuttfarbenen Lichter von Havanna auf, die sich in ihren pastellfarbenen, gedämpften Tönen von dem harten und grellen Leuchten, das amerikanische Städte bei Nacht zeigen, so sehr unterscheiden.

Sie waren etwa fünftausend Meter hoch, als sie plötzlich — unmittelbar nach der Überquerung Cubas — in einen der heftigen tropischen Stürme gerieten, die jedes Flugzeug binnen Sekunden aus einem behaglichen Aufenthalt in bockende Todesfallen verwandeln. Die große Maschine schlingerte und sackte immer wieder durch, und einmal dröhnten die Propeller in einem luftleeren Raum, um sich dann wieder durch Schichten dichterer Luftschichten hindurchzufressen. In der kleinen Bordküche zerschellten Gläser, während gewaltige Regengüsse gegen die beschlagenen Fenster klatschten.

Aber schließlich landeten sie glücklich auf dem Palisadoes Airport; Bond schnallte sich wieder los und wischte sich den Schweiß von der Stirn. Und das Unbehagen, das er während der letzten halben Stunde in der bockenden und tanzenden Maschine empfunden hatte, blieb zurück, als er das gewaltige und starke Flugzeug gesund verließ.

Strangways, der Hauptagent des Secret Service im Karibischen Meer, holte ihn ab, und so hatte er in wenigen Minuten Zoll, Einwanderungsbehörden und Devisenkontrolle hinter sich.

Es war kurz vor elf, und die Nacht war still und heiß. Von den riesigen Kakteen, die rechts und links der Straße standen, drang das Zirpen der Grillen herüber, und Bond nahm dankbar alles in sich auf, als der Geländewagen sie am Stadtrand von Kingston entlang in Richtung der mondbeschienenen Blue Mountains brachte.

Bis zu dem Augenblick, als sie sich auf der behaglichen Veranda von Strangways' hübschem weißem Haus bequem gemacht hatten, sprachen sie kaum miteinander. Strangways goß einen kräftigen Whisky-Soda ein und gab dann einen kurzen Bericht über den ganzen Fall, soweit er Jamaika betraf.

Er war ein schlanker, humorvoller Mann von etwa fünfunddreißig Jahren. Über dem einen Auge trug er eine schwarze Binde, und im übrigen konnte man sich seinem guten Aussehen nach sehr leicht vorstellen, daß er einmal auf der Kommandobrücke eines Zerstörers gestanden hatte. Sein gebräuntes Gesicht war jedoch zerfurcht, und an den schnellen Bewegungen und kurzen Sätzen spürte Bond sehr deutlich, daß Strangways nervös und zartbesaitet war. Dieser Mann war jedoch bestimmt tüchtig und hatte Sinn für Humor, und er nahm es keineswegs übel, daß auf einmal ein Mann aus der Zentrale aufgetaucht war und sich in seine Angelegenheiten mischte. Bond merkte, daß sie gut miteinander auskommen würden, und freute sich auf die Zusammenarbeit.

Das aber war die Geschichte, die Strangways erzählte:

Es war schon immer das Gerücht umgegangen, daß auf der Isle of Surprise ein Schatz liege, und das, was man über Bloody Morgan wußte, bestärkte dieses Gerücht noch.

Die winzige Insel liegt genau im Mittelpunkt der Shark Bay – einem kleinen Hafen, der an einem Ende der Verbindungsstraße liegt; diese Straße führt von Kingston aus an der schmalsten Stelle der Insel zur Nordküste.

Der große Seeräuber hatte die Shark Bay zu seinem Hauptquartier gemacht. Ihm war es lieb, daß die ganze Breite der Insel zwischen ihm und dem in Port Royal residierenden Gouverneur lag, weil er auf diese Weise die Gewässer von Jamaika unbeobachtet verlassen und wieder dorthin zurückkehren konnte. Dem Gouverneur war es ebenfalls recht; die britische Krone hatte den Wunsch, Morgans Piraterei so lange zu übersehen, bis die Spanier aus dem Karibischen Meer vertrieben waren. Als dies geschehen war, wurde Morgan in den Ritterstand erhoben und zum Gouverneur von Jamaika ernannt. Bis dahin hatte man seine Taten verdammt, um in Europa einen Krieg mit den Spaniern zu vermeiden.

In der ganzen Zeit also, als der Wilderer noch nicht zum Heger geworden war, diente Shark Bay dem Piratenkapitän Morgan als Ausgangspunkt seiner Raubfahrten. In enger Nachbarschaft errichtete er dort auf einem Fleck, der nach Morgans Geburtsort den Namen Llanrumney trug, drei Häuser, in deren Ruinen heute noch Schnallen und Münzen gefunden werden.

Seine Schiffe gingen immer in Shark Bay vor Anker, und überholt wurden sie auf der Leeseite der Isle of Surprise, einem ziemlich steil aufragenden Gebilde aus Korallen und Kalkstein, das sich genau in der Mitte der Bucht erhebt und von einem kleinen Dschungelplateau gekrönt wird.

Als Morgan im Jahre 1683 die Insel zum letztenmal verließ, war er ein Gefangener, der von seinen Adelskollegen wegen Verhöhnung der Krone verurteilt werden sollte. Seine Schätze blieben irgendwo auf Jamaika zurück, und er starb in Armut, ohne das Versteck zu verraten. Obgleich die Schätze ungeheuer groß sein mußten, blieben sie spurlos verschwunden.

Man war schon immer der Ansicht gewesen, daß das Geheimnis irgendwo auf der Isle of Surprise verbogen sein müßte, aber keiner der Schatszucher, die im Laufe der folgenden zweihundert Jahre dort tauchten und gruben, fand das geringste. Wie Strangways berichtete, hatten sich vor genau sechs Monaten innerhalb weniger Wochen zwei Dinge ereignet. Ein junger Fischer aus dem Dorf Shark Bay verschwand, ohne daß man jemals wieder von ihm hörte, und ein anonymes Syndikat aus New York kaufte die Insel für eintausend Pfund Sterling vom gegenwärtigen Besitzer der Llanrumney-Plantage, auf der Bananen und Vieh gezüchtet wurden.

Einige Wochen nach dem Verkauf war die Jacht *Secatur* in die Bucht eingelaufen und hatte auf Morgans altem Ankerplatz, auf der Leeseite der Insel, geankert. Die Besatzung bestand ausschließlich aus Negern, die sich sofort an die Arbeit machten, eine Treppe in das Gestein der Insel schlugen und auf dem Inselplateau eine Anzahl flacher Hütten errichteten.

Die Leute schienen mit allem ausgerüstet zu sein, so daß sie von den Fischern lediglich Früchte und Wasser kauften.

Die Leute waren schweigsam und ordentlich, so daß keine Unruhen entstanden. Den Zollbeamten aus dem benachbarten Port Maria gegenüber erklärten sie, daß sie hier wären, um tropische Fische – besonders die giftigen Arten – und seltene Muscheln im Auftrag der Ourobouro Inc. in St. Petersburg zu fangen. Als die Vorbereitungen abgeschlossen waren, kauften die Leute große Mengen dieser Dinge in Shark Bay, Port Maria und Oracabessa auf.

Eine Woche lang fanden dann auf der Insel verschiedene Sprengungen statt, und es hieß, daß dort ein großes Fischbecken angelegt würde.

Die *Secatur* nahm einen vierzehntägigen Pendelverkehr mit dem Golf von Mexiko auf, und Beobachter, die mit Doppelgläsern ausgerüstet waren, berichteten, daß vor jedem Auslaufen eine ziemliche Menge tragbarer Fischbehälter an Bord genommen würden. Ein halbes Dutzend Männer blieb immer auf der Insel. Boote, die sich der Insel näherten, wurden von einem Wachposten gewarnt, der sich am unteren Ende der in das Gestein gehauenen Treppe befand und dort von einer schmalen Mole aus angelte, an der die *Secatur* immer festmachte, vor den vorherrschenden Nordost-Winden geschützt.

Niemandem gelang es, bei Tageslicht die Insel zu betreten, und nach zwei tragisch verlaufenen Versuchen versuchte auch niemand mehr, dies bei Nacht zu tun.

Der erste Versuch wurde von einem Fischer aus Shark Bay gemacht; angestachelt war dieser Mann von den Gerüchten über einen vergrabenen Schatz, die auch das Gerede über tropische Fische nicht zum Verstummen brachten. In einer dunklen Nacht war er hinübergeschwommen, und am folgenden Tag war seine Leiche über das Riff geschwemmt worden. Haie und Barrakudas hatten nur den Rumpf und die Überreste eines Schenkels übriggelassen.

Zu dem Zeitpunkt, zu dem der Mann die Insel erreicht haben mußte, wurden sämtliche Bewohner von Shark Bay von einem entsetzlichen Trommeln aufgeschreckt. Es schien aus dem Innern der Insel zu kommen, und die Leute behaupteten, es seien Voodoo-Trommeln gewesen. Es fing leise an und steigerte sich langsam zu einem donnernden Kreszendo. Dann wurde es wieder leiser und erstarb schließlich. Gedauert hatte es etwa fünf Minuten.

Von jenem Tag an war die Insel – wie man in Jamaika sagt – »obeah«, und selbst am Tage hielten die Boote sich in sicherer Entfernung.

Inzwischen hatte Strangways sich bereits für die Insel interessiert und einen ausführlichen Bericht nach London geschickt. Seit dem Jahre 1950 war Jamaika nämlich zu einem bedeutenden strategischen Ziel geworden, und zwar durch die Entdeckung und Ausbeutung ungeheurer Bauxit-Vorkommen durch zwei Firmen. Strangways interessierte sich für die Zustände auf der kleinen Insel, weil die Vorgänge auch bedeuten konnten, daß hier für Kriegszeiten ein Stützpunkt für Ein-Mann-Unterseeboote entstand, von dem aus die Verbindung zu dem nächsten Bauxit-Hafen – Ocho Rios, nur wenige Meilen entfernt – mit Leichtigkeit unterbrochen werden konnte.

London überprüfte zusammen mit Washington den Bericht, und dabei kam heraus, daß das Syndikat, das die Insel gekauft hatte, allein Mr. Big gehörte.

Das war vor drei Monaten gewesen. Strangways hatte den Befehl bekommen, die Insel – koste es, was es wolle – zu untersuchen und festzustellen, was dort vorginge. Daraus wurde ein regelrechtes Unternehmen: Er pachtete ein Gelände am westlichen Ufer der Shark Bay, das den Namen Beau Desert trug; auf diesem Gelände standen noch die Ruinen eines berühmten Hauses aus dem Beginn des 19. Jahrhunderts sowie ein modernes Strandhaus, das dem Ankerplatz der *Secatur* genau gegenüberlag.

Vom Marinestützpunkt Bermuda holte er zwei ausgezeichnete Schwimmer und richtete einen Wachtdienst ein, der Tag und Nacht auf dem Posten war. Irgend etwas Verdächtiges wurde nicht festgestellt, und in einer dunklen Nacht schickte er die beiden Schwimmer mit dem Auftrag hinüber, den unter Wasser befindlichen Teil der Insel zu untersuchen.

Strangways beschrieb sein Entsetzen, als – eine Stunde nach dem Aufbruch der Schwimmer, die eine Strecke von dreihundert Metern zurücklegen mußten – das schreckliche Trommeln irgendwo auf der Insel begonnen hatte.

In jener Nacht kehrten die beiden nicht zurück.

Am nächsten Tag wurden sie jedoch an verschiedenen Stellen der Bucht angetrieben – oder vielmehr das, was Haie und Barrakudas von ihnen übriggelassen hatten.

An diesem Punkt unterbrach Bond den Bericht Strangways'.

»Einen Moment«, sagte er. »Wieso reden Sie eigentlich immer von Haien und Barrakudas? In dieser Gegend sind die Tiere doch gar nicht so wild. An der Küste von Jamaika kommen sie keineswegs häufig vor, und nachts fressen sie außerdem nur selten. Jedenfalls kann ich mir nicht vorstellen, daß sie Menschen einfach angreifen – es sei denn, das Wasser ist blutig. Es kann natürlich vorkommen, daß sie aus reiner Neugierde nach einem weißen Fuß schnappen. Kommt es denn öfter vor, daß sie sich so betragen wie hier?«

»Seit 1942 ist eigentlich kein Fall vorgekommen«, sagte Strangways. »Damals wurde einem Mädchen im Hafen von Kingston ein Fuß abgebissen; das junge Ding wurde von einem Motorboot gezogen und strampelte dabei mit den Beinen. Unsere Theorie wird von allen für richtig gehalten. Meine Männer hatten außerdem Harpunen und Messer bei sich. Ich war überzeugt, den beiden alles mitgegeben zu haben, womit sie sich schützen konnten. Eine entsetzliche Sache war das. Sie können sich vorstellen, wie mir zumute war. Seitdem haben wir keinen neuen Versuch gemacht – lediglich den, daß wir gesetzmäßigen Zutritt zu der Insel bekommen. Die Sache läuft über das Colonial Office und über Washington, weil der Besitzer Amerikaner ist. Die Geschichte dauert verdammt lange, und besonders deswegen, weil gegen diese Leute nichts vorliegt. Sie scheinen in Washington eine ziemlich gute Rückendeckung und außerdem ein paar gerissene internationale Anwälte zu haben. Wir sitzen völlig auf dem trockenen. London gab mir den Befehl, bis zu Ihrer Ankunft in dieser Gegend zu bleiben.« Strangways nahm einen großen Schluck von seinem Whisky und blickte Bond erwartungsvoll an.

»Wo ist die *Secatur* jetzt?« fragte Bond.

»Immer noch in Cuba. Nach den Meldungen des CIA soll sie in einer Woche auslaufen.«

»Und wie viele Fahrten hat sie bisher gemacht?«

»Ungefähr zwanzig.«

Bond multiplizierte hundertfünfzigtausend Dollar mit zwanzig. Wenn seine Vermutung stimmte, hatte Mr. Big bisher fast eine Million Pfund in Gold von der Insel abtransportiert.

»Einiges habe ich für Sie bereits geregelt«, sagte Strangways. »Da ist einmal das Haus in Beau Desert. Außerdem habe ich Ihnen einen Wagen, ein Sunbeam-Talbot-Coupé, besorgt. Der Wagen hat neue Reifen und ist sehr schnell – genau das richtige für unsere Straßen. Ferner habe ich einen Mann besorgt, der für Sie eine Art Faktotum sein wird, einen Cayman-Insulaner mit Namen Quarrel. Der beste Schwimmer und Fischer der ganzen Gegend, sehr gerissen und ein netter Bursche. Und schließlich habe ich mir das Erholungsheim der West Indian Citrus Company geborgt. Es liegt in der Manatee Bay, am anderen Ende der Insel. Sie können sich dort eine Woche lang erholen und ein bißchen trainieren, bis die *Secatur* hier auftaucht. Sie müssen schon restlos in Form sein, wenn Sie versuchen wollen, zu der Isle of Surprise hinüberzukommen; meiner Ansicht nach dürfte das die einzige Chance sein. Kann ich sonst noch etwas für Sie tun? Ich bleibe natürlich auch hier, aber gelegentlich muß ich nach Kingston hinunter, um mit London und Washington Verbindung zu halten. Soll ich also sonst noch irgend etwas für Sie erledigen?«

Bond hatte sich die Sache genau überlegt.

»Ja«, sagte er. »Geben Sie doch bitte nach London durch, daß die Admiralität uns einen Froschmann-Anzug mit Sauerstoff-Flaschen zur Verfügung stellt. Außerdem genügend Ersatzteile und ein paar gute Harpunengewehre. ›Champion‹, eine französische Marke, ist auf diesem Gebiet das beste. Ferner eine Unterwasser-Taschenlampe, ein Kommandomesser und sämtliches Material aus dem Natural History Museum über Barrakudas und Haie sowie dieses Mittel gegen Haie, das die Amerikaner im Pazifik verwendeten. Die BOAC soll das Zeug dann mit einer Linienmaschine hierher mitnehmen.«

Bond schwieg einen Augenblick. »Ach ja«, sagte er. »Und eines von diesen Dingern, die im Krieg von unseren Saboteuren gegen Schiffe verwendet wurden – eine Haftmine, mit verschiedenen Zeitzündern.«

17

Als Bond in Shorts und Sandalen auf der Veranda ausgiebig gefrühstückt hatte und auf das Stadtbild von Kingston und Port Royal hinunterblickte, fühlte er sich ausgesprochen glücklich über diese wundervollen, tröstlichen Augenblicke, die einen Ausgleich zu den Gefahren und dunklen Augenblicken seines Berufes bildeten.

Bond kannte Jamaika gut. Kurz nach dem Krieg, als die kommunistische Zentrale in Cuba versuchte, die Gewerkschaften Jamaikas zu unterwandern, hatte ein längerdauernder Auftrag ihn hier festgehalten. Es war eine wenig schöne und unbefriedigende Geschichte gewesen; er hatte dabei jedoch diese große grüne Insel und ihre tüchtigen, humorvollen Bewohner liebengelernt. Jetzt freute er sich, wieder einmal hier zu sein und eine ganze freie Woche vor sich zu haben, bevor die anstrengende Arbeit weiterging.

Nach dem Frühstück erschien Strangways auf der Veranda und brachte einen schlanken, braunhäutigen Mann in verschossenem blauem Hemd und alten braunen Leinenhosen mit.

Das war Quarrel, der Cayman-Insulaner, und Bond mochte ihn auf den ersten Blick. In diesem Mann floß das Blut von Seeräubern und der Soldaten Cromwells. Sein Gesicht war kräftig und kantig, sein Mund beinahe streng. Seine Augen waren grau. Nur die breite Nase und die blassen Handflächen zeigten, daß der Mann auch Negerblut in den Adern hatte.

Bond begrüßte ihn mit Handschlag.

»Guten Morgen, Captain«, sagte Quarrel. Als Abkömmling jenes Stammes, der die berühmtesten Seeleute der Welt stellt, gab es für ihn keinen höheren Titel. In seiner Stimme lag jedoch nicht der Wunsch, dem anderen zu gefallen, oder etwa Unterwürfigkeit. Er redete wie ein Angehöriger der Besatzung, und seine ganze Art war aufrecht und offen.

Nachdem sie ihre Pläne durchgesprochen hatten, setzte Bond sich hinter das Steuer des kleinen Wagens, den Quarrel von Kingston heraufgebracht hatte, und sie fuhren los. Strangways hatte noch zu tun, um Bonds Wünsche zu erfüllen.

Quarrel war ein guter Begleiter und ein ausgezeichneter Führer. Während sie durch die berühmten Palmengärten von Castleton fuhren, erzählte er unaufhörlich von seinen Beobachtungen der Tiere und Pflanzen und erwies sich dabei als ein ausgesprochener Fachmann. Hin und wieder grüßte er mit einer Handbewegung Menschen auf der Straße, die zurückwinkten und laut seinen Namen riefen.

»Sie scheinen eine Menge Leute zu kennen«, sagte Bond, als der Fahrer eines Autobusses sie mit mehrfachem Hupen begrüßte.

»Seit drei Monaten beobachte ich Surprise«, antwortete Quarrel, »und fahre zweimal in der Woche mit diesem Bus. In Jamaika wird man schnell bekannt. Die Leute haben gute Augen.«

Gegen halb zehn hatten sie Port Maria hinter sich gelassen und bogen in einen schmalen Verbindungsweg, der zur Shark Bay führte. Nach einer Kurve lag die Bucht plötzlich direkt unter ihnen. Bond hielt, und sie stiegen aus.

Die Bucht hatte die Form eines Halbmondes und war rund fünf Kilometer breit. Ihre blaue Wasserfläche wurde von einer leichten Brise gewellt, die aus Nordost kam; sie war ein Ausläufer jener Passatwinde, die im Golf von Mexiko, fünfhundert Seemeilen entfernt, entstehen und von dort aus auf ihre lange Reise um die Welt gehen.

Etwa zwei Kilometer von ihnen entfernt deutete eine lange Linie von Brechern an, wo das Riff außerhalb der Bucht lag, während das Wasser in der schmalen Durchfahrt zum Ankerplatz völlig ruhig war. Im Mittelpunkt des Halbmondes erhob sich die Isle of Surprise etwa dreißig Meter hoch aus dem Wasser; an der Ostseite liefen kleine Wellen mit weißen Gischtköpfen gegen das Ufer, während das Wasser auf der Leeseite spiegelglatt war.

Die Insel war fast kreisrund und sah wie ein großer grauer Kuchen aus, der auf einem blauen Porzellanteller lag und oben mit grünem Zuckerguß verziert war.

Sie standen rund dreißig Meter oberhalb der kleinen Ansammlung von Fischerhütten, die sich an dem mit Palmen bestandenen Strand zusammendrängten, und ungefähr auf gleicher Höhe mit dem flachen grünen Inselplateau. Quarrel wies auf die strohgedeckten Dächer der Hütten, die zwischen den Bäumen der Insel zu erkennen waren. Bond betrachtete sie eine Zeitlang durch Quarrels Doppelglas. Abgesehen von einer dünnen Rauchfahne, die von dem leichten Wind aufgelöst wurde, war kein Lebenszeichen zu entdecken.

Am Strand unter ihnen war das Wasser hellgrün vor dem weißen Sand. Das Grün vertiefte sich dann in ein dunkles Blau und ging dann an dem überspülten Saum des inneren Riffs, das hundert Meter von der Insel entfernt einen weiten Halbkreis beschrieb, in ein helles Braun über. Dahinter war das Wasser wieder tiefblau mit einigen hellblauen und aquamarinfarbenen Stellen. Quarrel meinte, daß die Bucht am Ankerplatz etwa zehn Meter tief sei.

Links von ihnen, in der Mitte der westlichen Landzunge, befand sich der Ausgangspunkt für ihr Unternehmen, Beau Desert. Quarrel beschrieb Bond die genaue Lage, und minutenlang betrachtete Bond nachdenklich die Strecke von etwa dreihundert Metern, die zwischen diesem Platz und dem Ankerplatz vor der Insel lag.

Alles in allem brauchte Bond eine ganze Stunde, um sich alle Einzelheiten genau einzuprägen; schließlich stiegen sie unbemerkt wieder in den Wagen und fuhren zurück zur großen Küstenstraße.

Es war bereits Nachmittag, als sie schließlich an einen Strand kamen, der wohl der schönste war, den Bond bisher gesehen hatte: Auf einer Strecke von knapp zehn Kilometern sah man nur weißen Sand, gegen den die Dünung des Meeres rollte, und hinter dem Strand erstreckte sich eine ungeordnete Reihe von Palmen, die bis zum Horizont reichte. Unter diesen Palmen waren graue Kanus auf den Strand gezogen, daneben Haufen rosafarbener Muscheln; und zwischen den Palmen stieg Rauch auf, der aus den mit Palmenblättern gedeckten Fischerhütten – zwischen Sumpf und Meer – stieg.

Auf einem freien Platz stand jenes auf Pfähle gesetzte Haus, das als Wochenendhaus für die Angestellten der West Indian Citrus Company gebaut war. Es stand auf Pfählen, um die Termiten abzuhalten, und seine Fenster waren wegen der vielen Moskitos und Sandflöhe mit feinem Maschendraht abgedichtet. Bond fuhr den Wagen über die holperige Auffahrt und parkte ihn unter dem Haus. Während Quarrel zwei Zimmer aussuchte und sie wohnlich machte, band Bond sich ein Handtuch um die Hüften und ging zwischen den Palmenstämmen hindurch zum Strand, der nur zwanzig Meter entfernt war.

Eine Stunde lang schwamm er in dem warmen Wasser herum, dachte an die Isle of Surprise und ihr Geheimnis, an Haie, Barrakudas und andere Dinge, von denen alles abhing und über die es so viele Bücher gibt, wie ein einzelner gar nicht lesen kann.

Als er zu dem kleinen Holzbungalow zurückging, erwischte er die ersten Sandflohbisse. Quarrel lachte glucksend vor sich hin, als er die flachen Quaddeln auf Bonds Rücken sah, die bald wie wahnsinnig jucken würden.

»Dagegen kann man nichts machen, Cap'n«, sagte er. »Nur gegen das Jucken gibt es was. Gehen Sie erst mal unter die Brause, damit das Salz abgespült wird. Die Biester stechen immer nur gegen Abend, und besonders gern mögen sie Salz zu ihrem Abendbrot.«

Als Bond aus dem Badezimmer kam, holte Quarrel eine alte Medizinflasche hervor und rieb die Quaddeln mit einer braunen Flüssigkeit ein, die nach Kreosot roch.

»Auf den Caymans gibt es mehr Sandflöhe und ähnliches Zeug als auf der ganzen übrigen Welt«, sagte er. »Aber wir kümmern uns nicht darum, solange wir diese Medizin haben.«

Die tropische Dämmerung brachte zehn Minuten Melancholie mit sich; danach leuchteten Mond und Sterne vom Himmel, und das Rauschen des Meeres war nur noch ein Flüstern. Zwischen den beiden großen Winden, die man in Jamaika kennt, liegt immer eine kurze Windstille, und wenig später fingen die Palmen wieder an zu wispern.

Quarrel zeigte mit einer Kopfbewegung zum Fenster.

»Der Totengräberwind«, sagte er dazu.

»Was ist das?« fragte Bond verblüfft.

»Der Totengräber bläst nachts zwischen sechs Uhr abends und sechs Uhr früh die schlechte Luft von der Insel weg«, sagte Quarrel. »Und morgens kommt dann der Doctor's Wind und bläst die süße Luft vom Meer auf die Insel. Wenigstens heißen die beiden Winde auf Jamaika so.«

Quarrel blickte Bond fragend an.

»Sie und der Totengräber haben wohl so ziemlich den gleichen Job, Cap'n«, sagte er halb im Ernst.

Bond lachte auf. »Zum Glück brauche ich mich nicht nach seiner Zeit zu richten«, sagte er.

Draußen fingen Grillen an zu zirpen und Frösche an zu quaken; Nachtfalter klammerten sich an das dichte Maschennetz der Fenster und starrten, verhalten zitternd, auf die beiden Petroleumlampen, die drinnen von den Deckenbalken herunterhingen.

Hin und wieder kamen ein paar Fischer oder Gruppen kichernder Mädchen am Strand entlang und verschwanden wieder in Richtung der winzigen Kneipe, die im Innern der Bucht lag. Niemand ging allein für sich – aus Angst vor den Kobolden, die unter den Bäumen hockten, oder vor dem rollenden Kalb, jenem gespenstischen Tier, das über die Erde auf einen zurollt, die Beine mit Ketten zusammengebunden, leckende Flammen aus den Nüstern blasend.

Während Quarrel eine jener kräftigen Mahlzeiten aus Fisch, Eiern und Gemüse vorbereitete, die zu ihrem Tagesablauf gehörten, saß Bond unter den Lampen und studierte die Bücher über die tropischen Meere und über die Unterwasserjagd, die Strangways ihm aus einem Institut besorgt hatte. Wenn er eines Tages darangehen würde, die dreihundert Meter bis zum Ankerplatz hinüberzuschwimmen, wollte er der anderen Seite nicht die geringste Chance geben. Er hatte das Format dieses Mr. Big kennengelernt und war überzeugt, daß man auf der Insel der Überraschungen alles getan hatte, um vor Überraschungen sicher zu sein; mit einfachen Dingen wie Gewehren und Minen würden diese Leute sich bestimmt nicht zufriedengeben. Mr. Big konnte es sich nicht leisten, von der Polizei gestört zu werden; er mußte um jeden Preis von den Gesetzen unerreichbar bleiben. Bond glaubte, daß die Mächte des Meeres irgendwie eingespannt waren, für Mr. Big zu arbeiten, und aus diesem Grunde beschäftigte sich Bond mit diesen Möglichkeiten, mit Mord durch Haie und Barrakudas, durch Tintenfische oder andere Tiere.

Die Tatsachen, die die Forscher berichteten, waren aufregend und beängstigend; aber die Erfahrungen, die Cousteau im Mittelmeer und Hass im Roten wie im Karibischen Meer gesammelt hatten, waren wiederum ermutigend.

In jener Nacht bestanden Bonds Träume aus entsetzlichen Begegnungen mit riesigen Tintenfischen und Stachelrochen, mit Hammerhaien und den sägeblattähnlichen Zähnen der Barrakudas, so daß er im Schlaf stöhnte und schwitzte.

Am nächsten Tag begann er unter den kritischen und abschätzenden Blicken Quarrels mit seinem Training. Jeden Morgen schwamm er vor dem Frühstück mehr als einen Kilometer am Strand entlang und lief dann über den festen Sand zum Bungalow zurück. Gegen neun kletterten sie dann in ein Boot, und mit Hilfe des einfachen Dreiecksegels fuhren sie an der Küste entlang, bis sie nach kurzer Zeit Bloody Bay und Orange Bay erreichten, wo der Sand aufhörte und das Ufer nur noch aus Klippen und kleinen Höhlen besteht, die von dem dicht davorliegenden Riff geschützt werden.

Hier zogen sie dann das Boot an Land; mit Speeren, Tauchmasken und einer alten Unterwasserharpune zeigte Quarrel ihm dann, wie man lange unter Wasser bleiben kann, und dazu suchte er Stellen aus, an denen die Bedingungen ähnlich denen der Shark Bay waren.

Wenige Meter voneinander entfernt, gingen sie auf die Jagd, und Quarrel bewegte sich ohne die geringste Anstrengung in jenem Element, in dem er beinahe aufgewachsen war. Bald lernte jedoch auch Bond, nicht gegen das Wasser anzukämpfen, sondern nachzugeben, jede Strömung auszunutzen und das Meer nicht mit Gewalt, sondern mit der Taktik des Judos zu überwinden.

Als sie am ersten Tage nach Hause kamen, war Bond nicht nur von Korallen zerschnitten und zerschunden, sondern brachte auch ein Dutzend Stacheln des Seeigels mit, die in seiner Haut steckten. Quarrel grinste nur und behandelte die Verletzungen mit irgendwelchen Tinkturen. Dann massierte er Bond – wie jeden Abend – eine halbe Stunde lang mit Palmöl und sprach mit ihm über die verschiedenen Fische, die sie gesehen hatten, über die Gewohnheiten und Abneigungen dieser Tiere, über ihre Schutzfarben und über ihre Möglichkeit, die Färbung durch den Blutkreislauf zu verändern.

Quarrel kannte auch keinen Fisch, der einen Menschen angreift – es sei denn in Todesangst oder weil das Wasser mit Blut vermischt war. Er erklärte es damit, daß Fische in tropischen Gewässern nur selten ausgehungert sind und daß ihre Waffen nur zur Verteidigung, niemals aber für den Angriff geeignet sind. Die einzige Ausnahme bildeten, wie er zugab, die Barrakudas, die keine Angst haben, weil sie keinen Gegner – abgesehen von Krankheiten – haben, die über kurze Entfernungen mit einer Geschwindigkeit von rund achtzig Kilometern in der Stunde schwimmen können und die von allen Fischen das mörderischste Gebiß haben.

Eines Tages schossen sie eine zehnpfündige Barrakuda, die in ihrer Nähe herumgelungert hatte; einmal war sie im grauen Hintergrund verschwunden, um dann wieder zu erscheinen, still, regungslos, dicht unter der Oberfläche, und die ärgerlichen Tigeraugen waren ihnen so nahe gewesen, daß sie genau sehen konnten, wie die Kiemen sich langsam bewegten, während die Zähne des grausam vorstehenden Unterkiefers wie ein Wolfsgebiß funkelten.

Quarrel hatte schließlich das Harpunengewehr Bonds genommen und abgedrückt, aber die Harpune hatte nur den stromlinienförmigen Körper durchbohrt. Mit weit aufgerissenem Maul war der Fisch wie eine Klapperschlange direkt auf sie zugeschossen. Bond konnte gerade noch mit seinem Speer zustoßen, als das Tier an Quarrel heran war, und traf ihn mitten in das Maul. Sofort schnappten die Kiefern zu, und als der Fisch den Stahlschaft aus Bonds Händen riß, stach Quarrel mit seinem Messer zu. Die Barrakuda peitschte das Wasser, als wäre sie wahnsinnig geworden, und zog die heraushängenden Eingeweide hinter sich her, während die Kiefer den Speer festhielten und die Harpune aus dem Leib herausragte. Quarrel gelang es nur mit Mühe, die Leine festzuhalten, als der Fisch versuchte, die Speerspitze mit dem großen Widerhaken hinunterzuwürgen; schließlich stand er jedoch auf einem Teil des überspülten Riffs, kletterte aus dem Wasser und zog den Fisch langsam heran.

Als Quarrel ihm den Todesstoß versetzt hatte und sie den Speer zwischen den Kiefern herausgezerrt hatten, sahen sie, daß der Stahl tiefe Kratzer aufwies.

Sie zogen den Fisch ans Ufer. Quarrel schnitt ihm den Kopf ab und öffnete das Maul mit einem Stück Holz. Der Oberkiefer bildete eine riesige Öffnung und stand fast im rechten Winkel zum Unterkiefer, in dem eine phantastische Batterie rasiermesserscharfer Zähne zu sehen war; und die Zähne standen so dicht beieinander, daß sie sich wie die Ziegel eines Daches überschnitten. Selbst die Zunge hatte mehrere Reihen kleiner spitzer Zähne, während vorn zwei Fangzähne wie bei einer Schlange aufragten.

Obgleich der Fisch nur gute zehn Pfund wog, war er über einen Meter lang — ein stahlhartes Bündel aus Muskeln und Fleisch.

Am Ende der Woche war Bond braungebrannt und durchtrainiert. Seinen Verbrauch an Zigaretten hatte er bis auf zehn Stück pro Tag eingeschränkt, Alkohol trank er überhaupt nicht mehr. Ohne zu ermüden, konnte er mehr als dreitausend Meter schwimmen; seine Hand war völlig geheilt, und alle Verweichlichung des großstädtischen Lebens war von ihm abgefallen.

Quarrel war mehr als zufrieden. »Jetzt können Sie zur Insel rüber, Cap'n«, sagte er. »Aber ich möchte Ihnen dabei nicht in die Quere kommen.«

Als sie am achten Tag, kurz vor Einbruch der Dämmerung, zurückkamen, wurden sie von Strangways erwartet.

»Ich habe ein paar gute Nachrichten für Sie«, sagte er. »Ihr Freund Felix Leiter wird wieder zurechtkommen — zumindest bleibt er am Leben. Man hat ihm die Reste des einen Armes sowie ein Bein amputieren müssen. Jetzt kümmern sich Schönheitschirurgen um ihn und bringen sein Gesicht wieder in Ordnung. Gestern rief St. Petersburg bei mir an. Anscheinend bestand er hartnäckig darauf, daß Ihnen die Nachricht durchgegeben wurde. Das war übrigens das erste, was ihm einfiel, als er wieder denken konnte. Er läßt Ihnen ausrichten, daß es ihm leid täte, nicht dabeisein zu können, und daß Sie sich nicht die Finger verbrennen sollten — oder auf jeden Fall nicht so, wie es ihm passiert wäre.«

Bond war mehr als gerührt. Er blickte aus dem Fenster. »Bestellen Sie ihm, daß er möglichst schnell wieder gesund werden soll«, sagte er unvermittelt. »Und sagen Sie ihm, daß er mir sehr fehlt.« Er drehte sich wieder um. »Und was ist mit der Ausrüstung? Alles in Ordnung?«

»Ich habe alles bei mir«, sagte Strangways, »und die *Secatur* läuft morgen aus. Trotz der Kontrolle in Port Maria dürfte sie kurz vor Einbruch der Dunkelheit den Ankerplatz erreichen. Mr. Big befindet sich an Bord — das ist erst das zweite Mal, daß er herkommt. Ach ja, eine Frau ist ebenfalls an Bord, ein Mädchen; nach Auskunft des CIA heißt sie Solitaire. Ist Ihnen die Person bekannt?«

»Flüchtig«, sagte Bond. »Aber ich würde sie gern vor ihm in Sicherheit bringen. Sie gehört nämlich nicht zu den Leuten dieses Mr. Big.«

»Ein Mädchen also in einer gefährlichen Situation«, sagte der romantische Strangways. »Eine aufregende Sache. Nach dem Bericht des CIA soll das Mädchen bildschön sein.«

Bond war jedoch auf die Veranda hinausgegangen und blickte zu den Sternen hoch. Noch nie in seinem Leben war der Einsatz seines Spiels so hoch gewesen: das Geheimnis des Schatzes, die Ausschaltung eines großen Verbrechers, die Zerschlagung eines kommunistischen Spionagerings und die Vernichtung eines Fangarmes von *Smersch*, jener Organisation, die sein ganz persönlicher Gegner war. Und jetzt noch Solitaire, für ihn der höchste Preis.

Die Sterne blinkten geheimnisvoll herunter; er besaß aber nicht den Schlüssel, um ihre Morsezeichen zu dechiffrieren.

18

Nach dem Abendbrot fuhr Strangways allein zurück, während Bond und Quarrel bei Tagesanbruch folgen wollten. Strangways hatte Bond einen neuen Stapel von Büchern über Haie und Barrakudas mitgebracht, und Bond las sie mit größter Aufmerksamkeit.

Sie enthielten auch nur das, was er in der Praxis bereits von Quarrel gelernt hatte. Alle Verfasser schienen jedoch darin übereinzustimmen, daß die Gefahr für Leute, die mit einem Tauchgerät unter Wasser schwammen, erheblich geringer sei als für Schwimmer, die an der Oberfläche blieben. Bei diesen bestand immer die Möglichkeit, von fast jeder Haiart angegriffen zu werden – besonders dann, wenn der Hai durch Blut, durch den Geruch des Schwimmers oder durch die Vibration, die von einem verletzten Schwimmer stammte, aufgeregt und gereizt wurde. Gelegentlich war es jedoch gelungen, die Tiere durch Lärm aufzuschrecken, durch lautes Rufen zum Beispiel; häufig waren sie jedoch auch geflohen, wenn der Schwimmer direkt auf sie zu schwamm.

Nach den Versuchen, die die amerikanische Marine angestellt hatte, bestand das wirksamste Verscheuchungsmittel in einer Kombination von Kupferacetat mit anderen Chemikalien, und anscheinend gehörten zu jeder Schwimmweste, die von den amerikanischen Streitkräften verwendet wurden, mehrere Tabletten, die aus dieser Mischung bestanden. Bond rief Quarrel zu sich. Der Cayman-Insulaner war zuerst nur voller Verachtung, bis Bond ihm die ausführlichen Berichte über die Versuche, die Ende des Krieges angestellt worden waren, vorgelesen hatte.

»Was meinen Sie dazu?« fragte Bond schließlich.

»Ich würde mir das Zeug besorgen«, sagte Quarrel, der gegen seinen Willen beeindruckt war.

Bond war der gleichen Ansicht. Washington hatte bereits telegrafiert, daß die Tabletten abgeschickt worden seien. Sie waren bisher jedoch noch nicht eingetroffen und konnten demnach frühestens in achtundvierzig Stunden ankommen. Sollten sie überhaupt nicht eintreffen, würde Bond sich auch nicht aufregen; er konnte sich nicht vorstellen, daß er auf den dreihundert Metern zur Insel, die er unter Wasser schwimmen würde, eine derartig gefährliche Begegnung haben könne.

Bevor er zu Bett ging, kam er zu der Überzeugung, daß er von keinem dieser Tiere angegriffen werden würde – es sei denn, das Wasser war mit Blut vermischt, oder aber er zeigte Angst vor einem der herankommenden Fische. Wegen der Tintenfische, der Skorpionfische und der Moränen brauchte er nur aufzupassen, wohin er träte. Seiner Ansicht nach waren die beinahe zehn Zentimeter langen Stacheln der schwarzen Seeigel beim normalen Tauchen in tropischen Gewässern die größte Gefahr, aber auch die dadurch entstehenden Schmerzen würden ihn bestimmt nicht von seinem Vorhaben abbringen können.

Es war noch nicht sechs Uhr, als sie losfuhren, und um halb elf trafen sie in Beau Desert ein.

Das Grundstück war eine schöne alte Plantage von etwa vierhundert Hektar mit der Ruine eines alten Herrenhauses, die die Bucht beherrschte. Sie war von Schlinggewächsen bereits ziemlich überwuchert. Die Geschichte des Hauses ging bis in die Zeit Cromwells zurück. Der romantische Name entsprach der Mode des 18. Jahrhunderts, nach der in Jamaika die großen Besitzungen Bellair, Bellevue, Boscobel, Harmony oder Nymphenburg genannt wurden oder Namen wie Prospect, Content und Repose erhielten.

Ein Weg, der von der Insel in der Mitte der Bucht nicht einzusehen war, führte zwischen den Bäumen zu dem kleinen Strandhaus hinunter. Nach dem einwöchigen Aufenthalt in Manatee Bay machten die Badezimmer und die bequemen Sessel aus Bambus einen sehr luxuriösen Eindruck, und die leuchtend bunten Teppiche waren für die harten Sohlen von Bonds Füßen sammetweich.

Durch die Schlitze der Jalousie blickte Bond in den kleinen Garten mit den grellen Blumen, der an einem schmalen weißen Sandstrand endete; der Strand selbst lag im Schutz einiger Palmen. Bond setzte sich auf die Lehne eines Sessels und ließ seinen Blick, Zentimeter für Zentimeter, über das Wasser wandern, dessen Farbe zwischen Blau und Braun wechselte, bis er an der Insel ankam. Die obere Hälfte der Insel wurde von den Wedeln jener Palmen verdeckt, die im Vordergrund standen; aber der Streifen der senkrecht aufragenden Klippe wirkte in dem Halbschatten, den die heiße Sonne warf, grau und abstoßend.

Um keinen verräterischen Rauch aufsteigen zu lassen, kochte Quarrel das Mittagessen auf einem Primuskocher; anschließend legte Bond sich hin, und dann probierten sie die verschiedenen Ausrüstungsgegenstände aus, die Strangways von Kingston herübergeschickt hatte. Bond zog den Froschmann-Anzug aus dünnem schwarzem Gummi über, der von dem eng ansitzenden Helm mit dem großen Fenster bis zu den Schwimmflossen reichte, die er an den Füßen trug. Der Anzug saß so knapp wie ein Handschuh, und Bond bewunderte die Tüchtigkeit von Ms Abteilung »Q«.

Sie probierten auch die zwei Stahlflaschen aus; jede enthielt tausend Liter Frischluft, die auf zweihundert Atmosphären verdichtet war, und Bond merkte, daß die Handhabung des Ventils sowie des übrigen Mechanismus einfach und narrensicher war. Bei der Wassertiefe, in der er sich bewegte, mußte die Luftzufuhr mindestens zwei Stunden reichen.

Zu der Ausrüstung gehörten auch ein neues und sehr starkes Harpunengewehr und ein Kommandomesser. Schließlich befand sich noch in einer Kiste, die vollgeklebt war mit Etiketten, auf denen »Achtung — gefährlich!« stand, die schwere Haftmine: eine flache Halbkugel mit dicken Kupferbolzen an der Unterseite, die so stark magnetisiert waren, daß die Mine an jeder eisenhaltigen Fläche wie eine Klette klebenblieb. Ferner enthielt die Kiste ein Dutzend bleistiftdünner Zünder aus Glas und Metall für einen Zeitraum von zehn Minuten bis zu acht Stunden sowie ausführliche Anleitungen. Selbst eine Schachtel mit Benzedrine-Tabletten — zur Leistungssteigerung und Anregung der Aufmerksamkeit — war der Sendung genauso beigelegt wie ein Satz Unterwasser-Taschenlampen, deren kleinste einen winzigen Lichtstrahl warf.

Bond und Quarrel prüften sämtliche Gegenstände, probierten Anschlüsse und Kontakte aus und waren schließlich überzeugt, daß nichts mehr vorzubereiten war. Bond ging dann zwischen den Bäumen hindurch an den Strand, starrte unverwandt auf das Wasser der Bucht, schätzte die verschiedenen Tiefen, suchte nach einem Weg durch das Riff und berechnete den Stand des Mondes, der auf seiner gefährlichen Wanderung der einzige Orientierungspunkt sein würde.

Um fünf erschien Strangways mit neuen Nachrichten über die *Secatur*.

»Die Kontrolle in Port Maria haben sie bereits hinter sich«, sagte er. »In zehn Minuten muß das Schiff draußen auftauchen. Mr. Big hat einen Paß auf den Namen Gallia, das Mädchen einen auf den Namen Latrelle — Simone Latrelle. Sie befand sich in ihrer Kabine, nach Angabe des schwarzen Kommandanten litt sie an Seekrankheit. Möglich ist es. An Bord befinden sich Unmengen von Fischbehältern — mehr als hundert. Sonst war nichts festzustellen, so daß die Weiterfahrt freigegeben wurde. Ich wollte an sich als Zollbeamter mit an Bord gehen, sagte mir dann aber, daß es besser wäre, wenn alles völlig normal abliefe. Mr. Big war in seiner Kabine geblieben. Er las, als die Beamten seine Papiere sehen wollten. Was ist mit der Ausrüstung?«

»In bester Ordnung«, sagte Bond. »Wahrscheinlich werden wir dann also morgen nacht anfangen. Hoffentlich weht es ein bißchen. Wenn man die Luftblasen sehen kann, sitzen wir nämlich in der Klemme.«

Quarrel kam herein. »Sie läuft jetzt ein, Cap'n.«

Sie gingen so weit wie nur möglich zum Strand hinunter und beobachteten das Schiff durch ihre Doppelgläser.

Die *Secatur* war ein hübsches Schiff: schwarzer Rumpf mit grauen Aufbauten, einundzwanzig Meter lang und auf Schnelligkeit gebaut – nach Bonds Schätzung konnte sie mindestens zwanzig Knoten laufen. Er kannte auch die Geschichte des Schiffes: 1947 für einen Millionär gebaut, ausgerüstet mit zwei Dieselmotoren der General Motors, Stahlrumpf und modernste Funkeinreichtung einschließlich Sprechfunk und Radar. An der Gaffel des Mastes wehte die Jollflagge, am Heck die amerikanische Flagge; das Schiff passierte gerade mit ungefähr drei Knoten die sechs Meter breite Einfahrt im Riff.

Gleich darauf beschrieb die *Secatur* einen scharfen Bogen und glitt an der Insel vorüber, drehte dann und fuhr dicht an die Insel heran. Im gleichen Augenblick tauchten drei Neger in weißen Anzügen auf, rannten die steile Treppe vom Oberland herunter und blieben dann auf der schmalen Mole stehen, um die Leinen in Empfang zu nehmen. Fast ohne jedes Schraubenmanöver machte das Schiff ziemlich genau gegenüber den Beobachtern fest, und dann rasselten die beiden Anker in die Tiefe, zwischen die Felsen und Korallen, die rund um die Insel im Sand versteckt lagen. Selbst ein Nordsturm konnte dem Schiff jetzt nichts mehr anhaben. Bond schätzte, daß die *Secatur* noch etwa sechs Meter Wasser unter ihrem Kiel hatte.

Während die drei Männer weiter das Schiff beobachteten, erschien die gewaltige Gestalt des Mr. Big an Deck. Er ging auf die Mole hinüber und stieg langsam die steilen Stufen zum Oberland hinauf. Häufig blieb er dabei stehen, und Bond mußte an das kranke Herz denken, das jetzt in dem großen grau-schwarzen Körper schwer pumpte.

Hinter Mr. Big folgten zwei Neger der Besatzung, die eine leichte Tragbahre geschultert hatten, auf der eine Gestalt festgeschnallt war. Durch das Doppelglas konnte Bond Solitaires schwarzes Haar erkennen. Als er sie so nahe sah, wurde er unruhig, und außerdem machte er sich ihretwegen Gedanken; aber vielleicht hatte man sie nur auf die Tragbahre gebunden, damit sie nicht gesehen wurde.

Dann bildeten zwölf Männer auf der Treppe eine Kette und gaben die Fischbehälter nach oben. Quarrel zählte genau hundertzwanzig Stück.

Auf die gleiche Weise wurden anschließend Vorratskisten ausgeladen.

»Diesmal haben sie nicht viel mitgebracht«, sagte Strangways, als auch das erledigt war. »Es waren nur sechs Kisten — sonst sind es rund fünfzig. Lange werden sie also nicht bleiben.«

Er hatte noch nicht zu Ende gesprochen, als ein Fischbehälter vor=sichtig wieder zum Schiff hinuntergegeben wurde; durch die Ferngläser sahen sie ganz deutlich, daß er zur Hälfte mit Sand und Wasser ge=füllt war. Dann folgte der zweite, und dann der nächste, immer im Abstand von fünf Minuten.

»Ach du lieber Himmel«, sagte Strangways. »Die nehmen bereits die Ladung an Bord. Das bedeutet, daß sie morgen früh wieder aus=laufen. Vielleicht wollen sie die Insel räumen, und das ist überhaupt die letzte Ladung.«

Bond blickte eine Zeitlang hinüber, und dann ging er mit Strang=ways zurück, während Quarrel die Insel weiterbeobachtete.

Sie setzten sich in das Wohnzimmer, und während Strangways sich einen Whisky=Soda mixte, starrte Bond aus dem Fenster und versuchte, seine Gedanken zu sammeln.

Es war sechs Uhr, und in den Schatten tauchten die ersten Glüh=würmchen auf. Der fahle, blaßgelbe Mond stand schon hoch im Osten, während im Westen das Tageslicht verging. Eine leichte Brise kräuselte das Wasser der Bucht, und die kleinen Wellen liefen gegen den weißen Sand jenseits des Gartens. Hoch oben am Himmel standen ein paar kleine Wolken, die von der untergehenden Sonne rosarot und orange gefärbt waren, und die Palmen rauschten leise im kühlen Wind.

Der Totengräber, dachte Bond und lächelte verbissen. Heute abend also ging es los. Es war die einzige Chance, und die Bedingungen waren fast ideal — nur mit der Ausnahme, daß das Zeug gegen die Haie nicht rechtzeitig angekommen war. Aber das wäre nur eine ge=ringe Erleichterung gewesen. Es gab keine Ausreden. Wegen dieser Stunden war er fast dreieinhalbtausend Kilometer gereist und hatte fünf seiner Gegner erschossen. Und doch überlief ihn bei dem Gedanken an das dunkle Abenteuer auf dem Grund der Bucht, das er in Gedanken schon auf morgen verschoben hatte, ein leiser Schauder. Plötzlich ver=fluchte und fürchtete er das Meer und was in ihm herumschwamm, die Millionen winziger Antennen, die sich aufrichten und leise hin und her schwanken würden, wenn er in der Dunkelheit in ihre Nähe kam, die unzähligen Augen, die aufwachen und ihn beobachten würden, die vielen Pulse, die für den Bruchteil einer Sekunde aussetzen und dann weiterschlagen würden, und die Fangarme jener weichen Tiere, die im Licht genauso blind waren wie in der Dunkelheit und trotzdem nach ihm greifen würden.

Durch Milliarden von Geheimnissen würde er hindurchgehen. Auf dreihundert Metern würde er, allein und frierend, durch einen Wald von Mysterien auf jene Festung zu stolpern, deren Wächter bis heute drei Menschen umgebracht hatten. Eine Woche lang war er, Bond, mit seinem Kindermädchen herumgepaddelt, hatte in der Sonne gelegen und wollte nun heute abend, in wenigen Stunden, allein unter der schwarzen Decke des Wassers entlangschleichen. Verrückt war das, unvorstellbar. Bond bekam eine Gänsehaut, und die Fingernägel gruben sich in seine feuchten Handflächen.

Es klopfte, und dann kam Quarrel herein. Bond war froh, sich endlich vom Fenster losreißen zu können, während Strangways im Schein einer abgeblendeten Leselampe seinen Whisky genoß.

»Sie arbeiten jetzt bei Licht, Cap'n«, sagte Quarrel mit einem Grinsen. »Immer noch alle fünf Minuten ein Fischtank. Das wird wohl noch bis zehn Uhr dauern. Bis gegen vier Uhr wird alles fertig sein. Vor sechs werden sie aber nicht auslaufen. Ist zu gefährlich, wenn es nicht hell genug ist.«

Quarrels warme graue Augen in dem prachtvollen, mahagonibraunen Gesicht blickten Bond an und warteten auf neue Befehle.

»Um Punkt zehn ziehe ich los«, hörte Bond sich sagen. »Und zwar von den Felsen links am Strand aus. Können Sie uns etwas zum Essen machen und dann die Ausrüstung schon in den Garten bringen? Das Wetter ist für dieses Unternehmen ideal. Ich werde in einer halben Stunde drüben sein.« Er zählte an den Fingern ab. »Ich nehme die Zünder für fünf bis acht Stunden mit, und den für eine Viertelstunde in Reserve, falls irgend etwas schiefgehen sollte. Klar?«

»Aye Aye, Cap'n«, sagte Quarrel. »Ich mach' das schon alles.«

Damit ging er wieder hinaus.

Bond betrachtete nachdenklich die Whiskyflasche, faßte dann einen Entschluß und goß ein Glas mit drei Eiswürfeln halb voll. Er holte die Schachtel mit den Benzedrine-Tabletten aus der Tasche und schob sich eine Tablette in den Mund.

»Hals- und Beinbruch«, sagte er zu Strangways und nahm einen tiefen Schluck. Er setzte sich hin und genoß das heiße Brennen des ersten Glases seit einer Woche. »Und jetzt«, sagte er, »erzählen Sie mir haargenau, was die Burschen tun, wenn sie seeklar machen. Wie lange dauert es, von der Insel abzulegen und durch das Riff zu kommen? Sollte dies das letztemal sein, dürfen wir nicht vergessen, daß zusätzlich noch sechs Mann und einige Vorräte an Bord genommen werden. Versuchen wir mal, den Zeitplan so genau wie möglich auszuarbeiten.«

Einen Augenblick später war Bond von praktischen Einzelheiten überschwemmt, und der Schatten der Angst hatte sich zu den dunklen Stellen unter den Palmen zurückgezogen.

Pünktlich um zehn Uhr glitt die schimmernde, schwarze und einer Fledermaus ähnliche Gestalt von den Felsen in das drei Meter tiefe Wasser und verschwand unter der Oberfläche.

»Komm gesund zurück«, sagte Quarrel zu der Stelle, an der Bond verschwunden war, und bekreuzigte sich. Dann gingen er und Strangways durch die Schatten zu dem Haus zurück, um abwechselnd in einen unruhigen Schlaf zu fallen und voller Befürchtungen auf das zu warten, was kam.

19

Das Gewicht der Haftmine, die sich Bond vor die Brust gebunden hatte, und des Bleigürtels, mit dem er den Auftrieb der Preßluftflaschen ausgleichen wollte, zogen ihn sofort auf den Grund hinunter.

Er blieb nicht einen Augenblick lang stehen, sondern glitt mit schnellen Stößen, das Gesicht dicht über dem ebenen, sandigen Grund, die ersten fünfzig Meter dahin. Die langen Schwimmflossen hätten sein normales Tempo sicher verdoppelt, wenn er nicht das Gewicht der Mine mitgeschleppt und nicht die Harpune in der linken Hand gehalten hätte; aber auch so kam er schnell vorwärts, und eine Minute später konnte er sich im Schatten eines gezackten Korallenhügels ausruhen. Er versuchte, sich über seine Empfindungen klarzuwerden.

In dem eng anliegenden Gummianzug war ihm warm — wärmer, als wenn er in der Sonne schwimmen würde. Er konnte sich mit Leichtigkeit bewegen, und das Atmen machte nicht die geringste Schwierigkeit, solange er ruhig und entspannt war. Er beobachtete die verräterischen Luftblasen, die wie eine silberne Perlenkette aufstiegen, und hoffte nur, daß sie in den Wellen nicht zu sehen waren.

Bisher hatte er gut sehen können. Das Licht war sanft und milchig, aber doch nicht hell genug, um durch die kleinen Wellen an der Oberfläche zu dringen. Am Riff hörte jedoch der helle Sand, der das Licht reflektierte, auf, und die Schatten unter den Felsen waren schwarz und undurchdringlich.

Er riskierte es, seine kleine Lampe einmal kurz aufleuchten zu lassen, und im gleichen Augenblick wurde es unter der Masse der braunen Baumkorallen lebendig. Seeanemonen mit roten Blüten schwankten auf ihn zu; eine Ansammlung schwarzer Seeigel bewegte aufgeschreckt ihre dolchartigen Stacheln, und ein behaarter Meeres-Tausendfüßler verharrte in seiner hundertfachen Bewegung und starrte ihn mit seinem augenlosen Kopf fragend an. Im Sand zu Füßen des Korallenstammes zog ein Krötenfisch seinen warzigen Kopf langsam in den Schlupfwinkel zurück, und überall sah Bond die funkelnden und glitzernden Leiber unzähliger Fische, die langsam dahinzogen.

Bond schob die Lampe wieder in den Gürtel.

Das Wasser über ihm war ein Baldachin aus Quecksilber. Irgendwoher kamen Laute, als spritze heißes Fett in einer Bratpfanne. Von oben drang das Mondlicht in das tiefe, zerklüftete Tal, das vor ihm steil abfiel, durch das er jedoch nicht hindurch brauchte. Er verließ den schützenden Korallenstamm und ging vorsichtig weiter. Jetzt war es nicht mehr so leicht. Das Licht täuschte immer wieder, und der Irrgarten aus Korallenstämmen war voller Sackgassen, und zwar einladender, jedoch irreführender Wege.

Manchmal mußte er fast bis an die Oberfläche hochklettern, um über eine Barriere hinwegzukommen; bei diesen Gelegenheiten versuchte er, sich nach dem Mond zu orientieren, der wie eine riesige, flimmernde Scheibe zu sehen war. Und immer wieder ruhte er sich im Schutz großer Korallenstämme aus und beobachtete das Leben, das sich um ihn herum abspielte.

Große Fische waren nicht in der Nähe, aber viele Krebse waren aus ihren Höhlen hervorgekrochen, und durch die Linse des Wassers wirkten sie gewaltig und urweltlich. In dem Schatten des Riffs entstanden oft unvermittelt Wirbel und heftige Bewegungen, für die Bond keine Erklärung hatte, und manchmal tauchten große Augen vor ihm auf, um sofort wieder zu verschwinden. Dann wich Bond aus und legte den Sicherungshebel seiner Harpune um. Aber niemals drückte er ab, und niemals wurde er angegriffen, als er durch das Riff stolperte.

Die hundert Meter zwischen den Korallen hindurch legte er in einer Viertelstunde zurück. Als er sich dann im Schutz des letzten Korallenstammes ausruhte, war er froh, daß jetzt nur noch hundert Meter grauweißen Wassers vor ihm lagen. Er fühlte sich noch völlig frisch; dank der Benzedrine-Tabletten konnte er noch völlig klar und schnell denken. Aber trotzdem waren seine Nerven angespannt, weil er immer vor Augen hatte, daß die Korallen den Gummianzug leicht hätten aufreißen können. Jetzt lag jedoch diese Gefahr hinter ihm. Dafür warteten hier vielleicht Haie oder Barrakudas auf ihn – oder eine Sprengladung, die einfach in die aufsteigenden Luftblasen geworfen wurde.

In dem Augenblick, in dem er sich die neuen Gefahren vorstellte, wurde er von der Krake gepackt, und zwar an beiden Fußgelenken.

Er hatte auf einem Korallenblock gesessen, beide Füße auf den Sand gestellt, und plötzlich wurden sie unter ihm weggezogen. Gerade als er bemerkte, was geschah, legte sich ein dritter Fangarm um das eine und dann auch um das andere Bein, der in dem dämmerigen Licht purpurrot aussah.

Entsetzt fuhr er zusammen, erhob sich schnell auf die Füße und versuchte, sich zu befreien. Der Griff der Fangarme gab jedoch keinen Millimeter nach, und durch seine Bewegungen hatte die Krake nur die Möglichkeit, ihn immer näher an ihre Höhle heranzuziehen. Die Kraft des Tieres war gewaltig, und Bond sah klar voraus, daß er bald das Gleichgewicht verlieren würde. Wenn er jedoch einmal auf dem Boden lag, niedergehalten von dem Gewicht der Mine und der beiden Preßluftflaschen, war es für ihn unmöglich, sich zu wehren.

Bond riß das Messer aus dem Gürtel und stach auf die Fangarme ein. Inzwischen war er so dicht an den überhängenden Felsen herangezerrt worden, daß er sich nicht mehr aufrichten konnte und die Gefahr bestand, daß sein Gummianzug aufgerissen wurde. Plötzlich fiel er lang hin und lag auf dem Sand. Im gleichen Augenblick wurden seine Beine in die weite Höhle unterhalb des Felsens gezogen. Er krallte sich in den Sand und versuchte, sich umzudrehen, um sich mit dem Messer wehren zu können. Aber der schwere Klumpen der Mine, die an seiner Brust hing, machte es unmöglich. Und da fiel ihm auf einmal die Harpune ein: Vorhin hatte er sie fallen gelassen, weil er glaubte, daß sie auf diese kurze Entfernung nicht zu gebrauchen wäre, aber jetzt war sie seine einzige Chance. Sie lag noch an der gleichen Stelle. Er griff nach ihr und legte den Sicherungshebel um. Die Mine hinderte ihn am Zielen. Er legte den Lauf einfach an seinen Beinen entlang, bis die Mündung zwischen seinen Füßen war. Sofort packte ein Fangarm danach und zerrte an dem Gewehr. Er konnte es nicht festhalten und drückte blindlings ab.

Fast in der gleichen Sekunde wälzte sich eine gewaltige Wolke von zähflüssiger, stinkender Tinte auf ihn zu. Aber das eine Bein war frei, und dann auch das andere, und er zog beide an und packte den Schaft der meterlangen Harpune, der unter dem Felsen herausragte. Er zog und zerrte, bis das Fleisch zerfetzte und die Harpune wieder aus der schwarzen Wolke zum Vorschein kam, die vor dem Höhleneingang lag. Keuchend erhob sich Bond und trat ein paar Schritte zurück, und der

Schweiß lief ihm unter der Maske über das Gesicht. Die Kette der verräterischen Luftblasen stieg senkrecht an die Wasseroberfläche, und er verfluchte das verwundete »Schoßtierchen« in der Höhle.

Die Zeit war jedoch zu knapp, um sich weiter darüber Gedanken zu machen, und er lud das Harpunengewehr von neuem und orientierte sich wieder nach dem Mond.

Er kam schnell weiter durch das trübe graue Wasser und konzentrierte sich nur darauf, das Gesicht wenige Zentimeter über dem Grund zu halten, um dem Wasser möglichst wenig Widerstand zu bieten.

Über den Sand, auf dem das Mondlicht lag, huschten die Schatten vieler großer Fische, und manche waren bestimmt so lang wie er selbst. Als einer der Schatten mindestens eine Minute lang neben ihm blieb, blickte er hoch und sah den weißen Bauch eines Hais, der wie ein hellgrüner Zeppelin knapp drei Meter über ihm schwamm. Die Schnauze des Haies ragte forschend in den Strom der aufsteigenden Luftblasen hinein. Der weite, halbrunde Schlitz des Maules sah wie eine verfältelte Narbe aus. Der Fisch legte sich auf die Seite und blickte mit dem einen rosafarbenen, nackten Auge zu ihm herunter; dann schlenkerte er seinen großen, sichelförmigen Schwanz und verschwand langsam in der Mauer des grauen Nebels.

Auf halbem Wege ruhte Bond sich einen Augenblick aus und schwamm dann weiter. Jetzt wurde er von Barrakudas begleitet, und die größten mochte rund zwanzig Pfund wiegen. Sie sahen genauso gefährlich aus, wie er sie in Erinnerung hatte. Wie silberne Unterseeboote glitten sie über ihm dahin und starrten mit ihren gereizten Raubtieraugen zu ihm herunter. Anscheinend wollten sie wissen, was er und die merkwürdigen Blasen zu bedeuten hätten, und an allen Seiten begleiteten sie ihn – wie ein Rudel schweigender Wölfe. Dann tauchten die ersten Korallen vor Bond auf, ein Zeichen, daß er sich der Insel näherte, und jetzt wurde er von mindestens zwanzig Barrakudas begleitet, die gleichmäßig neben ihm her schwammen, ihn aufmerksam beobachteten und ihn nicht aus den Augen ließen.

Unter dem Gummianzug überlief Bond eine Gänsehaut, aber er konnte nichts gegen diese Fische unternehmen, und deshalb konzentrierte er sich auf sein Ziel.

Ganz plötzlich hing über ihm ein langer Metallkörper; dahinter stieg ein Durcheinander aus Felsbrocken steil an.

Das war der Rumpf der *Secatur*, und Bond schlug das Herz im Hals.

Er blickte auf seine Armbanduhr. Es war drei Minuten nach elf. Er suchte den Sieben-Stunden-Zünder aus der einen Reißverschlußtasche, schob ihn in die Öffnung an der Unterseite der Mine und löste ihn aus.

Die übrigen Zünder vergrub er im Sand, so daß kein Mensch etwas von der Mine ahnen würde, selbst wenn man ihn erwischte.

Als er – den Bauch nach oben, die Mine in den Händen – hochschwamm, merkte er hinter sich einen Aufruhr im Wasser. Eine Barrakuda schoß vorüber, das Maul halb aufgerissen, die Augen auf irgend etwas in Bonds Rücken gerichtet. Aber Bond interessierte sich im Augenblick nur für den Kiel der *Secatur* und für einen Punkt, der einen Meter seitwärts lag.

Die Mine riß ihn beinahe den letzten Meter hoch, weil die Magneten derartig stark wirkten. Bond mußte sich anstrengen, damit er sie völlig geräuschlos am Schiffsrumpf anbringen konnte; und dann fehlte plötzlich ihr Gewicht, so daß er mit kräftigen Schwimmzügen versuchte, den Auftrieb auszugleichen und nicht an die Oberfläche getrieben zu werden.

In dem Augenblick, in dem er auf die beiden Schiffsschrauben zu schwamm, um sich im Schutz des Felsens auszuruhen, sah er plötzlich das Entsetzliche, das in seinem Rücken passiert war.

Der riesige Schwarm von Barrakudas schien verrückt geworden zu sein. Wie wildgewordene Hunde schossen sie aufgeregt durch das Wasser und schnappten. Drei Haie, die hinzugekommen waren, schienen nicht ganz so aufgeregt zu sein. Diese fürchterlichen Fische brachten das Wasser förmlich zum Kochen, und innerhalb weniger Meter bekam Bond einen Schlag gegen den Kopf sowie verschiedene Stöße. In jedem Augenblick konnte nicht nur der Gummianzug, sondern auch das darunterliegende Fleisch zerfetzt werden. In dieser Situation hätte ihm vielleicht das Mittel zur Abschreckung der Haie helfen können.

Voller Verzweiflung jagte er unter dem Schiff entlang durch das Wasser und entsicherte das Harpunengewehr, das angesichts dieser aufgereizten, mordwütigen Raubfische doch nur ein Spielzeug war.

Er erreichte die beiden bronzenen Schiffsschrauben und klammerte sich keuchend an die eine. Sein Mund war angstverzerrt, und seine Augen verengten sich, als er sah, wie das Wasser um ihn herum aufgewirbelt wurde.

Er erkannte genau, daß die Mäuler der hin und her flitzenden Fische aufgerissen waren, daß sie immer wieder in eine bräunliche Wolke hineinschossen, die sich von der Wasseroberfläche aus ausbreitete. Dicht neben ihm verhielt einen Augenblick lang eine Barrakuda, irgend etwas Braunes und Glitzerndes im Maul, schluckte es plötzlich hinunter und stürzte sich wieder in den Aufruhr.

Kleine Teile des Zeugs trieben in seine Nähe. Mit der Harpune zog er einen Fetzen heran und hielt ihn dicht vor seine Maske.

Es gab nicht mehr den geringsten Zweifel.

Oben schüttete irgend jemand Blut und Fleischabfälle in das Wasser.

20

Im gleichen Augenblick begriff Bond, warum Barrakudas und Haie die Insel umschwärmten, daß ihr Blutdurst durch diese nächtliche Fütterung aufrechterhalten wurde und warum die drei Männer entgegen jeder Vernunft halb aufgefressen an Land getrieben wurden.

Mr. Big hatte einfach die Mächte des Meeres zu seinem eigenen Schutz eingespannt. Diese Maßnahme war für ihn typisch — einfallsreich, völlig narrensicher und leicht zu bewerkstelligen.

Als Bond gerade die Zusammenhänge begriff, bekam er einen fürchterlichen Schlag gegen die Schulter; eine zwanzigpfündige Barrakuda flitzte von ihm weg, und aus ihrem Maul hingen Fetzen von schwarzem Gummi und Fleisch. Bond spürte nicht den geringsten Schmerz, als er die Schiffsschraube losließ und mit wilden Stößen auf den Fels zu schwamm. Er hatte nur ein merkwürdiges Gefühl im Magen, als er sich vorstellte, daß nun ein Teil von ihm zwischen den rasiermesserscharfen Zähnen des Raubfisches hing. Langsam sickerte Wasser zwischen den enganliegenden Gummi und seine Haut. In kurzer Zeit würde es ihm bis zum Hals steigen und in die Maske eindringen.

Er wollte gerade aufgeben und die sechs Meter an die Oberfläche hochschießen, als er in den vor ihm liegenden Felsen einen breiten Spalt entdeckte. Unmittelbar daneben lag ein großer runder Felsblock, und irgendwie gelang es Bond, sich an ihm vorbeizudrücken. Er drehte sich, zu einem Teil geschützt, herum und sah die gleiche Barrakuda wieder auf sich zukommen, das Maul weit aufgerissen und bereit, mit dem mörderischen Gebiß zuzuschnappen.

Fast ohne zu zielen, drückte Bond das Harpunengewehr ab. Die Gummibänder schnellten vor, und die mit Widerhaken versehene Harpune traf den großen Fisch genau in den aufgeklappten Oberkiefer, durchbohrte ihn und blieb dann stecken.

Die Barrakuda hatte in der gleichen Sekunde gestoppt, einen knappen Meter von Bonds Magen entfernt. Sie versuchte, ihre Kiefer zusammenzuklappen, und schüttelte ihren gewaltigen Reptilienschädel. Dann schoß sie in einem wilden Zickzackkurs davon, riß Leine und Gewehr aus Bonds Händen und zog beides hinter sich her. Bond wußte, daß die anderen Fische über sie herfallen und sie in Fetzen reißen würden, bevor sie noch hundert Meter geschwommen war.

Bond war froh, daß die anderen erst einmal abgelenkt wurden. An seiner Schulter hatte sich eine Wolke aus Blut gebildet. In wenigen Sekunden würden sämtliche Fische den Geruch merken. Er glitt um den Felsbrocken mit dem Gedanken, sich in der Felsspalte zu verstekken und dort vielleicht an die Wasseroberfläche zu steigen, bis er einen neuen Plan gefaßt hatte.

Dann erst sah er die Höhle, die hinter dem Felsbrocken verborgen war.

Man konnte fast glauben, eine Tür führe in den Untergrund der Insel. Hätte Bond nicht um sein Leben schwimmen müssen, hätte er einfach hineingehen können. So aber schwamm er direkt durch die Öffnung und verhielt erst, als der glitzernde Eingang mehrere Meter hinter ihm lag.

Dann stand er aufrecht auf dem weichen Sand und knipste seine Taschenlampe an. Es war zwar möglich, da ein Hai ihm hierher folgte, aber in der Enge war es fast unmöglich, daß er mit seinem an der Unterseite befindlichen Maul zuschnappen konnte. Bestimmt würde der Hai nicht plötzlich auftauchen, denn selbst diese Raubfische kommen mit ihrer rauhen Haut nicht gern mit Gestein in Berührung, und deshalb hatte Bond immer die Chance, mit seinem Messer in die Augen stechen zu können.

Bond leuchtete mit seiner Taschenlampe an die Decke und an die Seitenwände der Höhle. Man sah deutlich, daß sie von Menschen angelegt oder ausgebaut worden war. Bond vermutete, daß sie von einem Punkt in der Mitte der Insel aus vorgetrieben worden war.

»Noch zwanzig Meter weiter, Leute«, hatte Bloody Morgan sicher zu den Sklavenaufsehern gesagt. Und dann war der Boden plötzlich unter den Schlägen der Pickel durchgebrochen, um sich schlagende Arme und Beine sowie brüllende Münder waren in dem aufspritzenden Wasser verschwunden, und damit waren alle Augenzeugen beseitigt gewesen.

Der große Felsblock vor dem Zugang war sicherlich dorthin gebracht worden, um den Zugang von der Seeseite zu versperren. Der Fischer aus Shark Bay, der vor sechs Monaten plötzlich verschwand, hatte ihn bestimmt eines Tages entdeckt, als er von einem Sturm oder von dem schweren Seegang nach einem Hurrikan zur Seite gewälzt worden war. Dann hatte der Mann den Schatz gefunden und gleich gewußt, daß er bei der Bergung Hilfe brauchte. Ein Weißer hätte ihn bestimmt betrogen. Also ging er zu dem Harlemer Negergangster und versuchte, möglichst viel für sich herauszuschlagen. Schließlich gehörte das Gold den Schwarzen, die umgekommen waren, als es versteckt wurde, und nun sollte es den Schwarzen zugute kommen.

Während Bond in der Höhle stand und in der leichten Strömung hin und her schwankte, konnte er sich gut vorstellen, daß daraufhin wieder ein Betonklotz im Schlamm des Harlem River versunken war.

Erst in diesem Augenblick hörte er die Trommeln.

Draußen hatte er bereits ein gedämpftes Donnern vernommen, das stärker geworden war, als er in die Höhle kam. Er hatte jedoch geglaubt, daß es von der Dünung stamme, die gegen das Fundament der Insel rollte, und außerdem hatte er an anderes denken müssen.

Jetzt hörte er jedoch deutlich einen bestimmten Rhythmus, und das Dröhnen um ihn herum schwoll an, so daß er das Gefühl hatte, in einer großen Kesselpauke zu sitzen. Selbst das Wasser schien zu zittern. Seiner Meinung nach hatte das Trommeln einen doppelten Zweck. Mit ihm wurden nicht nur die Fische herangelockt, wenn Eindringlinge in der Nähe waren, sondern außerdem wurden sie noch gereizt und aufgeregt. Quarrel hatte ihm erzählt, daß die Fischer nachts mit den Paddeln gegen die Seitenwände ihrer Kanus schlügen, um die Fische aufzuwecken und aufzuscheuchen. Außerdem aber war es für die Uferbewohner eine finstere Voodoo-Warnung, die doppelt wirksam war, wenn eine Leiche am nächsten Tag angetrieben wurde.

Wieder eine Spitzfindigkeit dieses Mr. Big, dachte Bond, wieder einer seiner ungewöhnlichen Einfälle.

Immerhin wußte er jetzt, wo er sich befand. Das Trommeln zeigte, daß man ihn ausgemacht hatte. Was würden wohl Quarrel und Strangways denken, wenn sie es hörten? Dabei konnten sie nichts anderes tun, als in ihren Sesseln zu sitzen und es auszuschwitzen. Bond war der Ansicht gewesen, daß das Trommeln nur irgendein Trick sei, und deshalb hatten sie ihm versprechen müssen, erst etwas zu unternehmen, wenn die *Secatur* unbehelligt ausgelaufen war. Das bedeutete nämlich, daß Bonds Vorhaben fehlgeschlagen war. Er hatte Strangways gesagt, wo das Gold versteckt war, und in diesem Fall sollte das Schiff auf hoher See abgefangen werden.

Jetzt war der Gegner zwar aufmerksam geworden, wußte jedoch nicht, wer er war und ob er noch lebte. Er mußte also weiter, denn um jeden Preis wollte er verhindern, daß Solitaire an Bord gebracht wurde.

Bond blickte auf seine Uhr. Es war halb eins. Wenn es nach ihm gegangen wäre, hätte seit dem Beginn seines Marsches durch das Meer der Gefahren auch schon eine ganze Woche vergangen sein können.

Er spürte die Beretta unter der dünnen Gummihaut und überlegte, ob das Wasser, das durch die Bißstelle an der Schulter eindrang, bereits bis zu ihr gedrungen war.

Dann wurde das Dröhnen der Trommeln noch lauter; er bewegte sich langsam durch die Höhle und leuchtete mit dem winzigen Schein der Taschenlampe vor sich hin.

Er hatte vielleicht zehn Meter zurückgelegt, als sich vor ihm ein leises Flimmern im Wasser zeigte. Er knipste die Lampe aus und ging vorsichtig weiter. Der sandige Untergrund stieg langsam an, und mit jedem Schritt wurde das Licht heller. Jetzt konnte er bereits Dutzende kleiner Fische erkennen, die ihn umspielten, und vor ihm wimmelte das Wasser von denen, die von dem Licht angezogen wurden. Krebse starrten aus den kleinen Rissen im Gestein, und ein kleiner Tintenfisch saß unter der Decke und sah wie ein phosphoreszierender Stern aus.

Dann konnte er das Ende der Höhle erkennen, und dahinter lag ein großer, leuchtender Teich, dessen weißer Sandboden so hell wie der Tag war. Das Dröhnen der Trommeln war sehr laut. Er blieb im Schatten der Gesteinswand stehen und merkte, daß er sich ganz dicht unter der Wasseroberfläche befand und daß der Teich mit Lampen angestrahlt wurde.

Bonds Lage war nicht rosig. Noch einen Schritt weiter, und jeder, der zufällig in den Teich blickte, konnte ihn deutlich sehen. Während er noch hin und her überlegte, merkte er entsetzt, daß das Blut, das aus seiner Schulterwunde quoll, in den erleuchteten Teich getrieben wurde. Bisher hatte er die Wunde ganz vergessen; aber jetzt fing sie an zu pochen, und als er den Arm bewegte, durchfuhr ihn ein greller Schmerz. Dazu kamen die kleinen Luftblasen, die den beiden Preßluftflaschen entströmten. Er hoffte jedoch, daß sie nur langsam an die Oberfläche stiegen und dort unbemerkt zerplatzten.

Obgleich er sich wieder ein Stück zurückzog, war sein Schicksal jedoch bereits besiegelt.

Fast unmittelbar über ihm spritzte das Wasser auf, und dann waren auch schon zwei riesige Neger bei ihm, nackt bis auf die Gesichtsmasken, lange Dolche wie Lanzen in der linken Hand.

Bevor er das Messer aus dem Gürtel ziehen konnte, hatten sie seine beiden Arme gepackt und zerrten ihn an die Oberfläche.

Hoffnungslos und hilflos ließ Bond sich auf den weißen Sand ziehen. Er wurde auf die Füße gestellt, und dann wurden die Reißverschlüsse seines Gummianzuges aufgezogen. Der Helm wurde ihm vom Kopf gerissen, das Schulterhalfter wurde ihm abgenommen, und plötzlich stand er neben dem faltigen Bündel des Gummianzuges wie eine Schlange, die sich gehäutet hat, nackt bis auf die knappe Badehose. Aus der zackigen Wunde an der linken Schulter lief das Blut herunter.

Als sie ihm den Helm vom Kopf rissen, wurde Bond von dem Dröhnen und Donnern der Trommeln fast betäubt. Der Lärm war in ihm und um ihn herum. Die rasenden Synkopen galoppierten und hämmerten in seinem Blut. Sie schienen auszureichen, um ganz Jamaika aufzuwecken. Bond schnitt eine Grimasse und wehrte sich mit allen Sinnen gegen den hämmernden Sturm der Trommeln. Dann drehten seine Bewacher ihn um, und damit sah er ein so ungewöhnliches Schauspiel vor sich, daß der Lärm der Trommeln dahinter zurücktrat und seine ganze Wahrnehmung nur in den Augen lag.

Im Vordergrund saß — an einem grünbespannten Spieltisch, der mit Papieren bedeckt war — Mr. Big in einem Klappsessel, einen Federhalter in der Hand, und sah ihn ungläubig an: ein Mr. Big in gutgeschnittenem, rehbraunem Tropenanzug, weißem Hemd und schwarzer Seidenkrawatte. Das kräftige Kinn hatte er auf die linke Hand gestützt, und er blickte Bond an, als wäre er in seinem Büro von einem Angestellten gestört worden, der eine Gehaltserhöhung haben wollte.

Wenige Schritte hinter ihm stand auf einem Fels — finster und völlig unpassend — das einer Vogelscheuche ähnliche Bildnis des Fürsten Samedi und starrte Bond unter dem steifen Hut hervor an.

Mr. Big nahm seine linke Hand vom Kinn, und seine großen goldenen Augen blickten Bond prüfend an.

»Guten Morgen, Mr. James Bond«, sagte er schließlich mit gleichmütiger Stimme, während das Dröhnen der Trommeln langsam leiser wurde. »Jetzt ist die Fliege also der Spinne doch noch ins Netz gegangen — oder sollte ich lieber sagen: Der Stichling ist dem Hai ins Maul geschwommen? Diesseits des Riffs haben Sie eine sehr hübsche Spur von Luftblasen hinterlassen.«

Er lehnte sich zurück und schwieg. Die Trommeln wurden immer leiser.

Also hatte ihn der Kampf mit dem Tintenfisch verraten. Bonds Verstand verzeichnete automatisch die Tatsache, während sein Blick an dem vor ihm sitzenden Mann vorbeiwanderte.

Er stand in einer Felsenkammer, die so groß wie ein Kirchenschiff war. Die eine Hälfte des Bodens wurde von dem klaren weißen Teich eingenommen, aus dem man ihn herausgezogen hatte und der zu dem unterirdischen Eingang hin leuchtend grün und dann tiefblau wurde. Daneben lag der schmale Sandstreifen, auf dem er jetzt stand, und der übrige Boden bestand aus glattem Gestein.

Ein ganzes Stück hinter Mr. Big führte eine Treppe zu der gewölbten Decke empor, von der ein paar kurze Tropfsteine herunterhingen.

Von ihren weißen Spitzen tropfte unaufhörlich Wasser in den Teich oder aber an jene Stellen, an denen sich auf dem sonst glatten Boden kleine Tropfsteine gebildet hatten.

Ein Dutzend greller Bogenlampen waren hoch oben an den Wänden angebracht, und ihr Licht spiegelte sich in den nackten Oberkörpern einer Gruppe von Negern, die an der linken Wand stand, mit den Augen rollte, Bond beobachtete und die Zähne in einem vergnügten, jedoch grausamen Grinsen bleckte.

Mit den schwarzen und rosafarbenen Füßen standen die Neger auf einem funkelnden Haufen goldener Münzen, in dem sich das Licht der Lampen gleißend spiegelte; es sah aus, als wären die schwarzen Beine bei einem Gang durch zuckende Flammen stehengeblieben.

Neben den Negern waren flache Holztabletts in Reihen aufgestapelt. Ein paar standen halbgefüllt auf dem Boden, und am Fuße der Treppe verhielt gerade ein einzelner Neger, der in den Händen ein Tablett mit Münzen hielt, als wollte er sie an Passanten verkaufen.

Weiter links, in einem Winkel der Felsenkammer, standen zwei Neger neben einem bauchigen Eisenkessel, der über drei zischenden Schweißlampen hing und dessen Boden rot glühte. Sie hielten große eiserne Löffel in den Händen, deren lange Griffe bis zur halben Höhe mit Gold besprenkelt waren. Neben ihnen lag ein Haufen goldener Schmuckstücke, Schalen, Trinkgefäße, Altargeräte und Kreuze sowie Goldbarren verschiedener Größen. An der Wand standen in ihrer Nähe mehrere Reihen metallener Formen, in denen das Metall erstarrte und abkühlte.

Dicht neben Mr. Big hockte ein Neger auf dem Boden, ein Messer in der einen, einen juwelenbesetzten Pokal in der anderen Hand. Auf einem kleinen Tablett, das neben ihm auf dem Boden stand, lag ein Haufen von Edelsteinen, von dem ein gedämpftes Leuchten ausging, das den Schein der Bogenlampen in bunten Farben wiedergab.

Warm und feucht war es in der großen Felsenkammer, und trotzdem überlief Bond ein Schauder, als er die prachtvolle Szene vor sich sah: die grellen, violett-weißen Lampen, das glänzende Goldbraun der schwitzenden Leiber, das blendende Funkeln des Goldes, die Regenbogenfarben der Edelsteine und das Weiß und Blaugrün des Teiches. Ein Schauder überlief ihn bei der Schönheit des ganzen Bildes, bei diesem sagenhaften und unvorstellbaren Schauspiel in der großen Schatzkammer Bloody Morgans.

Sein Blick wanderte wieder zu dem grünen Filz und der Vogelscheuche zurück, und mit Scheu, fast mit Ehrfurcht blickte er in das große Gesicht und in die großen gelben Augen.

»Aufhören mit Trommeln«, sagte The Big Man, ohne einen seiner Leute besonders anzusehen. Es war sowieso nur noch ein Rascheln, ein leises Pulsen des Blutes. Einer der Neger machte zwei Schritte über die Goldmünzen, die leise klirrten, und beugte sich hinunter. Auf dem Boden stand ein tragbares Sprechgerät, dessen riesiger Lautsprecher an der Felswand lehnte. Man hörte ein Klicken, und die Trommeln erstarben. Der Neger klappte den Deckel des Gerätes zu und ging an seinen Platz zurück.

»Weiterarbeiten«, sagte Mr. Big, und im gleichen Augenblick fingen die Gestalten an, sich zu bewegen, als hätte jemand eine Münze in einen Schlitz gesteckt. Der Inhalt des Eisenkessels wurde umgerührt, die Goldmünzen wurden in Reihen auf die Tabletts gelegt, der Mann mit dem Messer brach die Edelsteine aus dem Glas, und der Neger mit dem Tablett voller Goldmünzen stieg die Treppe hoch.

Bond stand unbeweglich. Blut und Schweiß tropften von seinem Körper.

The Big Man beugte sich über seinen Tisch und trug ein paar Zahlen ein.

Bond machte eine Bewegung und spürte sofort die Spitze eines Dolches unmittelbar über seinen Nieren.

The Big Man legte den Federhalter hin und stand langsam auf. Dann ging er vom Tisch weg.

»Mach du weiter«, sagte er zu einem von Bonds Bewachern, und der nackte Mann ging um den Tisch herum, setzte sich in Mr. Bigs Sessel und griff nach dem Federhalter.

»Bring ihn nach oben.« Mr. Big ging zu der Felsentreppe und stieg langsam hoch.

Bond fühlte einen leisen Stich in der Seite. Ohne auf den Gummianzug zu achten, der zerknüllt am Boden lag, folgte er der Gestalt, die langsam die Treppe hochstieg.

Niemand blickte von seiner Arbeit auf. Niemand würde langsamer arbeiten, wenn Mr. Big verschwunden war. Niemand würde sich eine Goldmünze oder einen Edelstein in den Mund stecken.

Fürst Samedi paßte auf. Nur sein Zombie hatte die Felsenkammer verlassen.

21

Langsam stiegen sie die Treppe hoch, traten durch eine offene Tür, die etwa zwölf Meter über dem Boden dicht unter der Decke lag, und blieben dann auf einem Felsvorsprung stehen. Hier legte ein Neger, neben dem eine Karbidlampe stand, die mit Münzen vollgelegten Tabletts, die an der Wand aufgestapelt waren, vorsichtig in die Glas-behälter.

Während sie dort warteten, kamen zwei Neger die Treppe, die auf das Plateau führte, herunter, nahmen einen der fertigen Behälter und trugen ihn nach oben.

Bond vermutete, daß die Behälter erst oben mit Sand, Wasserpflanzen und Fischen gefüllt und dann über die Treppe zum Schiff hinuntergereicht wurden.

Bond bemerkte, daß einige der fertigen Behälter mit Goldbarren ausgelegt waren, während der Boden anderer mit Edelsteinen bedeckt war; demnach berichtigte er seine Schätzung des Schatzes und bewertete ihn auf vier Millionen Pfund Sterling.

Mr. Big blieb ein paar Augenblicke stehen und starrte zu Boden. Er atmete schwer, wenn auch ruhig. Dann gingen sie weiter.

Zwanzig Stufen höher befand sich wieder ein Felsvorsprung, der kleiner war und von dem eine Tür abging. Diese Tür war mit einer neuen Kette und einem neuen Schloß versperrt; sie bestand aus Eisenplatten, die braun verfärbt und verrostet waren.

Wieder blieb Mr. Big stehen, und dicht nebeneinander standen sie jetzt auf dem kleinen Felsvorsprung.

Für einen kurzen Augenblick dachte Bond an Flucht, aber als könnte er Gedanken lesen, drängte der Neger, der ihn bewachte, ihn ein Stück von The Big Man weg. Aber Bond wußte, daß es jetzt seine wichtigste Aufgabe war, am Leben zu bleiben, in Solitaires Nähe zu kommen und sie nicht auf das dem Untergang geweihte Schiff bringen zu lassen, an dessen Rumpf sich die Säure langsam durch das Kupfer des Zeitzünders der Mine fraß.

Kalte Zugluft wehte von oben herunter, und Bond spürte, wie der Schweiß auf seiner Haut trocknete. Er legte die rechte Hand auf die Schulterwunde, ohne auf den warnenden Stich der Dolchspitze an seiner Seite zu achten. Das Blut war getrocknet, und der größte Teil seines Armes war taub. Trotzdem waren die Schmerzen sehr heftig.

Dann redete Mr. Big.

»Diesen Wind, Mr. Bond«, sagte er und deutete die Treppe hoch, »diesen Wind nennt man in Jamaika den Totengräber.«

Bond zuckte mit der rechten Schulter und hielt den Atem an.

Mr. Big drehte sich zu der Eisentür, holte einen Schlüssel aus der Tasche und schloß auf. Dann ging er hindurch, gefolgt von Bond und dessen Bewacher.

Es war ein langer, sehr schmaler Raum, und an den Wänden befanden sich in Abständen von weniger als einem Meter schwere, verrostete Eisenringe.

Am jenseitigen Ende, an dem eine Sturmlaterne von der Steindecke herunterhing, lag eine regungslose Gestalt unter eine Wolldecke auf dem Fußboden. Über ihnen, gleich neben der Tür, hing eine zweite Sturmlaterne; sonst aber enthielt der Raum nur den Geruch feuchten Gesteins, lang vergessener Martern und des Todes.

»Solitaire«, sagte Mr. Big leise.

Bonds Herz machte einen Satz, und er trat einen Schritt vor. Im gleichen Augenblick packte der Bewacher seinen Arm.

»Stehenbleiben, Weißer«, zischte der Neger und drehte Bonds Arm nach hinten. Und als Bond nach ihm trat, drehte der Neger den Arm nur noch höher. Bond hatte zwar das Schienbein des Negers getroffen, aber der Arm schmerzte sehr viel mehr.

Mr. Big drehte sich um. In seiner riesigen Hand hielt er eine kleine Pistole, die beinahe zwischen den Fingern verschwand.

»Laß ihn los«, sagte er ruhig. »Wenn Sie unbedingt einen zweiten Bauchnabel haben wollen, können Sie ihn bekommen, Mr. Bond. Ich habe sechs Stück in dieser Pistole.«

Bond stieß The Big Man zur Seite. Solitaire war aufgestanden und kam ihm entgegen. Als sie sein Gesicht erkannte, rannte sie mit ausgestreckten Armen auf ihn zu.

»James«, schluchzte sie. »James.«

Fast wäre sie vor ihm niedergestürzt. Sie klammerten sich aneinander.

»Hol einen Strick«, befahl Mr. Big unter der Tür.

»Schon gut, Solitaire«, sagte Bond und wußte genau, daß gar nichts gut war. »Schon gut – ich bin jetzt bei dir.«

Er schob sie von sich ab. Sein linker Arm schmerzte. Sie war blaß und verstört. Auf der Stirn hatte sie eine Schramme und tiefe Schatten unter den Augen. Ihr Gesicht war schmutzig, und die Tränen hatten deutliche Spuren hinterlassen. Geschminkt war sie nicht. Sie trug ein verschmutztes weißes Leinenkleid und Sandalen. Und sie sah mager aus.

»Was hat der Hund dir angetan?« fragte Bond. Plötzlich hatte er sie eng an sich gezogen. Sie klammerte sich an ihn und preßte ihr Gesicht an seinen Hals.

Dann trat sie einen Schritt zurück und sah sich ihre Hand an.

»Du blutest«, sagte sie. »Was hast du?«

Sie drehte ihn zur Seite und sah das schwarze Blut an der Schulter und am Arm.

»Ach Gott — was ist denn das?«

Sie fing wieder an zu weinen, verstört, ohne Hoffnung, denn auf einmal hatte sie begriffen, daß sie — alle beide — verloren waren.

»Binde ihnen die Hände zusammen«, sagte The Big Man an der Tür. »Und dann binde sie hier, unter der Lampe, fest. Ich habe den beiden noch einiges zu sagen.«

Der Neger kam näher, und Bond drehte sich um. Lohnte es sich? Der Neger hatte nur ein Tau in der Hand. Aber The Big Man war einen Schritt zur Seite getreten und beobachtete ihn, die Pistole locker in der Hand, die Mündung auf den Boden gerichtet.

»Nein, Mr. Bond«, sagte er einfach.

Bond sah den großen Neger und dachte an Solitaire sowie an seinen verletzten Arm.

Der Neger kam heran, und Bond ließ sich die Hände auf dem Rükken fesseln. Die Knoten waren gut; sie ließen keinen Spielraum.

Bond sah Solitaire lächelnd an. Er kniff das eine Auge leicht zu. Es war weiter nichts als eine Vorspiegelung, er sah jedoch trotz ihrer Tränen, daß sie wieder Hoffnung schöpfte.

Der Neger führte ihn zu der Tür zurück.

»Dahin«, sagte The Big Man und deutete auf einen der Eisenringe.

Mit einer völlig überraschenden Bewegung des Schienbeins riß der Neger Bonds Beine weg. Bond fiel auf seine verletzte Schulter. An dem Strick zog der Neger ihn zu dem Eisenring, prüfte die Festigkeit des Ringes, zog den Strick hindurch und band dann auch Bonds Knöchel zusammen. Den Dolch hatte der Neger solange in eine Gesteinsspalte gesteckt. Er zog ihn jetzt heraus, schnitt den Strick ab und ging zu Solitaire.

Bond blieb auf dem Steinfußboden sitzen, die Beine gerade ausgestreckt, die Arme so hochgezogen, daß er sich nicht rühren konnte. Wieder quoll Blut aus der neu aufgerissenen Wunde. Nur das Benzedrine, das er geschluckt hatte, verhinderte, daß er ohnmächtig wurde.

Solitaire wurde ebenfalls gefesselt und ihm fast genau gegenüber angebunden. Ihre Fußspitzen waren einen knappen Meter voneinander entfernt.

Als der Neger fertig war, blickte The Big Man auf seine Uhr.

»Verschwinde«, sagte er. Dann schloß er die Eisentür hinter dem Neger und lehnte sich gegen sie.

Bond und das Mädchen sahen sich an, The Big Man starrte auf die beiden hinunter.

Nachdem The Big Man wieder einmal lange geschwiegen hatte, sprach er Bond an. Bond blickte zu ihm auf. Er mußte daran denken, daß er das Pumpen des Herzens, den schweren Atem gehört und den Schweiß auf der grauen Haut gesehen hatte. Mr. Big war auch nur ein Mensch, gewiß, ein großer Mann mit einem glänzenden Verstand, aber doch nur ein Mensch – und noch dazu mit einem kranken Herzen.

Der große, farblose Mund öffnete sich, und die schmalen, kaum erkennbaren Lippen zogen sich von dem kräftigen Gebiß zurück.

»Sie sind der beste von allen, die man mir auf den Hals gehetzt hat«, sagte Mr. Big. Seine ruhige, tonlose Stimme klang nachdenklich und gemessen. »Und Sie haben den Tod vier meiner Leute auf dem Gewissen. Meine Anhänger finden es unglaublich. Es wird höchste Zeit, daß wir miteinander abrechnen. Was der Amerikaner erlebte, genügt nicht. Der Verrat dieses Mädchens, das ich aus der Gosse aufgelesen habe und das ich zu meiner rechten Hand machen wollte, hat meine Unfehlbarkeit ebenfalls in Frage gestellt.« Immer noch blickte er Bond unverwandt an. »Ich überlegte gerade, auf welche Weise sie sterben sollte, als die Vorsehung – oder Fürst Samedi, wie meine Anhänger glauben – auch Sie vor den Altar brachte, den Kopf gebeugt, bereit für die Axt.«

Der Mund verstummte, obgleich die Lippen geöffnet blieben. Bond sah, wie die Zähne sich schlossen und das nächste Wort formten.

»Aus diesem Grunde ist es nur recht und billig, daß ihr gemeinsam sterbt. Das wird in einer entsprechenden Form auch geschehen.« The Big Man blickte auf seine Uhr. »Und zwar in genau zweieinhalb Stunden, also um sechs – wobei es auf ein paar Minuten früher oder später nicht ankommt.«

»Sagen wir: ein paar Minuten später«, sagte Bond. »Ich genieße mein Leben.«

»In der Geschichte der Neger-Emanzipation«, fuhr Mr. Big in leichtem Plauderton fort, »hat es bereits große Sportler, große Musiker, große Schriftsteller, große Ärzte und große Wissenschaftler gegeben. Wie bei der Entwicklung der übrigen Rassen werden innerhalb einer gewissen Zeit auch Neger auftauchen, die auf anderen Lebensgebieten groß und berühmt werden.« Er schwieg einen Augenblick. »Für Sie, Mr. Bond, und für das Mädchen ist es ein großes Pech, dem ersten großen Negerverbrecher begegnet zu sein. Ich gebrauche ein vulgäres Wort, Mr. Bond, weil es dasjenige ist, das Sie als eine Art von Polizeibeamter ebenfalls gebrauchen würden. Ich ziehe es jedoch vor, in mir einen Mann zu sehen, der sowohl die Fähigkeit als auch die nervliche und geistige Kraft besitzt, sich seine eigenen Gesetze zu schaffen und danach zu handeln – nicht aber jene Gesetze anzuerkennen, die dem kleinsten gemeinsamen Nenner des Volkes angemessen sind. Zweifellos haben Sie Trotters Buch über die Herdeninstinkte in Krieg und Frieden gelesen, Mr. Bond. Nun – meinem Wesen und meiner Veranlagung nach bin ich ein Wolf, und deshalb lebe ich nach den Gesetzen, die für Wölfe gelten. Es ist nur natürlich, daß die Schafe eine derartige Persönlichkeit als Verbrecher bezeichnen.

Die Tatsache, Mr. Bond«, fuhr The Big Man nach einer Weile fort, »daß ich immer am Leben bleibe und wahrhaft grenzenlose Erfolge erringe, obgleich ich zahllosen Millionen von Schafen allein gegenüberstehe, ist jenen modernen Techniken zuzuschreiben, über die wir uns bei unserem letzten Gespräch bereits unterhielten, sowie der unbegrenzten Fähigkeit, immer neue und immer feinere Nuancen zu ersinnen. Und ich, Mr. Bond, bin der Ansicht, daß es keineswegs schwierig ist, den Schafen – mag ihre Zahl auch noch so groß sein – einen Streich zu spielen, wenn man sich dieser Aufgabe ganz widmet und wenn man seinem Wesen nach ein ungewöhnlich begabter Wolf ist.

Lassen Sie mich Ihnen an einem Beispiel zeigen, wie meine Gedanken arbeiten. Nehmen wir die Art, die ich mir ausgedacht habe, um Sie und das Mädchen zu töten. Sie ist nur die moderne Variation einer Methode, die bereits zur Zeit meines Schutzpatrons, Sir Henry Morgans, gebräuchlich war. Damals bezeichnete man es als ›Kielholen‹.«

»Reden Sie weiter«, sagte Bond, ohne Solitaire anzusehen.

»An Bord meiner Yacht befindet sich ein Minenräumgerät«, fuhr Mr. Big fort, als wäre er ein Chirurg, der den ihm zuhörenden Studenten eine schwierige Operation erklärt, »das wir verwenden, wenn wir mit dem Schleppnetz Haie oder andere große Fische fangen. Dieses Minenräumgerät besteht, wie Sie wissen, aus einem großen, torpedoförmigen Schwimmkörper, der am Ende einer Trosse befestigt ist. Sobald das Schiff Fahrt macht, schert dieser Schwimmkörper zur Seite aus, und deshalb kann man ihn verwenden, um das Schleppnetz aufzuhalten; in Kriegszeiten werden die Haltetaue der Minen durch die so gespannte Trosse gekappt.

Ich beabsichtige nun«, sagte Mr. Big mit vollkommen sachlicher Stimme, »Sie und das Mädchen zusammenzubinden und dann an das Räumgerät zu fesseln. Anschließend werde ich Sie so lange durch das Wasser schleppen, bis Sie von den Haien aufgefressen sind.«

Er schwieg, und sein Blick wanderte von einem zum anderen. Solitaire starrte Bond mit aufgerissenen Augen an, während Bond fieberhaft überlegte. Er hatte das Gefühl, irgend etwas sagen zu müssen.

»Sie sind ein großer Mann«, sagte er, »und eines Tages werden Sie einen ebenso großen, schrecklichen Tod sterben. Sollten Sie uns umbringen, wird dieser Tod bald eintreten. Ich habe das dazu Notwendige bereits veranlaßt. Sie scheinen bereits wahnsinnig geworden zu sein, weil Sie sonst erkennen würden, was dieser Mord alles über Sie bringen wird.«

Auch als Bond sprach, arbeiteten seine Gedanken unentwegt. Er zählte die Stunden und die Minuten, denn er wußte, daß Mr. Bigs Tod mit jeder Minute jenem Punkt näher kam, an dem die Säure des Zeitzünders sich zu ihrem Ziel durchgefressen hatte. Aber würden er und Solitaire schon vorher sterben? Um Minuten würde es dabei gehen, vielleicht auch nur um Sekunden. Der Schweiß lief ihm in Strömen über das Gesicht. Er lächelte Solitaire zu. Sie blickte ihn ausdruckslos an, ihre Augen sahen ihn nicht einmal.

Plötzlich stieß sie einen gellenden Schrei aus, der Bond zusammenfahren ließ. »Ich weiß es nicht«, rief sie. »Ich sehe nichts. Es ist so nahe, so dicht. So viele Tote! Aber ...«

»Solitaire!« brüllte Bond vor Entsetzen, weil das, was sie in der Zukunft sah, The Big Man vielleicht warnen würde. »Nimm dich zusammen!« Wut und Schärfe lagen in seiner Stimme.

Ihre Augen wurden wieder klarer. Betäubt blickte sie ihn an, ohne jedes Verständnis.

The Big Man setzte die Unterhaltung fort.

»Ich bin nicht wahnsinnig, Mr. Bond«, sagte er tonlos, »und das, was Sie veranlaßt haben, wird mich nicht treffen. Sie werden außerhalb des Riffs sterben, und niemand wird es beweisen können. Ich werde die Überreste Ihrer Körper so lange hinter dem Schiff herschleppen, bis nichts mehr von Ihnen übrig ist. Auch das gehört zu den Feinheiten meiner Überlegungen. Sie wissen vielleicht, daß Haie und Barrakudas im Voodooismus eine gewisse Rolle spielen. Sie werden ihr Opfer erhalten, und Fürst Samedi wird sich freuen. Meine Anhänger werden sehr zufrieden sein. Außerdem möchte ich bei dieser Gelegenheit meine Versuche mit fleischfressenden Fischen fortsetzen. Ich bin überzeugt, daß sie nur angreifen, wenn das Wasser mit Blut vermischt ist. Aus diesem Grunde werde ich Ihre Körper von dieser Insel aus in Schlepp nehmen. Das Minenräumgerät wird sie dann über das Riff bringen. Innerhalb des Riffs wird Ihnen meiner Meinung nach nichts geschehen. Das Blut und die Fleischabfälle, die hier allnächtlich ins Wasser geschüttet werden, sind entweder bereits aufgefressen oder abgetrieben. Wenn Ihr Körper und der des Mädchens jedoch das Riff hinter sich haben, werden sie wahrscheinlich ziemlich zerschnitten sein und bluten. Und dann werden wir sehen, ob meine Überlegungen richtig sind.«

The Big Man griff mit der Hand hinter seinen Rücken und öffnete die Tür.

»Ich lasse Sie jetzt allein«, sagte er, »damit Sie über die Art, die ich mir für Ihren gemeinsamen Tod ausgedacht habe, nachdenken können. Zwei Menschen, die sterben müssen, werden sterben. Beweise dafür gibt es nicht. Jeder Verdacht kann widerlegt werden. Meine Anhänger sind zufrieden. Die Leichen wurden für wissenschaftliche Untersuchungen verwendet. Das, mein lieber Mr. James Bond, meinte ich, als ich von der unbegrenzten Fähigkeit sprach, immer neue und immer feinere Nuancen zu ersinnen.«

Er stand in der Türöffnung und blickte sie an.

»Ich wünsche Ihnen beiden eine kurze, aber trotzdem gute Nacht.«

22

Es war noch nicht hell, als sie abgeholt wurden. Ihre Beinfesseln wurden zwar durchgeschnitten, aber die Hände blieben auf den Rücken gebunden, als sie die restlichen Stufen auf das Plateau hinaufgeführt wurden.

Sie standen zwischen den vereinzelten Bäumen, und Bond schnupperte in der kühlen Morgenluft. Durch die Bäume hindurch sah er nach Osten, wo die Sterne langsam verblaßten und der Horizont mit der anbrechenden Dämmerung aufleuchtete.

Nach Bonds Schätzung mußte es gegen halb sechs sein.

Mehrere Minuten lang ließ man sie dort stehen. Neger liefen, mit Bündeln und Taschen bepackt, an ihnen vorüber und tuschelten vergnügt miteinander. Die Türen der wenigen Hütten waren offengelassen worden und schlugen hin und her. Die Männer liefen nach der rechten Seite und verschwanden dann hinter der Klippe. Keiner von ihnen kam zurück. Die gesamte Besatzung der Insel wurde abtransportiert.

Bond rieb seine nackte Schulter gegen Solitaires Kleid, und sie drückte sich an ihn. Nach der muffigen Luft im Kerker war es hier draußen kalt, und Bond fror. Aber es war immer noch besser, sich bewegen zu können, als gefesselt zu sein und die Ungewißheit vor sich zu haben. Beide wußten, was nötig war und wie das Spiel weiterging.

Als The Big Man sie alleingelassen hatte, hatte Bond keine Zeit mehr verschwendet. Flüsternd hatte er dem Mädchen von der Haftmine erzählt, die an dem Boden des Schiffes klebte und wenige Minuten nach sechs explodieren würde; und er hatte ihr auch genau die Faktoren erklärt, die darüber entschieden, wer an diesem Morgen sterben würde.

In erster Linie hatten sie mit Mr. Bigs Manie für Genauigkeit und

Wirksamkeit zu rechnen. Die *Secatur* mußte Punkt sechs auslaufen. Dann durfte aber auch nicht der geringste Nebel sein, weil dann die Sicht in dem Dämmerlicht nicht ausreichen würde, das Schiff unbeschädigt durch die enge Einfahrt des Riffs zu bringen, so daß Mr. Big das Auslaufen verschieben würde. Wenn aber Bond und Solitaire auf der Mole neben dem Schiff ständen, würden sie mit Mr. Big sterben.

Wenn man jedoch annahm, daß das Schiff pünktlich ablegte – in welcher Entfernung würden sie dann hinter dem Schiff hergezogen und auf welcher Seite? Wahrscheinlich auf der Seite, die der Mole zugekehrt war. Bonds Schätzung nach mußte die Trosse des Minenräumgeräts etwa fünfzig Meter lang sein, und wahrscheinlich würden sie nochmals zwanzig oder dreißig Meter hinter dem Gerät hergezogen werden.

Sollte er damit recht haben, würden sie über das Außenriff gezogen werden, wenn die *Secatur* die Einfahrt etwa fünfzig Meter hinter sich gelassen hatte. Bis zur Einfahrt würde sie vermutlich drei Knoten laufen und dann auf zehn oder sogar zwanzig Knoten gehen. Zuerst würden sie einen weiten Bogen von der Insel weg beschreiben, und wahrscheinlich würden sie sich dabei dauernd um sich selbst drehen. Dann würde das Minenräumgerät gerade laufen, und wenn das Schiff die Einfahrt hinter sich hatte, würden sie vermutlich näher herangezogen werden. Das Gerät würde also über das Riff hinweggehen, wenn das Schiff etwa vierzig Meter entfernt war, und dahinter würden sie dann folgen.

Bond überlief ein Schauder bei der Vorstellung, wie sie beide über das zehn Meter breite Riff mit den messerscharfen Zacken gezogen wurden. Ihre Haut an Rücken und Beinen würde zerfetzt werden.

Hinter dem Riff aber würden sie nur noch ein großes blutendes Bündel sein, und dann konnte es nur noch Minuten dauern, bis der erste Hai oder die erste Barrakuda heran war.

Und Mr. Big würde behaglich am Heck in seinem Deckstuhl sitzen, das blutige Schauspiel – vielleicht sogar durch sein Doppelglas – beobachten und die Minuten und Sekunden zählen, in denen der lebende Köder immer kleiner wurde und der Fisch schließlich nach dem blutgetränkten Tau schnappen würde.

Dann würde das Minenräumgerät an Bord gehievt werden und die Jacht elegant dahingleiten, nach Florida Keys, nach Cape Sable und schließlich in den Hafen von St. Petersburg einlaufen.

Wenn aber die Mine explodierte und sie nur fünfzig Meter vom Schiff entfernt durch das Wasser gezogen wurden? Welche Wirkung würde die Detonationswelle auf ihre Körper haben? Tödlich war sie vielleicht nicht. Den größten Teil würde wohl der Schiffsrumpf auffangen. Und vielleicht schützte sie das Riff!

Bond konnte nur rätseln und hoffen.

Vor allem mußten sie versuchen, bis zum letzten möglichen Augenblick am Leben zu bleiben. Sie mußten immer versuchen, Atem zu holen, wenn sie — ein lebender Köder — durch das Wasser geschleppt wurden und sich um ihre eigene Achse drehten. Viel hing davon ab, wie man sie zusammenbinden würde. Mr. Big hatte bestimmt den Wunsch, sie möglichst lange am Leben zu halten; ein toter Köder war für ihn uninteressant.

Wenn aber die erste Haifischflosse auftauchen würde, war Bond fest entschlossen, Solitaire sofort zu ertränken. Er brauchte sie nur unter Wasser zu drücken, und zwar lange genug. Dann würde er versuchen, sich selbst zu ertränken, indem er Solitaires Körper nach oben drehte, so daß er von ihr unter Wasser gedrückt würde.

Diese Gedanken sowie hundert andere Einzelheiten und Pläne gingen Bond durch den Kopf, bevor sie endlich nach oben gebracht wurden. Seine Hoffnungen hatte er Solitaire erzählt, die Befürchtungen hatte er für sich behalten.

Ihm gegenüber hatte sie an der Wand gelehnt, die müden blauen Augen auf ihn gerichtet, gehorsam, vertrauensvoll, seinen Anblick und seine Worte durstig in sich aufnehmend, weich und liebevoll.

»Mach dir um mich keine Sorgen, Darling«, hatte sie gesagt, als sie endlich abgeholt wurden. »Ich bin so glücklich, wieder mit dir zusammen zu sein. Und aus irgendeinem Grunde habe ich überhaupt keine Angst, obwohl der Tod für viele so nahe ist. Liebst du mich?«

»Ja«, hatte Bond gesagt, »und wir werden unsere Liebe auch noch erleben.«

»Maul halten«, sagte der eine der beiden Neger.

Und jetzt wurde es langsam heller, und von der Klippe her drang das Rumpeln und Dröhnen der beiden Schiffsdiesel. Hier oben wehte noch eine leichte Brise, aber auf der Leeseite der Insel war das Wasser so glatt wie eine Metallplatte.

Mr. Big erschien im Ausgang des Schachtes, die lederne Aktentasche eines Geschäftsmannes in der einen Hand. Er blieb kurz stehen, sah sich um und atmete tief. Er achtete weder auf Bond und Solitaire noch auf die beiden Bewacher, die neben ihnen standen, Pistolen in den Händen.

Er blickte zum Himmel auf und rief plötzlich der aufgehenden Sonne zu: »Vielen Dank, Sir Henry Morgan. Dein Schatz wird viel Gutes tun. Jetzt gib uns noch schönes Wetter für die Heimfahrt.«

Die beiden Neger zeigten das Weiße ihrer Augen.

»Das ist der Totengräber-Wind«, sagte Bond.

The Big Man sah ihn an.

»Sind alle unten?« fragte er die beiden Wächter.

»Yassuh, Boss«, antwortete der eine.

»Bringt die beiden mit«, sagte The Big Man.

Sie gingen zur Klippe und stiegen dann die steile Treppe hinunter, der eine Neger vor, der andere hinter ihnen. Als letzter kam Mr. Big.

Die Motoren der Jacht liefen langsam, der Auspuff blubberte leise, und am Heck stieg eine dünne blaue Qualmwolke auf.

Auf der Mole standen zwei Männer, um die Taue loszuwerfen, an Deck befanden sich noch drei, und auf der stromlinienförmigen Brücke stand der Kommandant mit dem Navigationsoffizier. Mehr Platz war auch nicht, denn abgesehen vom Heck, auf dem ein Deckstuhl aufgestellt war, standen überall Fischbehälter.

Wenige Meter hinter dem Schiff lag das torpedoförmige Räumgerät, etwa zwei Meter lang, im Wasser, das in der Dämmerung blaugrün schimmerte. Das Gerät war an einer Stahltrosse befestigt, die achtern auf dem Schiff aufgerollt war. Bond schätzte die Länge der Trosse auf gut fünfzig Meter. Das Wasser war kristallklar, und Fische waren nirgends zu sehen.

Der Totengräber-Wind war fast eingeschlafen. Bald mußte der Doctor's Wind aufkommen. Aber wann? War es vielleicht ein Omen?

Über das Schiff hinweg sah Bond das Dach von Beau Desert zwischen den Bäumen. Die Mole, das Schiff und die Felsentreppe lagen jedoch noch völlig im Dunkel. Bond überlegte, ob man sie vielleicht mit Nachtgläsern sehen könnte. Und wenn ja – was würde Strangways wohl denken?

Mr. Big stand auf der Mole und beaufsichtigte die Neger, die Bond und Solitaire zusammenbanden. Ihre Körper wurden eng aneinandergepreßt, so daß sie sich ansahen, die Arme um die Taille des anderen gelegt und die Hände hinter dem Rücken des anderen gefesselt.

Bond fühlte Solitaires Schaudern an seinem Körper. Sie legte das Kinn auf seine rechte Schulter. Er zählte die Sekunden.

Auf der Mole war ein Tau aufgerollt, das an dem Räumgerät befestigt war. Das lose Ende wurde unter ihren Achselhöhlen durchgezogen und dann zwischen ihren Körpern verknotet. Alles geschah sehr sorgfältig. Ein Entkommen war unmöglich.

Bond zählte immer noch die Sekunden. Es mußte fünf vor sechs sein.

Mr. Big sah sie noch einmal an. »Die Beine können frei bleiben«, sagte er. »Das wird die Fische sicher besonders anlocken.«

Die beiden Bewacher folgten ihm. Die beiden Männer an den Pollern warfen die Leinen los und sprangen hinüber. Die Schiffsschrauben wirbelten das Wasser auf, und die *Secatur* glitt von der Mole weg.

Mr. Big kam nach achtern und setzte sich in den Sessel. Sie sahen daß seine Augen herüberblickten. Er sagte nichts, machte nicht einmal eine Bewegung. Er sah nur herüber.

Die *Secatur* nahm Kurs auf das Riff. Bond sah, wie die Trosse des Räumgerätes wie eine Schlange über Bord glitt. Das Räumgerät bewegte sich und folgte dem Schiff. Plötzlich steckte es die Nase ins Wasser, richtete sich wieder auf und wurde schneller. Und dabei scherte es vom Schiff weg.

Das Tau, das neben ihnen lag, wurde lebendig.

»Aufpassen«, sagte Bond und preßte das Mädchen an sich.

Die Arme wurden ihnen fast ausgerissen, als sie mit einem Ruck von der Mole in das Wasser geschleudert wurden.

Für eine Sekunde tauchten sie unter; dann waren sie jedoch wieder an der Oberfläche und wurden durch das aufspritzende Wasser gezogen.

Bond schnappte nach Luft, obgleich die Wellen immer wieder über seinem verzerrten Gesicht zusammenschlugen. Und er hörte Solitaires rasselnden Atem.

»Luft holen, Luft holen!« schrie er in ihr Ohr. »Klammere dich an meine Beine!«

Sie hatte ihn verstanden, und er spürte, wie ihre Knie sich zwischen seine Schenkel schoben. Dann wurde sie von einem lähmenden Husten geschüttelt, aber schließlich ging ihr Atem ruhiger, und auch ihr Herz beruhigte sich. Im gleichen Augenblick verringerte sich das Tempo, mit dem sie durch das Wasser geschleppt wurden.

»Atem anhalten«, schrie Bond. »Ich muß nachsehen. Fertig?«

Ein Druck ihrer Arme war die Antwort. Er merkte, wie sie tief Luft holte.

Mit dem ganzen Gewicht seines Körpers schnellte er sich nach oben, so daß sein Kopf völlig aus dem Wasser war.

Die *Secatur* lief vielleicht drei Knoten. Bond hob den Kopf über die kleine Welle, die sie vor sich her schoben. Das Schiff war jetzt in der Durchfahrt des Riffs, etwa achtzig Meter von ihnen entfernt. Das Räumgerät glitt langsam durch das Wasser, ziemlich genau in gleicher Höhe mit dem Schiff. Nach etwa dreißig Metern mußte das Gerät die Riffbrandung erreicht haben, und weitere dreißig Meter zurück wurden sie durch das ruhige Wasser der Bucht gezogen.

Sechzig Meter also noch bis zum Riff.

Bond warf sich wieder herum, und keuchend kam Solitaire nach oben. Immer noch glitten sie ziemlich langsam dahin — fünf Meter, zehn, fünfzehn, zwanzig.

Noch vierzig Meter bis zum Riff.

Die *Secatur* mußte jetzt hindurch sein. Bond holte tief Luft. Bestimmt war es jetzt sechs vorbei. Was war nur mit der verdammten Mine los? Bond schickte ein Stoßgebet zum Himmel.

Plötzlich fühlte er, wie das Tau unter seinen Achselhöhlen sich spannte. »Atmen, atmen, Solitaire!« schrie er, als das Tempo schneller wurde und das Wasser aufspritzte.

Immer schneller näherten sie sich dem überspülten Riff. Einmal ruckte es leicht, und Bond nahm an, daß das Raumgerät einen Korallenstamm gerammt hatte. Aber dann wurden ihre Körper wieder weiter durch das Wasser geschleppt, wirbelnd in ihrer tödlichen Umarmung.

Noch dreißig Meter, zwanzig, zehn.

Lieber Gott, dachte Bond. Gleich ist es soweit. Er spannte die Muskeln an und bereitete sich auf den grellen, reißenden Schmerz vor; zugleich drehte er Solitaire nach oben, um sie vor dem Schlimmsten zu bewahren.

Und dann wurde die Luft aus seinem Körper gepreßt, und eine gewaltige Faust schleuderte ihn gegen Solitaire, so daß sie sich senkrecht aus dem Wasser hob und dann zurückfiel. Den Bruchteil einer Sekunde später blitzte ein greller Schein auf, und dann rollte der Donner einer Explosion herüber.

Sie trieben im Wasser, und Bond merkte, wie das Gewicht des Taues sie hinunterzog.

Seine Beine hingen bleischwer nach unten, und das Wasser lief ihm in den Mund. Dadurch kam er jedoch wieder zu sich. Er strampelte wild mit den Beinen, so daß ihre Köpfe wieder auftauchten. Das Mädhing regungslos in seinen Armen. Verzweifelt trat er Wasser, sah sich um und hielt Solitaires pendelnden Kopf mit der Schulter über Wasser.

Das erste, was er sah, war die Riffbrandung, keine fünf Meter entfernt. Nur das Riff hatte sie vor der Druckwelle geschützt. Er spürte das Ziehen und Schieben der Strömung an den Beinen. Verzweifelt wehrte er sich dagegen und holte Luft, sooft er nur konnte. Seine Lungen platzten fast vor Anstrengung, und den Himmel sah er nur durch einen roten Schleier. Das Tau zog immer noch nach unten, und Solitaires Haar war in seinen Mund geraten und drohte ihn zu ersticken.

Plötzlich spürte er an der Wade den scharfen Schnitt einer Koralle. Er strampelte wild, suchte verzweifelt nach einem Halt für seine Füße und fetzte mit jeder Bewegung große Hautstücke ab. Den Schmerz spürte er kaum.

Jetzt wurde sein Rücken von Korallen zerschnitten, dann die Arme. Er tastete mit den Füßen, und jeder Atemzug brannte in den Lungen. Dann stand er mit einem Fuß auf einem Nagelbrett, stellte sich mit seinem ganzen Gewicht auf dieses Bein und stemmte sich gegen die

Wirbel, die ihn wieder herunterreißen wollten. Sein Fuß rutschte nicht ab, und dann spürte er einen Felsblock im Rücken. Er lehnte sich keuchend dagegen. Blut färbte das Wasser, und er preßte den kalten, fast leblosen Körper des Mädchens an sich.

Fast eine Minute blieb er mit geschlossenen Augen so stehen. Blut lief aus seinem Mund, als er husten mußte, und er versuchte krampfhaft, wieder die Herrschaft über seine Sinne zu gewinnen. Sein erster Gedanke war, daß das Blut das Wasser verfärbe. Doch dann hoffte er, daß die großen Fische sich doch nicht zwischen das Riff wagen würden. Außerdem konnte er es sowieso nicht ändern.

Er blickte auf das Meer hinaus. Die *Secatur* war verschwunden.

Hoch oben am wolkenlosen Himmel hing eine dunkle Rauchwolke, die sich anfing aufzulösen und vom Doctor's Wind langsam zum Festland getrieben wurde.

Auf dem Wasser trieben alle möglichen Gegenstände verstreut, ein paar Köpfe tanzten auf den Wellen, und überall glitzerten die weißen Bäuche der Fische, die von der Explosion betäubt oder getötet worden waren. Außerdem roch es scharf nach Sprengstoff. Und am Rande des Durcheinanders schwamm das rote Minenräumgerät, festgehalten von der Trosse, deren anderes Ende jetzt irgendwo auf dem Meeresgrund ruhte. Dicke Luftblasen durchbrachen immer wieder die Wasseroberfläche.

In der Nähe der tanzenden Köpfe erschienen die ersten dreieckigen Flossen, die das Wasser durchschnitten. Und es wurden immer mehr. Einmal sah Bond eine stumpfe Schnauze, die aus dem Wasser auftauchte und irgend etwas hinunterzog. Das Wasser spritzte hoch auf, sobald die Haie einen besonderen Leckerbissen geschnappt hatten. Einmal ragten zwei schwarze Arme in die Luft und verschwanden im gleichen Augenblick. Schreie drangen herüber. Zwei oder drei Armpaare peitschten das Wasser, um das Riff zu erreichen. Einer der Männer schlug mit der flachen Hand vor sich auf das Wasser, bis er plötzlich verschwunden war; schreiend tauchte er noch einmal auf — Barrakudas, registrierten Bonds betäubte Gedanken.

Aber einer der Köpfe kam immer näher, und zwar ausgerechnet auf die Stelle zu, an der Bond stand, während die kleinen Wellen unter seinen Achseln hindurchliefen und das schwarze Haar des Mädchens ihm den Rücken hinunterhing.

Es war ein riesiger Kopf, und aus einer Wunde auf dem kahlen Schädel rann das Blut in Strömen über das Gesicht. Bond starrte ihm gespannt entgegen.

The Big Man schwamm mit gewaltigen Stößen, wirbelte jedoch das

Wasser so auf, daß jeder Fisch in seiner Nähe auf ihn aufmerksam werden mußte. Bond überlegte, ob er es wohl schaffen würde. Seine Augen verengten sich zu Schlitzen, und sein Atem ging immer ruhiger, als er wartete, wie das grausame Meer jetzt wohl entscheiden würde.

Der graue Schädel kam näher. Bond konnte bereits die Zähne erkennen, die vor unmenschlicher Anstrengung gefletscht waren. Das Blut lief ihm über die Augen, die jetzt wahrscheinlich aus ihren Höhlen hervorquollen. Fast konnte er das große kranke Herz hören, das unter der grauschwarzen Haut pumpte. Würde es durchhalten?

The Big Man kam immer näher. Seine Schultern waren nackt, die Kleider waren ihm von der Explosion auf dem Körper zerfetzt worden; aber die schwarze Seidenkrawatte hing noch um den Hals und schwamm hinter ihm her wie der Zopf eines Chinesen.

Eine aufspritzende Welle spülte ihm das Blut aus den Augen. Sie waren weit geöffnet und starrten Bond an, als wären sie wahnsinnig. Sie bettelten nicht um Hilfe, sie starrten nur in völliger körperlicher Erschöpfung geradeaus.

Als er nur noch zehn Meter von Bond entfernt war, schlossen sie sich plötzlich, und das Gesicht verzerrte sich zu einer Grimasse des Schmerzes. »Arrr«, brüllte der verkrampfte Mund nur.

Mr. Bigs Arme bewegten sich plötzlich nicht mehr, der Kopf tauchte unter, kam wieder hoch. Das Wasser färbte sich dunkelrot. Zwei braune, einen Meter lange Schatten verschwanden und kamen sofort wieder zurück. Der Körper des Mannes drehte sich zur Seite.

Aber der große kahle Schädel, der verzerrte Mund mit dem blitzenden Gebiß lebten noch. Und jetzt war es ein langes gurgelndes Stöhnen, das nur verstummte, wenn eine Welle über den Kopf spülte.

Hinter Bond rief aus ziemlicher Entfernung eine Stimme. Bond achtete nicht darauf. Seine Sinne waren auf jenes Drama gerichtet, das sich dicht vor ihm abspielte.

Wenige Meter entfernt durchschnitt eine Flosse das Wasser und verharrte. Bond sah förmlich, wie der Hai wie ein Hund sicherte und seine kurzsichtigen Augen versuchten, das rotgefärbte Wasser zu durchdringen. Seine Schwanzflosse peitschte das Wasser, dann schoß er vorwärts, und im selben Augenblick war der schreiende Kopf verschwunden.

Bonds aufgerissene Augen starrten gebannt auf die Stelle, aber er konnte nichts erkennen. Plötzlich stöhnte das Mädchen auf, und Bond kam wieder zu sich.

Wieder hörte er einen Ruf, und langsam wandte er den Kopf um. Es war Quarrel, dessen glänzend brauner Oberkörper kaum über das Kanu hinausragte, während seine Arme wild das Paddel schwangen, und weit dahinter tauchten sämtliche Kanus von Shark Bay auf. Immer näher kamen sie über das bewegte Wasser.

Der frische Nordostwind hatte eingesetzt, und die Sonne schien auf das blaue Wasser und auf die grünen Hänge Jamaikas. Und Bond liefen die Tränen über das Gesicht.

23

Wie zwei leise schaukelnde Brillanten machten die beiden Kolibris ihre letzte Runde an den Hibiskusblüten und in der Spitze eines Jasminbusches, dessen Duft erst in der Nacht verströmte, saß eine Spottdrossel und sang ihr Abendlied, das süßer klang als der Gesang der Nachtigall.

Der Schatten eines großen Vogels segelte über das grüne Bahamagras des Rasens, und ein schieferblauer Königsfischer keckerte ärgerlich, als er den Mann im Garten sitzen sah. Das blaue Wasser der Bucht war spiegelglatt. Die Klippen der Insel wurden von der Sonne, die hinter dem Haus unterging, in ein rotes Licht getaucht.

Nach dem heißen Tag duftete es nach Abend und Kühle, und außerdem roch es aus einer der Fischerhütten, die in dem weiter rechts gelegenen Dorf standen, nach Torffeuer und gebackenem Fisch.

Solitaire kam aus dem Haus und ging auf bloßen Füßen über den Rasen. Sie trug ein Tablett mit einem Cocktail-Shaker und zwei Gläsern, das sie auf den Bambustisch neben Bond abstellte.

»Hoffentlich habe ich es richtig gemacht«, sagte sie. »Sechs zu eins klingt fürchterlich stark. Ich habe noch nie Wodka-Martini getrunken.«

Bond blickte zu ihr auf. Sie trug einen seiner weißen Seidenpyjamas, der ihr viel zu groß war. Merkwürdig kindlich sah sie darin aus.

Sie lachte. »Wie findest du meinen Lippenstift aus Port Maria?« fragte sie. »Die Augenbrauen habe ich mit einem weichen Bleistift nachgezogen. Und sonst habe ich mich nur gründlich waschen können.«

»Du siehst bezaubernd aus«, sagte Bond. »Du bist das hübscheste Mädchen der ganzen Shark Bay. Wenn ich Arme und Beine gebrauchen könnte, würde ich jetzt aufstehen und dich küssen.«

Solitaire beugte sich zu ihm hinunter und küßte ihn lange auf den Mund, den einen Arm um seinen Hals gelegt. Dann richtete sie sich wieder auf und strich ihm eine Locke aus der Stirn.

Sie sahen sich einen Augenblick an; dann drehte sie sich zu dem Tisch um und goß ihm ein Glas ein. Für sich selbst goß sie das Glas nur halbvoll, und damit setzte sie sich neben ihn in das Gras und lehnte den Kopf gegen sein Knie. Seine rechte Hand spielte mit ihrem Haar, und so blickten sie zu der Insel hinüber, von der jetzt jede Farbe wich. An diesem Tag hatten sie nichts anderes getan, als ihre Wunden gepflegt und die Überreste des Durcheinanders aufgeräumt.

Nachdem Quarrel sie an den schmalen Strand vor Beau Desert abgesetzt hatte, trug Bond Solitaire halb über den Rasen und brachte sie in das Badezimmer. Er hatte warmes Wasser in die Wanne laufen lassen, und ohne daß sie wußte, was mit ihr geschah, hatte er sie vom Kopf bis zu den Füßen abgeseift und ihre Haare gewaschen. Als er so das Salz und den Schleim der Korallen von ihr abgespült hatte, war sie wieder aus der Wanne gestiegen; er hatte sie abgetrocknet und die Schnitte an Rücken und Schenkeln mit Alkohol eingerieben. Dann hatte er ihr Schlaftabletten gegeben und sie in sein Bett gelegt. Noch ehe er die Jalousien geschlossen hatte, war sie bereits eingeschlafen.

Dann war er in die Badewanne gestiegen, und Strangways hatte ihn geseift und seinen ganzen Körper mit Alkohol abgerieben. An hundert Stellen war die Haut zerschnitten und blutete, und sein linker Arm war von dem Biß der Barrakuda völlig taub gewesen. Und während Strangways ihn mit Alkohol abrieb, hatte er mit den Zähnen geknirscht.

Er hatte sich dann seinen Morgenmantel übergezogen, und Quarrel hatte ihn nach Port Maria in das Krankenhaus gefahren. Vorher hatte er jedoch noch ausgiebig gefrühstückt und eine Zigarette geraucht. Im Wagen war er sofort eingeschlafen, auf dem Operationstisch hatte er geschlafen, und als sie ihn dick verbunden endlich in ein Bett gelegt hatten, war er auch nicht aufgewacht.

Am frühen Nachmittag hatte Quarrel ihn zurückgefahren. In der Zwischenzeit hatte Strangways alles erledigt, was Bond ihm aufgetragen hatte. Die Isle Surprise war von Polizei besetzt, das Wrack der *Secatur,* das in etwa zwanzig Meter Tiefe lag, war mit einer Boje bezeichnet worden und wurde von einem Polizeiboot aus Port Maria bewacht. Ein Bergungsschiff mit Tauchern war von Kingston aus unterwegs. Den Reportern der örtlichen Presse war ein kurzer Bericht zugestellt worden, und an der Zufahrt zu Beau Desert stand ein Polizeiposten, der den erwarteten Ansturm der Reporter, die nach Jamaika kommen würden, wenn die ganze Geschichte herauskam, abwehren sollte. Inzwischen war M ein ausführlicher Bericht durchgegeben worden, und ebenso an Washington, so daß Mr. Bigs Leute in Harlem und St. Petersburg ausgehoben und erst einmal wegen Goldschmuggels festgehalten werden konnten.

Überlebende von der *Secatur* hatte es nicht gegeben, aber die Fischer hatten an diesem Morgen fast eine Tonne toter Fische eingebracht.

Durch Jamaika jagten sich die Gerüchte. In langen Reihen standen die Autos auf der Küstenstraße und selbst am Strand der Bucht. Andeutungen über Bloody Morgans Schatz waren durchgesickert, aber auch über die Rudel von Haifischen und Barrakudas, die ihn beschützt hätten. Nur aus diesem Grunde kam niemand auf die Idee, im Schutz der Dunkelheit zu dem Wrack hinauszuschwimmen.

Ein Arzt hatte auch Solitaire untersuchen sollen, jedoch feststellen müssen, daß sie sich lediglich dafür interessierte, wo sie ein paar Kleider und den richtigen Lippenstift herbekommen könnte. Strangways hatte dafür gesorgt, daß ihr am nächsten Tag eine ganze Kollektion zur Auswahl vorgelegt würde. Im Augenblick experimentierte sie mit dem Inhalt von Bonds Koffer und einer Schale mit Hibiskusblüten.

Kurz nach Bonds Rückkehr aus dem Krankenhaus kam auch Strangways aus Kingston zurück. Er brachte Bond ein Telegramm Ms mit.

> ANNEHME DASS SIE ANSPRUCH AUF SCHATZ ZUGUNSTEN UNIVERSAL EXPORT BEIM FINANZMINISTERIUM ERHOBEN HABEN STOP BERGUNG BEGINNT SOFORT STOP HABE ANWALT MIT WAHRNEHMUNG UNSERER RECHTE BEAUFTRAGT STOP INZWISCHEN ANERKENNUNG FÜR AUFTRAG STOP VIERZEHNTÄGIGER URLAUB MIT SEGENSWÜNSCHEN GEWÄHRT ENDE

»Was sollen die Segenswünsche?« fragte Bond.

»Ich habe genau geschildert, welche Verletzungen Sie davongetragen haben«, erwiderte Strangways ernsthaft. »Und das Mädchen«, fügte er noch hinzu.

»Es sieht dem alten Teufel ähnlich, daß er zuerst an das Gold denkt«, sagte Bond. »Anscheinend glaubt er, das Geld einstecken zu können und dadurch eine Verringerung des Etats bei der nächsten Parlamentssitzung kompensieren zu können. Ich glaube fast, sein halbes Leben besteht darin, sich mit dem Finanzministerium herumzuschlagen. Jedenfalls reagiert er immer noch ziemlich schnell.«

»Ich habe Ihren Anspruch nach Erhalt des Telegramms sofort beim Government House angemeldet«, sagte Strangways. »Aber die Sache ist ziemlich knifflig. Die Krone wird sich melden, und Amerika wird sich auch einschalten, weil er amerikanischer Staatsbürger war. Das wird aber wohl längere Zeit dauern.«

Dann war Strangways wieder fortgefahren, und Bond war unter Schmerzen in den Garten gegangen, um sich ein bißchen in die Sonne zu setzen und seinen Gedanken nachzuhängen, die immer noch um The Big Man und den sagenhaften Schatz kreisten.

Aber das war jetzt vorbei, und inmitten der Blumen saß er in der

Sonne, den redlich verdienten Preis neben sich und seine Hand in ihrem Haar. Er hielt sich an den Augenblick und dachte an das vierzehnfache Morgen, das nur ihnen gehören würde.

Aus der Küche kam das Klirren zerbrechenden Geschirrs herüber und dazu Quarrels Stimme, der irgend jemanden andonnerte.

»Der arme Quarrel«, sagte Solitaire. »Er hat den besten Koch aus dem Dorf hergeschleppt und den Markt nach Überraschungen für uns geplündert. Er hat sogar ein paar schwarze Krebse aufgetrieben – die ersten der Saison. Außerdem brät er ein armes kleines Ferkel, macht einen sagenhaften Salat an, und zum Schluß gibt es Guavas und Kokosnußcreme. Und Strangways hat eine ganze Kiste Champagner hiergelassen. Mir läuft schon das Wasser im Mund zusammen. Aber vergiß bitte nicht, daß wir von alldem nichts wissen dürfen. Ich war vorhin in der Küche und sah, daß der Koch bereits den Tränen nahe war.«

»Wir nehmen ihn mit auf Urlaub«, sagte Bond und erzählte ihr von Ms Telegramm. »Wir ziehen in ein Haus auf Pfählen, zwischen Palmen und an einem kilometerlangen Strand. Und du wirst für mich sorgen müssen, weil ich mit einem Arm eine Frau nicht lieben kann.«

Solitaires Augen strahlten ihn an. »Und was ist mit meinem Rükken?« fragte sie und lächelte dabei unschuldig